民國文化與文學^{研究}

十四編

李 怡 主編

第 **17** 冊

郭沫若翻譯文學研究（上）

咸 立 強 著

國家圖書館出版品預行編目資料

郭沫若翻譯文學研究（上）／咸立強 著 -- 初版 -- 新北市：
花木蘭文化事業有限公司，2021〔民 110〕
目 4+200 面；19×26 公分
（民國文化與文學研究文叢 十四編；第 17 冊）
ISBN 978-986-518-528-2（精裝）
1. 郭沫若 2. 學術思想 3. 文學評論 4. 翻譯
820.9   110011218

ISBN-978-986-518-528-2

9 789865 185282

民國文化與文學研究文叢
十四編　第十七冊　　　　　　ISBN：978-986-518-528-2

郭沫若翻譯文學研究（上）

作　　者	咸立強
主　　編	李　怡
企　　劃	四川大學中國詩歌研究院
總 編 輯	杜潔祥
副總編輯	楊嘉樂
編　　輯	許郁翎、張雅淋、潘玟靜　美術編輯　陳逸婷
出　　版	花木蘭文化事業有限公司
發 行 人	高小娟
聯絡地址	235 新北市中和區中安街七二號十三樓
	電話：02-2923-1455 ／傳真：02-2923-1452
網　　址	http://www.huamulan.tw 信箱 service@huamulans.com
印　　刷	普羅文化出版廣告事業
初　　版	2021 年 9 月
全書字數	518332 字
定　　價	十四編 26 冊（精裝）台幣 70,000 元

郭沫若翻譯文學研究(上)

咸立強 著

作者簡介

咸立強，生於 1977 年，山東平邑人。2005 年博士畢業於復旦大學中文系，現為華南師範大學文學院教授。主要從事 20 世紀中國現當代文學及中外文學關係研究，著有《尋找歸宿的流浪者：創造社研究》（再版題為《藝術之宮與十字街頭：創造社研究》）《譯壇異軍：創造社翻譯研究》《立意為宗與現實主義傳統》《中國出版家趙南公》等。

提　　要

　　郭沫若是 20 世紀中國最為傑出的翻譯大師，也是一位全能的百科全書式的翻譯家。郭沫若的文學翻譯視野開闊，國別眾多，題材多樣，體裁繁雜。郭沫若的文學翻譯實踐開拓了浪漫主義文學漢譯的路徑，以諸多經典譯作為現代的文學翻譯轉為翻譯文學樹立了典範，他提出的「風韻譯」等翻譯思想豐富並推進了現代譯學的發展，他犀利潑辣的文學翻譯批評是 20 世紀中國文學翻譯批評發生期最重要的收穫，他對王獨清、鄧均吾、葉靈鳳等人的幫助和提攜，為現代翻譯人才的培養和成長貢獻了力量。在現代譯壇上，像郭沫若那樣能夠遍地開花，在諸多翻譯領域都能取得令人矚目的成就，且能產生深遠影響的，並不多見。高山仰止，景行行止，郭沫若就是高高聳立在 20 世紀中國譯壇上的一座豐碑。

　　本書以翔實的資料全面地呈現了郭沫若翻譯文學的巨大成就，詳細梳理了郭沫若文學翻譯的四個歷史階段：奠基期、爆發期、左翼化時期、沈寂期，從翻譯文學功能觀、譯者主體觀與譯文創造觀三個方面討論了郭沫若的翻譯文學思想，從版本、體式、意象、譯詞選擇等方面深入剖析了《浮士德》《少年維特之煩惱》《魯拜集》等經典譯本，試圖探討譯者郭沫若的主體生成及其通過翻譯尋找自己的文學話語的過程。

研治文學史的方法與心態——代序

李　怡

　　我曾經以「作為方法的民國」為題討論過中國現代文學研究的「方法」問題，最近幾年，「作為方法」的討論連同這樣的竹內好－溝口雄三式的表述都流行一時，這在客觀上容易讓我們誤解：莫非又是一種學術術語的時髦？屬於「各領風騷三五年」的概念遊戲？

　　但「方法」的確重要，儘管人們對它也可能誤解重重。

　　在漢語傳統中，「方」與「法」都是指行事的辦法和技術，《康熙字典》釋義：「術也，法也。《易・繫辭》：方以類聚。《疏》：方謂法術性行。《左傳・昭二十九年》：官修其方。《注》：方，法術。」「法」字在漢語中多用來表示「法律」「刑法」等義，它的含義古今變化不大。後來由「法律」義引申出「標準」「方法」等義。這與拉丁語系 method 或 way 的來源含義大同小異——據說古希臘文中有「沿著」和「道路」的意思，表示人們活動所選擇的正確途徑或道路。在我們後來熟悉的馬克思主義哲學中，「世界觀」與「方法論」的相互關係更得到了反覆的闡述：人們關於世界是什麼、怎麼樣的根本觀點是「世界觀」，而借助這種觀點作指導去認識世界和改造世界的具體理論表述，就是所謂的「方法論」。

　　在我們的傳統認知中，關於世界之「觀」是基礎，是指導，方法之「論」則是這一基本觀念的運用和落實。因而雖然它們緊密結合，但是究竟還是以「世界觀」為依託，所以在「改造世界觀」的社會主潮中，我們對於「世界觀」的闡述和強調遠遠多於對「方法」的討論，在新中國改革開放前的國家思想主流中，「方法」常常被擱置在一邊，滿眼皆是「世界觀」應當如何端正的問題。這到新時期之初，終於有了反彈，史稱「1985 方法論熱」，

一時間，文藝方法論迭出，西方文藝社會學、心理學、語言學、原型批評、接受美學、結構主義、解構主義、新批評、現象學、存在主義、解釋學、以及借鑒的自然科學方法（系統論、控制論、信息論、模糊數學、耗散結構、熵定律、測不準原理等等），這些令人眼花繚亂的「新方法」衝破了單一的庸俗社會學的「舊方法」，開闢了新的文學研究的空間。不過，在今天看來，卻又因為沒有進一步推動「世界觀」的深入變革而常常流於批評概念的僵硬引入，以致令有的理論家頗感遺憾：「僅僅強調『方法論革命』，這主要是針對『感悟式印象式批評』和過去的『庸俗社會學』而來的，主要是針對我們把握世界的『方式』而言的。『方法論革命』沒有也不能夠關注到『批評主體自身素質』的革命。」〔註1〕

平心而論，這也怪不得1985，在那個剛剛「解凍」的年代，所有的探索都還在悄悄進行，關於世界和人的整體認知——更深的「觀念」——尚是禁區處處，一切的新論都還在小心翼翼中展開，就包括對「反映論」的質疑都還在躲躲閃閃、欲言又止中進行，遑論其他？〔註2〕

1960年1月25日，日本的中國研究專家竹內好發表演講《作為方法的亞洲》。數十年後，他已經不在人世，但思想的影響卻日益擴大，2011年7月，溝口雄三《作為方法的中國》在三聯書店出版。〔註3〕此前，中文譯本已經在臺灣推出，題為《做為「方法」的中國》。〔註4〕而有的中國學者（如孫歌、李冬木、汪暉、陳光興、葛兆光等）也早在1990年代就注意到了《方法としての中國》，並陸續加以介紹和評述。最近10年的中國思想文化與文學批評界，則可以說出現了一股「作為方法」的表述潮流，「作為方法的日本」、「作為方法的竹內好」、「亞洲」作為方法，以及「作為方法的80年代」等等都在我們學術話語中流行開來，從1985年至1990年直到2011年，「方法」再次引人注目，進入了學界的視野。

這裡的變化當然是顯著的。

雖然名為「方法」，但是竹內好、溝口雄三思考的起點卻是研究者的立場和研究對象的特殊性。中國何以值得成為日本學者的「方法」總結？歸

〔註1〕吳炫：《批評科學化與方法論崇拜》，《文藝理論研究》，1990年5期。
〔註2〕參見夏中義：《反映論與「1985」方法論年》，《社會科學輯刊》，2015年3期。
〔註3〕溝口雄三：《作為方法的中國》，孫軍悅譯，北京：三聯書店，2011年。
〔註4〕林右崇譯，國立編譯館，1999年。

根結底，是竹內好、溝口雄三這樣的日本學者在反思他們自己的學術立場，中國恰好可以充當這種反省的參照和借鏡。日本學人通過中國這樣一個「他者」的來參照進行自我的批判，實現從「西方」話語突圍，重新確立自己的主體性。竹內好所謂中國「迴心型」近現代化歷程，迥異於日本式的近代化「轉向型」，比較中被審判的是日本文化自己。溝口雄三批評那種「沒有中國的中國學」，其實也是通過這樣一個案例來反駁歐洲中心的觀念，尋找和包括日本在內的建立非歐洲區域的學術主體性，換句話說，無論是竹內好還是溝口雄三都試圖借助「中國」獨特性這一問題突破歐洲觀念中心的束縛，重建自身的思想主體性。如果套用我們多年來習慣的說法，那就是竹內好－溝口雄三的「方法之論」既是「方法論」，又是「世界觀」，是「世界觀」與「方法論」有機結合下的對世界與人的整體認知。

事實上，這也是「作為方法」之所以成為「思潮」的重要原因。在告別了 1980 年代浮躁的「方法熱」之後，在歷經了 1990 年代波詭雲譎的「現代－後現代」翻轉之後，中國學術也步入了一個反省自我、定義自我的時期，日本學人作為先行者的反省姿態當然格外引人注目。

如果我們承認中國當代學術需要重新釐定的立場和觀念實在很多，那麼「作為方法」的思潮就還會在一定時期內延續下去，並由「方法」的檢討深入到對一系列人與世界基本問題的探索。

在中國現當代文學的領域中，我堅持認為考察具體的國家社會形態是清理文學之根的必要，在這個意義上，「民國作為方法」或「共和國作為方法」比來自日本的「中國作為方法」更為切實和有效。同時，「民國作為方法」與「共和國作為方法」本身也不是一勞永逸的學術概念，它們都只是提醒我們一種尊重歷史事實的基本學術態度，至於在這樣一個態度的前提下我們究竟可以獲得哪些主要認知，又以何種角度進入文學史的闡述，則是一些需要具體處理、不斷回答的問題，比如具體國家體制下形成的文學機制問題，國家觀念與民族意識的互動與衝突，適應於民國與共和國語境的文學闡述方法，以及具體歷史環境中現代中國作家的文學選擇等等，嚴格說來，繼續沿用過去一些大而無當的概念已經不能令人滿意了，因為它沒有辦法抵近這些具體歷史真相，撫摸這些歷史的細節。

「民國作為方法」是對陳舊的庸俗社會學理論及時髦無根的西方批評理論的整體突破，而突破之後的我們則需要更自覺更主動地沉入歷史，進

入事實，在具體的事實解讀的基礎上發現更多的「方法」，完成連續不斷的觀念與技術的突破。如此一來，「民國作為方法」就是一個需要持續展開的未竟的工程。

對文學史「方法」的追問，能夠對自己近些年來的思考有所總結，這不是為了指導別人，而是為自我反省、自我提高。自我的總結，我首先想起的也是「方法」的問題，如上所述，方法並不只是操作的技術，它同樣是對世界的一種認知，是對我們精神世界的清理。在這一意義上，所有的關於方法的概括歸根到底又可以說是一種關於自我的追問，所以又可以稱作「自我作為方法」。

那麼，在今天的自我追問當中，什麼是繞不開的話題呢？我認為是虛無。

在心理學上，「虛無」在一種無法把捉的空洞狀態，在思想史上，「虛無」卻是豐富而複雜的存在，可能是為零，也可能是無限，可能是什麼也沒有，但也可能是人類認知的至高點。是一個複雜的概念。在今天，討論思想史意義的「虛無」可能有點奢侈，至少應該同時進入古希臘哲學與中國哲學的儒道兩家，東西方思想的比較才可能幫助我們稍微一窺前往的門徑。但是，作為心理狀態的空洞感卻可能如影隨形，揮之不去，成為我們無可迴避的現實。這裡的原因比較多樣，有個人理想與社會現實感的斷裂，有學術理念與學術環境的衝突，有人生的無奈與執著夢想的矛盾⋯⋯當然，這種內與外的不和諧本來就是人生的常態，對於凡俗的人生而言，也就是一種生活的調節問題，並不值得誇大其詞，也無須糾纏不休。但對於一位以實現為志業的人來說，卻恐怕是另外一種情形。既然我們選擇了將思想作為人生的第一現實，那麼關乎思想的問題就不那麼輕而易舉就被生活的煙雲所蕩滌出去，它會執拗地拽住你，纏繞你，刺激你，逼迫你作出解釋，完成回答，更要命的是，我們自己一方面企圖「逃避痛苦」，規避選擇，另一方面，卻又情不自禁地為思想本身所吸引，不斷嘗試著挑戰虛無，圓滿自我。

這或許就是每一位真誠的思想者的宿命。

在魯迅眼中，虛無是一種無所不在的「真實」，「當我沉默著的時候，我覺得充實；我將開口，同時感到空虛」（《野草》題辭）「絕望之為虛妄，正與希望相同」（《希望》）「於浩歌狂熱之際中寒；於天上看見深淵。於一

切眼中看見無所有；於無所希望中得救。」(《墓碣文》)所以,他實際上是穿透了虛無,抵達了絕望。對於魯迅而言,已經沒有必要與虛無相糾纏,他反抗的是更深刻的黑暗——絕望。

虛無與絕望還是有所不同的。在現實的世界上,盼望有所把捉又陡然失落,或自以為理所當然實際無可奈何,這才是虛無感,但虛無感的不斷浮現卻也說明在大多數的時候,我們還浸泡在現實的各自期待當中,較之於魯迅,我們都更加牢固地被焊接在這一張制度化生存的網絡上,以它為據,以它為食,以它為夢想,儘管它無情,它強硬,它狡黠。但是,只要我們還不能如魯迅一般自由撰稿,獨自謀生,那就,就注定了必須付出一生與之糾纏,與之往返。在這個時候,反抗虛無總比順從虛無更值得我們去追求。

於是,我也願意自己的每一本文集都是自己挑戰虛無、反抗虛無的一種總結和記錄。

在我的想像之中,每一個學術命題的提出就是一次祛除虛無的嘗試,而每一次探入思想荒原的嘗試都是生命的不屈的抗爭。

回首這些年來思想歷程,我發現,自己最願意分享的幾個主題包括:現代性、國與族、地方與文獻。

「現代性」是我們無法拒絕卻又並不心甘情願的現實。

「國與族」的認同與疏離可能會糾結我們一生。

「地方」是我們最可能遺忘又最不該遺忘的土地與空間。

「文獻」在事實上絕不像它看上去那麼僵硬和呆板,發現了文獻的靈性我們才真的有可能跳出「虛無」的魔障。

如果仔細勘察,以上的主題之中或許就包含著若干反抗虛無的「方法」。

2021 年 6 月於長灘一號

目次

德國施篤謨原著

茵夢湖

郭沫若 台譯
錢君胥

上　海
創　造　社　出　版　部
1　9　2　7

浮士德

德國歌德原著

郭沫若譯

少年維特之煩惱

世界名作選第一種

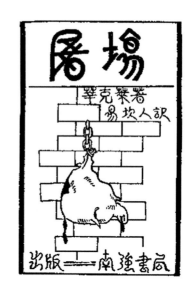

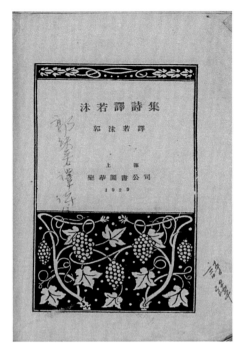

緒　言

　　郭沫若是「追求多方位自我實現的『球形天才』」，〔註1〕是20世紀中國最優秀最重要的翻譯家，「他的譯事活動對中國新文學的貢獻和對後世的影響，除了魯迅幾乎無人可比」〔註2〕。歌德說：「對於一個民族來說，把其他民族的作品翻譯成自己的語言，乃是邁向文明的主要的一步。」〔註3〕歌德的判斷基於英德等歐洲國家的經驗，證之於現代中國，亦是事實。「五四」新文化運動激蕩神州大地，古老的中華民族邁步走向現代文明，中國也迎來了有史以來第二次翻譯的高潮，其他民族的作品大量被譯成漢語。20世紀中國文學就是在中外文化與文學的碰撞中發生發展起來的，而碰撞必然要求翻譯的出現，郭沫若的譯作、翻譯觀、翻譯批評等都為中外文化與文學的溝通貢獻了自己的力量，為中國現代文學與文化現代化的進程提供了可資借鑒的寶貴經驗，其貢獻有目共睹。

　　「篳路藍縷」一詞最早見於《左傳‧宣公十二年》，原語是「篳路藍縷，以啟山林」。「篳路」指簡陋的車子，「藍縷」指破爛的衣服。原語的意思就是：穿著破爛的衣服，駕著簡陋的車子，去征服高山與叢林。「篳路藍縷，以啟山林」，指的就是郭沫若這樣的有開創性貢獻的翻譯家。國內學界最早

〔註1〕 魏建編：《現代中國文學讀本》（上），濟南：齊魯書社2003年，第181頁。
〔註2〕 楊武能：《篳路藍縷　功不可沒——郭沫若與德國文學在中國的譯介》，《三葉集：德語文學‧文學翻譯‧比較文學》，成都：巴蜀書社，2005年，第335～336頁。
〔註3〕 楊武能：《歌德與文學翻譯》，《三葉集：德語文學‧文學翻譯‧比較文學》，成都：巴蜀書社，2005年，第320頁。

用「篳路藍縷」形容郭沫若翻譯事業的是德語翻譯大師楊武能教授。我贊同楊武能教授慧見，也以「篳路藍縷」概括郭沫若的翻譯事業，一方面意在彰顯郭沫若從事翻譯實踐時的艱難困苦，另一方面也是充分肯定郭沫若翻譯實踐的開山地位。

翻譯是貫穿郭沫若一生的「事業」。生命不息，翻譯不止，用以概括郭沫若與翻譯的關係，竊以為非常恰切。郭沫若文學翻譯活動持續時間長，從接觸朗費羅（Longfellow，郭沫若譯為「朗費洛」，〔註4〕本書除引文外都使用標準譯名「朗費羅」）的《箭與歌》並留下了對這首詩的翻譯文字，到晚年翻譯《英詩譯稿》，文學翻譯工作貫穿了郭沫若的大半生。

郭沫若是 20 世紀中國最為傑出的翻譯大師，也是一位全能的百科全書式的翻譯家。郭沫若的文學翻譯視野開闊，國別眾多，他對英國、德國、美國、俄國、日本、印度、波斯等諸多國家的作家作品，都曾做過翻譯。20 世紀中國翻譯史上，被稱為翻譯家或翻譯大師的人有很多，像郭沫若那樣能直接翻譯英、德、日三種外語作品的譯者並不多。人們習慣將魯迅與郭沫若相比，在現代翻譯史著中，兩人一般都占單章的篇幅，但是，「魯迅翻譯作品的絕大部分（包括直譯和轉譯）——約 80%譯自日語文本」，〔註5〕郭沫若翻譯作品譯自日語文本的卻很少，魯迅翻譯作品轉譯較多，郭沫若翻譯作品直譯多而轉譯很少。直譯轉譯與翻譯成就的高低沒有必然關係，但不可否認原語文本的多樣性也是譯者世界視野與翻譯能力的一種表現。

對於郭沫若這樣的譯者來說，翻譯不僅僅只是將英、德、日等外語作品譯成漢語，有時也會將漢語作品譯成英、日等外語，如將魯迅的詩《無題》譯成日語。郭沫若在《翻譯魯迅的詩》中說：「今年國慶後不久，毛主席接見了以黑田壽男為首的日本朋友們，把親筆寫的魯迅這首詩贈送了他們。主席還說：『這詩不大好懂，不妨找郭沫若翻譯一下。』我因此曾經把它翻成了日本文，同時也翻成了口語。」〔註6〕毛主席建議讓郭沫若翻譯的詩就是魯迅的《無題》：「萬家墨面沒蒿萊，敢有歌吟動地哀。心事浩茫連廣宇，於無聲處聽驚雷。」郭沫若先將魯迅此詩譯為日語，然後又譯成白話詩。

〔註4〕郭沫若：《我的作詩的經過》，《郭沫若全集》文學編第 16 卷，北京：人民文學出版社，1989 年，第 211 頁。

〔註5〕潘世聖：《序》，陳紅：《日語原語視域下的魯迅翻譯研究》，杭州：浙江工商大學出版社，2019 年，第 3 頁。

〔註6〕郭沫若：《翻譯魯迅的詩》，《人民日報》1961 年 11 月 10 日。

　　除了將外國人寫的外國文學作品譯成漢語，郭沫若有時還會將中國人（包括自己）用外語寫的一些作品譯成漢語。《辛夷集・小引》原是郭沫若用英語寫給安娜的散文詩，《我們的文學新運動》（Our New Movement in Literature）原是郭沫若用英文寫的文章，後來都由郭沫若自己譯成中文。郁達夫在讀了郭沫若的《女神之再生》後，寫了一首德文詩，郭沫若將郁達夫的這首德文詩譯成中文，題為《百無聊奈〔賴〕者之歌》，附於《女神之再生》文後，刊於 1921 年 2 月 15 日出版的《民鐸》第 2 卷第 5 期。陳子善認為這首譯詩「很可能是郭沫若翻譯的唯一的一首中國人寫的外文詩」〔註7〕，楊建民評價郭沫若的這首譯詩「富於節奏，韻致深切，一點也不似許多譯詩的僵直」〔註8〕。除了漢譯、外譯、自譯之外，郭沫若還探索古書今譯的方式和途徑，將中國古代的一些作品譯成現代漢語，如《卷耳集》和屈原詩詞的今譯等。

　　郭沫若翻譯題材廣泛，學科門類繁多，除了文學外，還有哲學、政治經濟學、音樂等。文學翻譯的體裁多種多樣，小說、詩歌、戲劇、散文等無所不包。在文學翻譯領域獨領風騷，郭沫若給我們留下了《浮士德》《少年維特之煩惱》《魯拜集》等翻譯文學經典；在政治經濟學、音樂、美術等專業領域，郭沫若也貢獻了異常厚重的譯作，如《生命之科學》《經濟學方法論》《政治經濟學批判》《德意志意識形態》《藝術作品之真實性》《美術考古一世紀》《隋唐燕樂調研究》等。

　　郭沫若的文學翻譯實踐開拓了浪漫主義文學漢譯的路徑，以諸多經典譯作為現代的文學翻譯轉為翻譯文學樹立了典範，他提出的「風韻譯」等翻譯思想豐富並推進了現代譯學的發展，他犀利潑辣的文學翻譯批評是 20 世紀中國文學翻譯批評發生期最重要的收穫，他對王獨清、鄧均吾、葉靈鳳等人的幫助和提攜，為現代翻譯人才的培養和成長貢獻了力量。在現代譯壇上，像郭沫若那樣能夠遍地開花，在諸多翻譯領域都能取得令人矚目的成就，且能產生深遠影響的，並不多見。高山仰止，景行行止，郭沫若就是高高聳立在 20 世紀中國譯壇上的一座豐碑。

　　在紛繁複雜的郭沫若翻譯世界中，本書暫將研究對象限定為郭沫若漢譯的外國人撰寫的語言文學作品，重點是從英語、德語翻譯成漢語的小說、詩歌、戲劇。

〔註7〕陳子善：《郁達夫的德文詩》，《新文學史料》1981 年第 4 期，第 247 頁。
〔註8〕楊建民：《郁達夫德文詩及郭沫若的翻譯》，《中華讀書報》2014 年 8 月 6 日。

在 21 世紀的今天，郭沫若翻譯過的文學著作，許多都被後來的譯者們重新翻譯介紹，像《魯拜集》那樣的世界文學經典，更是被後來者反覆重譯，全譯者先後也有幾十人。長江後浪推前浪，一代新人換舊人，在各種書店網店中，郭沫若的譯本越來越少，到處都是新譯者們貢獻的新譯本。翻譯文學的淘汰機制，遠比文學創作更殘酷。蘇聯的莫佐夫（Morozov）說：「一個外國詩人的出名與否，大半要靠翻譯的好壞。」〔註9〕翻譯的好壞與文學創作的好壞一樣難以有確切的標準，一部著作不斷地有新的譯者進行翻譯，說明其經典地位牢固，依舊「出名」，而這「出名」首先是因為先前譯者們的貢獻，而後來的好的譯者們則使其繼續「出名」。在英語世界，名作家留下的英語經典作品很多，譯作最傑出的便是 Edward Fitzgerald 留下的 Rubaiyat 和詹姆斯國王欽定的 Bible 等寥寥幾部。就中國現代文學而言，郭沫若等人的譯作雖然經典，似乎也只能算是翻譯文學中的經典，不能與漢語文學創作相比；就翻譯文學而言，新譯者們的風頭似乎也蓋過了郭沫若。面對浩如煙海層出不窮的譯著，一個需要深究的問題便是：郭沫若翻譯文學的經典性何在？

文學創作並不能夠簡單地以流行與否（尤其是發行量）判定自身的價值，文學翻譯也是如此。大概而言，郭沫若翻譯文學的經典性至少表現在以下三個方面：第一，郭沫若翻譯的一些著作仍被後來的譯者、讀者們奉為經典，不斷重新出版，表明郭沫若翻譯文學仍然具有強大生命力。第二，有些郭沫若的譯本可能不如新譯者們的譯本那樣在當下社會裏流行。經典譯本的經典性，有時候並不意味著自身的不可替代性，而是在被替代的同時也在替代者身上烙下自己的印痕。從一些重譯復譯的著作來看，新譯本中郭沫若的影響還是非常明顯的，郭沫若翻譯的某些特點通過各種方式和途徑在新譯者和新譯本中傳承了下來。第三，郭沫若文學翻譯的經典性還表現在翻譯對創作的影響和引導上。郭沫若的文學翻譯與他自身的文學創作相輔相成，催生了他的許多新詩和話劇的創作，郭沫若說：「我開始做詩劇便是受了歌德的影響。在翻譯了《浮士德》第一部之後，不久我便做了一部《棠棣之花》……《女神之再生》和《湘累》以及後來的《孤竹君之二子》，都是在那個影響之下寫成的。」〔註10〕郭沫若的文學翻譯也影響和哺育了

〔註9〕〔蘇聯〕M. Morozov，何家槐譯：《雪萊小論》，《新世紀》1946 年第 1 卷第 1 期，第 18 頁。
〔註10〕郭沫若：《創造十年》，《郭沫若全集》文學編第 12 卷，北京：人民文學出版

同時代及以後的知識青年、文學翻譯與文學創作。1923 年春天，失業了的周全平從家裏拿了六塊錢置辦了一些雜貨，裝扮成行商到太湖的東洞庭山去售賣。「六塊錢的本錢，就在洞庭山上生活了幾個禮拜之後，說是回到家裏時還剩下了兩塊。這兩塊錢他便拿來買了一些新文學的書，其中一本是《茵夢湖》。他愛《茵夢湖》幾乎成了一種怪癖了，從初版買起，一直買到現在，版版都有。他就是從那回遊過洞庭山之後，才突然嗜好起文學來。他的《煩惱之網》和其他的作品都是在那回以後才動手寫的。」〔註11〕周全平的《煩惱之網》等小說，都帶有濃鬱的《茵夢湖》的色彩。周全平後來成為創造社出版部小夥計，追隨郭沫若為創造社事業的中興貢獻了莫大的力量，與他對郭沫若譯作的喜愛不無關係。趙景深讀了巴金的小說《霧》後，聯想到《茵夢湖》，進而提出揣測「《霧》是否曾受《茵夢湖》的影響」。〔註12〕趙景深沒有明說自己提起的《茵夢湖》是原語版本，還是郭沫若的譯本。從趙景深及巴金的閱讀經驗來說，趙景深所指的應該就是郭沫若和錢君胥合譯的《茵夢湖》。

第一節　郭沫若翻譯文學研究的文獻與史料問題

　　文獻史料是一切研究工作的基礎。郭沫若翻譯研究中的文獻史料問題，大體上可以分為兩類：首先，是史料的搜集整理工作；其次，是史料的使用問題。紮實的文獻史料搜集整理工作與正確的史料使用，相輔相成，都是好的研究工作所必需的重要因素。

　　研究翻譯文學，搜集整理譯本文獻是最基礎的工作，此外，還需要掌握必要的原語文獻。翻譯研究是跨語際的研究，至少涉及原語和譯語兩種語言，如果原文包含其他語言，或漢譯依據的乃是轉譯，那麼翻譯文學研究所涉及的語言必在兩種以上。與國別文學的研究相比，翻譯文學研究涉及的文獻史料多了一倍不止，就文獻史料工作來說，研究工作更是艱難繁雜。這種繁雜植根於翻譯本身的性質，翻譯文學必然要有原語文本，不存在脫離原語文本

　　　　社，1992 年，第 77 頁。
〔註11〕郭沫若：《到宜興去》，《郭沫若全集》文學編第 12 卷，北京：人民文學出版
　　　　社，1992 年，第 358 頁。
〔註12〕趙景深：《巴金》，《文人剪影　文人印象》，太原：三晉出版社，2014 年，第
　　　　15 頁。

的翻譯文學，否則的話翻譯就不再是翻譯，而是成為了創作。翻譯文學的存在及其研究不可能脫離原語文本，翻譯文學研究的史料工作遠比一般文學研究的史料工作更為複雜，除了譯者和譯本等相關文獻史料的搜集整理外，還存在一個原文作者和原語文本的史料問題，就文獻史料工作而言，翻譯文學比國別文學的研究需要處理的工作更為繁重。

張勇在《〈郭沫若全集補編·翻譯編〉編輯箚記——以譯文版本為中心》一文中指出：「造成目前郭沫若翻譯研究停滯不前的主要原因，是由於郭沫若譯作資源的匱乏。」〔註13〕所謂「譯作資源的匱乏」，應該既包含著翻譯所據原語文本的匱乏，同時也包含譯語文本的匱乏。也就是說，文獻史料方面的工作亟需全方位加強。由於歷史和現實等各方面的原因，郭沫若翻譯史料工作的建設及使用等都存在相當多的問題，蕭斌如、韶華編纂的《郭沫若著譯書目》（上海文藝出版社 1989 年增訂本）列出 1929 年至 1949 年郭沫若譯著盜版 11 種。這些版本問題嚴重阻礙了郭沫若翻譯文學研究的歷史進程。不僅如此，現有一些論著涉及郭沫若翻譯文學的部分，相關史料文獻方面的敘述極不嚴謹，有許多模糊甚或錯誤的表述。郭沫若譯《約翰沁孤的戲曲集》出版時標注「郭鼎堂譯述」，「譯述」實際上就是翻譯，重在「譯」而不是「述」，倘若像國內某些學者那樣轉訛成「編譯」，則會使人誤以為郭沫若的文學翻譯與林紓的編譯相似。史料文獻敘述上存在的種種問題，不僅阻礙了郭沫若翻譯文學研究的深化，更容易引起人對郭沫若翻譯文學成就的質疑。

郭沫若的多種譯作都曾引發強烈的反響，最早全面地搜集整理郭沫若著譯作品目錄的，是李霖。李霖編撰了《郭沫若評傳》一書，其中有《郭沫若先生著譯一覽》，他將郭沫若的著譯分為「創作之部」與「翻譯之部」，「翻譯之部」又分為「小說」、「戲劇」、「詩歌」等部分。「翻譯之部」所列具體書目如下：

小說

14 少年維特之煩惱	哥德著	現代書局出版
15 茵夢湖	施篤謨著	泰東書局出版
16 石炭王	辛克萊著	樂群書店出版
17 煤油	辛克萊著	光華書局出版

〔註13〕張勇：《〈郭沫若全集補編·翻譯編〉編輯箚記——以譯文版本為中心》，《山東師範大學學報》2015 年第 3 期，第 77 頁。

18 屠場	辛克萊著	南強書局出版
19 新時代	屠格涅夫著	商務書館出版

戲劇

20 浮士德	哥德著	現代書局出版
21 銀匣	高爾斯華綏著	現代書局出版
22 法網	高爾斯華綏著	現代書局出版
23 爭鬥	高爾斯華綏著	商務書館出版
24 異端	霍甫曼著	商務書館出版
25 約翰沁孤戲曲集	約翰沁孤著	商務書館出版

詩歌

26 沫若譯詩集		創造社出版
27 魯拜集		泰東書局出版
28 德國詩選		創造社出版
29 雪萊選集		泰東書局出版
30 新俄詩選		泰東書局出版

社會科學

31 社會主義與社會組織	河上肇著	樂群書店出版

考古著譯

32 中國古代社會研究		現代書局出版
33 甲骨文字研究		大東書局出版
34 殷周青銅器銘文研究		大東書局出版
35 美術考古學發現史（譯）		樂群書店出版〔註14〕

　　這份著譯書目已經較為齊全，譯著對應的出版社大體也都正確，遺憾的是有些譯著的初版本沒有列出來，如《浮士德》標注為「現代書局出版」，這就是用的後來的版本，著者標的是「哥德」，也與各版本所用原作者「歌德」不同。此外，李霖將《浮士德》列為「戲劇」，也與後來人們將其歸入「詩歌」大不相同。

　　1941 年，柳倩為紀念郭沫若誕辰五十週年暨創作二十五週年編纂了《郭沫若先生二十五年著譯編目》。蔡震指出：「柳倩當時在郭沫若主持的文化

〔註14〕李霖：《郭沫若先生著譯一覽》，《郭沫若評傳》，上海：現代書局，1932 年，第 318～320 頁。

工作委員會工作，這份『著譯編目』是他自己起意整理還是受郭沫若之託，不得而知，但『著譯編目』應該是得到郭沫若首肯，起碼一些資料是需要郭沫若提供的。北京的郭沫若紀念館至今仍保存有一份該『著譯編目』的手抄稿。」〔註15〕這份著譯目錄刊載於《中蘇文化》1941 年第 9 卷第 2～3 期，該期是《郭沫若先生創作生活二十五週年紀念會特刊》。其中，「文藝之部（編譯）」書目如下：

（1）詩歌

    35 德國詩選 　　　　　　　　　（創造）

    36 雪萊詩選 　　　　　　　　　（泰東）

    37 浮士德 　　　　　　　　　　（創造）

    38 赫爾曼與竇綠苔 　　　　　　（生活）

    39 魯拜集 　　　　　　　　　　（泰東）

    40 沫若譯詩集

    41 華倫斯泰 　　　　　　　　　（生活）

    42 查拉圖斯屈拉抄 　　　　　　（創造）

    43 新俄詩選（與李霖合譯） 　　（泰東）

（2）戲劇

    44 法網 　　　　　　　　　　　（現代）

    45 銀匣 　　　　　　　　　　　（現代）

    46 爭鬥 　　　　　　　　　　　（商務）

    47 約翰沁孤戲劇集 　　　　　　（商務）

（3）小說

    48 茵夢湖 　　　　　　　　　　（泰東）

    49 少年維特之煩惱 　　　　　　（現代）

    50 石炭王 　　　　　　　　　　（樂群）

    51 屠場 　　　　　　　　　　　（南強）

    52 煤油 　　　　　　　　　　　（光華）

    53 新時代 　　　　　　　　　　（商務）

    54 戰爭與和平 　　　　　　　　（五十年代）

〔註15〕蔡震：《郭沫若著譯作品盜版本的考察辨析（上）》，《郭沫若學刊》2015 年第 1 期，第 47 頁。

55 異端　　　　　　　　　　　（商務）
56 日本短篇小說集（萬有叢書）（本書用高汝鴻名發表）
　　　　　　　　　　　　　　　（商務）
（4）文藝理論
57 藝術的真實　　　　　　　　（質文社）
（5）美術
58 近代美術史略　　　　　　　（商務）
59 美術考古學發現史　　　　　（樂群）〔註16〕

　　在《郭沫若著譯作品盜版本的考察辨析（上）》中，蔡震依據北京郭沫
若紀念館所藏柳倩的手稿列出了上述書目，與本書所引的上述文字稍有出
入。《沫若譯詩集》在蔡震文中列出的出版者為「樂華」，《新俄詩選》出版
者為「光華」（蔡震在注釋中說明「光華」在原文中為「泰東」，合譯者「李
民治」在原文中為「李霖」），《法網》和《銀匣》的出版者為「創造」，《少
年維特之煩惱》的出版者為「泰東」，《戰爭與和平》的出版者為「光明」，
《美術考古學發現史》的出版者為「湖風」。蔡震說，館藏手稿的「這個篇
目中有一些內容並不十分準確，也有個別舛誤」〔註17〕，卻沒有言明哪些
地方出現了「舛誤」，這是令人遺憾之處。從蔡震的注釋來看，《新俄詩選》
的出版者出現了「舛誤」。手稿本與《中蘇文化》刊載本著譯書目的一些不
同之處，並非都是「舛誤」，如《少年維特之煩惱》曾由「泰東」、「創造」
等多個出版者出版過各種不同的版本，由於著譯書目只列了書目和出版
者，卻沒有注明所列出版者一定是初版者，因而只要是該出版者曾經出版
過該書目，就不能算是「舛誤」。正因如此，郭沫若翻譯文學的研究若是不
能夠準確地描述所使用的版本，有些論斷就不夠準確，全面地搜集著譯書
目的版本，勾勒版本之間的變遷，各出版者所出書目的差異，挑選出較好的
出版書目並加以說明，這就需要研究者既要有版本學、史料學研究的紮實
功底，又要能判別版本的優劣，辨別譯文的好壞，這些都使得郭沫若翻譯文
學的研究變得困難重重。

〔註16〕柳倩：《郭沫若先生二十年著譯編目》，《中蘇文化》1941 年第 9 卷第 2～3 期，
　　　　第 92～93 頁。
〔註17〕蔡震：《郭沫若著譯作品盜版本的考察辨析（上）》，《郭沫若學刊》2015 年底
　　　　1 期，第 47～48 頁。

《時代雜誌》1941 年第 14 期發表署名「毅」的文章《郭沫若先生著譯書目——為郭先生五十華誕作》。文章統計了郭沫若從 1920 年到 1940 年間出版的著譯書目，其中文藝方面的譯著有：

一九二二

少年維特之煩惱

> 德國歌德著，小說。泰東書局印行，「世界名家小說」之一，旋增訂由創造社出版為「世界名著選」之一，後歸現代書局出版。

茵夢湖

> 德國施篤謨著，小說。泰東書局印行，「世界名家小說」之一，旋由創造社出版為「世界名著選」之一，後歸光華書局出版。

一九二三

魯拜集

> 波斯莪默伽亞謨著，詩集。泰東書局印行，後歸創造社出版為「世界名著選」之一。

一九二五

新時代

> 俄國屠格涅夫著，小說。商務印書館印行。

一九二六

爭鬥

> 英國戈斯華士著，戲曲。商務印書館印行。

異端

> 德國霍普特曼著，小說。商務印書館印行。

約翰沁孤的戲曲集

> 英國約翰沁孤著，戲曲集。商務印書館印行。《悲哀之戴黛兒》《西域的健兒》《補鍋匠的婚禮》《聖泉》《騎馬下海的人》《谷中的暗影》。

一九二七

德國詩選

> 與成仿吾合譯，創造社出版部印行。收：歌德詩十四首，席勒詩一首，海涅詩四首，施篤謨詩一首，列瑙詩一首，希萊詩一首。沫若

先生譯十八首。

法網

　英國高爾斯華綏著，戲曲。創造社出版部印行「世界名著選」之一，
　後歸現代書局印行。

銀匣

　英國高爾斯華綏著，戲曲。創造社出版部印行「世界名著選」之一，
　後歸現代書局出版。

一九二八

沫若譯詩集

　創造社出版部印行「世界名著選」之一。

浮士德

　德國歌德著，詩劇。創造社出版部印行「世界名著選」之一，後歸
　現代書局出版，第二部未刊。

石炭王

　美國辛克萊著，小說。用易坎人筆名發表，樂群書店印行，繼由光
　華書局出版。

查拉圖司屈拉鈔

　德國尼采著，創造社出版部印行「世界名著選」之一。

一九二九

屠場

　美國辛克萊著，小說。用易坎人筆名發表，南強書局印行。

新俄詩選

　光華書局印行「新俄叢書」之一，後更名《我們的進行曲》出版。

一九三〇

煤油

　美國辛克萊著，小說。用易坎人筆名發表，光華書局印行。

雪萊詩選

　英國雪萊著，泰東書局印行。

一九三一

美術考古學發現史

　德國米海裏斯著，湖風書局印。

一九三二

戰爭與和平

　　俄國托爾斯泰著，小說。文藝書局印行，刊三卷。

　　在文末，作者還列出了「書賈纂編偷印本」，第一種便是《沫若譯著選》，按語指明「此書係北平書賈偷編印行」。〔註18〕

　　相較於同年發表被蔡震認為是郭沫若允許並提供材料的柳倩撰寫的著譯書目，署名「毅」的這個書目在整理材料的詳細程度等方面都更為出色。因為「毅」整理的文藝類譯著書目截止1932年，故而1935年出版的《日本短篇小說集》、1936年出版的《華倫斯太》、1942年出版的《赫曼與竇綠苔》、1947年出版的《藝術的真實》都沒有收錄在內，是以這份書目比柳倩撰寫的書目少了幾種。「毅」較為詳細地列出了著譯初版、再版的出版者，而柳倩給出的出版者信息很隨意，有些是初版者，有些則是再版者。當然，「毅」整理的書目也有「舛誤」，如將1921年出版的《茵夢湖》出版時間誤為1922年，將1924年出版的《魯拜集》誤為1923年，將1926年出版的《雪萊選集》誤為1930年，將1931年出版的《戰爭與和平》誤為1932年。上述兩份著譯書目中的「舛誤」，在「文革」後出版的《郭沫若著譯書目》（上海圖書館編1980年版）等資料集中都已經得到修訂。這些譯著存在的版本修改等問題仍有待學者進一步梳理考訂，如謝保成的《郭沫若譯著考察》，考訂雖然翔實，卻也誤將上海南強書局出版的《血路》視為新譯書，實則是譯著《屠場》換了一個題名出版。《郭沫若著譯詳考》以注釋的形式敘及《屠場》的出版問題：「1929年8月30日上海南強書局初版；1932年2月15日再版時，書名改為《血路》。」〔註19〕羅列郭沫若著譯書目時，將《屠場》與《血路》並列顯然不合適。

　　與上述兩份著譯書目同時期出現且可相互印證的，是郭沫若自己撰寫的《五十年簡譜》。其中，多處談及譯著情況。1920年，「譯《浮士德》第一冊」；1921年，「譯《茵夢湖》及《少年維特之煩惱》」；1922年，「譯《魯拜集》」；1924年，「譯《社會組織與社會革命》及《新時代》」；1929年，「譯

<hr />

〔註18〕毅：《郭沫若先生著譯書目——為郭先生五十華誕作》，《時代雜誌》1941年第14期，第19～21頁。

〔註19〕俞森林、傅勇林、王維民：《郭沫若譯著詳考》，《郭沫若學刊》2008年第4期，第71頁。

《石炭王》與《屠場》，作《周金文中之社會史觀》，譯《美術考古學發現史》」；1930 年，「譯《煤油》」；1931 年，「開始譯《戰爭與和平》……開始譯《生命之科學》及歌德自傳《真實與詩藝》」；1932 年，「『一二八』上海事變爆發，《生命之科學》及歌德自傳稿存上海商務印書館被焚」；1936 年，「譯《華侖斯太》」。〔註 20〕從《五十年簡譜》可知郭沫若珍視的譯著，其中所記一些已經翻譯卻因戰火等原因被毀的譯稿，讓人知道在留下的譯文本之外還存在更為廣闊的郭沫若翻譯的世界。

謝保成在《郭沫若譯著考察》一文中說：「正式出版的郭沫若譯著 30 種（詩歌 8 種、小說 9 種、戲劇 5 種、藝術 2 種、科學 1 種、理論 4 種、其他 1 種），涉及 10 個國家的 60 多位作者的作品，總頁碼超過《郭沫若全集》文學編的總頁碼。」〔註 21〕郭沫若的上述譯作，大多都有初刊本、初版本、修訂再版本等種種的不同。有時候，郭沫若會談及自己對譯作的修訂，如郭沫若和錢君胥合譯的《茵夢湖》，在出版兩年後就進行了修訂。郭沫若在《六版改版的序》中說：「這本小小的譯書，不覺也就要六版了。時隔兩年，自己把來重讀一遍，覺得譯語的不適當，譯筆的欠條暢的地方殊屬不少。我便費了兩天的工夫重新校改了一遍，另行改版問世。不周之處，或者仍有不免，只好待諸日後再行訂正了。」〔註 22〕很多時候，郭沫若根本不提修訂之事，重版再版時是否經過修訂，需要研究者們自己去發現。此外，有些版本的修訂，並非出自譯者本人之手。林英曾談到《石炭王》的修訂：「易坎人（聞說即是郭沫若氏）譯的辛克萊的巨著《石炭王》，從前在張資平辦的樂群書店出版的，後不久就絕版，中國千萬個讀者，要想讀這部巨著的，後來的都渴望著不能買到。現在，又由現代書局重新訂正排印出版。」〔註 23〕很多時候，郭沫若譯著的修改都不是郭沫若自己動手的，而是由編輯、排版者或朋友代勞，有時譯本因此變得更好，有時則是弄巧成拙，還有一些則是工作（尤其是排版印刷方面）失誤，版本研究需注意造成版本差異的種種因素。

成仿吾談到郭譯《魯拜集》時說：「我只把英文念一遍，再把譯詩念一遍，只就這兩遍批評，好就繼續讀下去，不好便給他加以修改。這些譯詩是這樣

〔註 20〕郭沫若：《五十年簡譜》，《郭沫若全集》文學編第 14 卷，北京：人民文學出版社，1992 年，第 546～549 頁。

〔註 21〕謝保成：《郭沫若譯著考察》，《郭沫若學刊》2003 年第 2 期，第 1 頁。

〔註 22〕郭沫若：《六版改版的序》，《茵夢湖》，上海：泰東圖書局，1923 年，第 2 頁。

〔註 23〕林英：《重版石炭王的介紹與批評》，《現代出版界》1932 年第 3 期，第 5 頁。

弄出來的。」〔註 24〕也就是說，我們認為的《魯拜集》初刊本，其實還存在一個成仿吾修改的問題。郭沫若著譯作品版次多，經過修訂的版本多，「郭沫若研究必須面對那卷帙浩大，種類繁多的著譯作品版本。這樣一來，就有一個對於郭沫若著譯作品文獻資料進行整理的問題。」只有系統地整理郭沫若著譯版本及其修改情況，才能清晰準確地把握「大量有關郭沫若生平活動、思想、創作等等方面的歷史信息」，這些都是「郭沫若研究重要的原始文獻資料」，「但是因為時間的流逝，也因為郭沫若著譯作品的版本未曾系統地整理過，這些重要的史料、信息實際上處在一個流失或被遺忘的狀態。」〔註 25〕郭沫若翻譯研究的突破必須建立在重要的原始文獻資料搜集整理的新進展上。

最近幾年，郭沫若翻譯研究中的史料問題已經得到一些研究者們的關注。謝保成的《郭沫若譯著考察》和俞森林等的《郭沫若譯著詳考》考察了郭沫若著譯的具體書目等情況，蔡震的《郭沫若著譯作品到版本的考查辨析》澄清了許多譯著版本方面存在的問題，由北京郭沫若紀念館主持編纂的郭沫若翻譯全集的出版工作，更是將郭沫若譯本的史料工作推向了一個新的階段。何俊《「副文本」視域下的〈沫若譯詩集〉版本研究》雖然冠以「版本」研究的字樣，其實只是簡單談到了《沫若譯詩集》的幾個版本，研究的側重在序言、附白等「副文本」上，並未深入地討論譯文本身的版本修訂和變遷等問題。在現代文學版本學研究逐漸熱鬧起來的當下，郭沫若譯著版本的諸多問題都應該受到研究者們的重視。

郭沫若翻譯文學研究與郭沫若其他研究領域相似，「副文本」方面的相關研究最為薄弱，迄今為止還沒有學者對郭沫若諸多譯著的「副文本」進行綜合性的搜集整理。以郭沫若譯《新時代》為例，很少有論者提及這個譯著的封面頁、版權頁等「副文本」方面的版次變化。1925 年版《新時代》，封面畫著兩個長翅膀的天使在親吻，右邊的一位手裏拿著一個火把，天使下方是花體字的書名：「新時代」。封底版權頁被一條橫線分為上下兩個部分，上面的部分較小，只有兩條信息，一個是德譯書名 Die Neue Generation，一個是英文的商務印書館字樣；下面的部分較大，書名著者譯者等各項信息都有，漢譯

〔註 24〕成仿吾：《附識》，《創造》季刊 1923 年第 2 卷第 1 期，第 23 頁。
〔註 25〕蔡震：《引言》，《郭沫若著譯作品版本研究》，北京：東方出版社，2015 年，第 1～2 頁。

書名後並無英譯書名。1934 年版《新時代》，封面左右繪有兩列花邊，中間頂上是六個大字「世界文學名著」，下面則是小了兩號的楷體字「新時代」，下方是作者名字「屠格涅甫」，以及譯者名「郭鼎堂」。再往下則是一個正方形的邊框，用英文重複了一遍上述信息。值得注意的是小說的名稱，使用的是Virgin Soil。封底版權頁，在漢譯書名後也跟著英譯本書名 Virgin Soil。

有從事翻譯史料研究的學者指出：「有許多譯書連原著者名都沒有一個，或者只題一個和原音相差很遠的譯音名字，如果沒有讀過原書，查考起來就非常困難。但這類書名常常還是有法子查出來的。最怕的是從外國書裏抽譯一部分或從雜誌譯出來的小冊子，要是譯本不注出來，那就是簡直要命。」〔註26〕胡適譯 Thomas Campbell 的 The Soldier's Dream，將詩中 scarecrow 譯為「芻人」，周作人說他在《英詩金庫》第 267 首查到此詩，發現原文是「By the wolf-scaring faggot that guarded the slain」，直譯應是「在那保護戰死者的，嚇狼的柴火旁邊」，而胡適譯為「時見芻人影搖曳」，不對譯詩的原文便不知胡適譯得如何，這也算是周作人發現的「胡譯」之一例，周作人感慨地說：「這又使我感到了另外一種的趣味」〔註27〕。這別一種趣味的產生，前提是要能找到譯文的原文。郭沫若翻譯的專著都容易查出原作者，若要考求原著版本，大多數都不太容易，這方面的比對需要專業研究人員，花費的工夫也大，迄今為止尚未見有學者專門從事這方面的研究。此外，有些引譯的文字，由於其來源信息缺失太多，查考起來自然是困難異常，相關的研究也就只能停留在表層，難以深化。

唐弢在《書話·譯書經眼錄》中談到郭沫若所譯《茵夢湖》時說：「《茵夢湖》有譽於世，我早年讀此，倍受感動，印象之深，不下於《少年維特之煩惱》。這本書有多種譯本：商務印書館有唐性天譯本，書名作《意門湖》；開明書店有朱偰譯本，書名作《漪溟湖》。朱偰在序文裏指出唐譯語句滯重，不堪卒讀，『實遜似郭譯』。但郭譯也有錯誤，並指出可以商榷之處凡十五條。最後，北新書局又有英漢對照本，為羅牧所譯，序文中對郭錢合譯之譯文施以攻擊，謂不可信。早期譯者常持此種態度，實則所據原文不同，羅譯

〔註26〕平心：《生活全國總書目編例》，《中國出版史料》第 1 卷下冊，濟南：山東教育出版社，2001 年，第 458 頁。

〔註27〕周作人：《案山子》，《周作人自編集·看雲集》，北京：十月文藝出版社，2011年，第 46 頁。

既係英漢對照，根據英文本轉譯，實難據為信史。」〔註28〕羅牧譯的是《少年維特之煩惱》，從英文轉譯，取的是英漢對照的形式。在這裡，唐弢的記憶有點混淆了。唐弢提出的問題的確是翻譯文學批評和研究中較為普遍地存在著的難題。有趣的是唐弢轉述的「不堪卒讀」，後來卻被用在郭譯上。「創造社一幫人從日本回來，第一件事便是惹是生非，當時國內能直接看外文的人不多，創造社以浪漫派著稱，自己的譯稿浪漫得離譜，讓人不忍卒讀，但是他們回國最初的引人注目，是在翻譯上指責張三李四，到處挑別人的錯。」〔註29〕葉兆言談的是創造社一幫人，並非單指郭沫若，但郭沫若自然也在其中。葉兆言接連使用了「第一件事」、「最初」，無形中將筆墨官司歸因於郭沫若等創造社同人，這並不吻合事實，且在邏輯上也站不住腳，且不說郭沫若等人的翻譯是否「讓人不忍卒讀」，作為能夠直接看外文的人都有挑別人譯文錯誤的自由。有些作家不認可批評家的批評，便以批評家不能創作作為回擊的理由。事實上，好的文學批評家不必是好的作家；好的翻譯批評，亦不必先要貢獻出更好的譯文。然而，即便是要好的譯文，郭沫若等創造社同人在當時文壇上貢獻出來的譯著，如《茵夢湖》，在唐弢等人的眼裏遠比後出的翻譯還要好。原語、譯語版本等文獻史料是翻譯批評和研究需要解決的基本難題，然而更應該認識到版本問題畢竟是為文本閱讀服務的，如果什麼樣的譯文都沒有仔細閱讀過，版本的研究就失去了應有的價值和意義，至於亂談不能「卒讀」等問題，缺少具體譯文的展示與對比，是以判斷過多地帶有個人的情感色彩，若非故意顯示與其他人的判斷不同，便是一葉障目。

有些譯者的文學翻譯直接從原語翻譯，有些譯者則是從其他語言轉譯，此外還有節譯刪譯編譯等情況，有些翻譯批評家或研究者不討論所研究的對象採用的底本，徑直以自己所依據的本子為準，以此比較自己與對方的譯文，在這種情況下，翻譯批評中的錯譯誤譯問題便極不可靠。日本學者阪井洋史在《關於王實味對郭沫若譯〈異端〉中「譯錯」的質疑》（《新文學評論》2020 年第 3 期）細膩地梳理了王實味對郭沫若《異端》譯文的批評，認為王實味判斷郭沫若譯文「譯錯」的理由缺乏說服力，並將王實味對郭沫

〔註28〕唐弢：《茵夢湖》，《書話·譯書經眼錄》，北京：北京出版社，1962 年。
〔註29〕葉兆言：《鬧著玩的文人》，《中國新文學大系（1976～2000）》，上海：上海文藝出版社，2009 年，第 870 頁。

若譯文的批評與創造社對文學研究會翻譯的嘲諷聯繫起來，視為無名文學青年炫耀外文能力的慣技之一。其實，王實味在自己的《譯者序》中反覆申明自己不懂德語，乃是從英文本轉譯，「怕無論如何是趕不上他的」，即便是看了郭沫若的譯文後認為頗有可商榷之處，也明白「不懂德文的自己，幾乎可以說沒有批評他的權利」。這實際上已經表明自己的翻譯批評並非可靠，談不上是無名青年炫耀自己的外語能力，至於王實味要「拿常識和文情來說明郭先生在什麼地方錯誤了」〔註30〕，正是王實味這篇譯者序批評的真價值所在。王實味的翻譯批評，不能與創造社對文學研究會展開的翻譯批評相提並論，郭沫若等創造社同人展開的翻譯批評，才是炫耀外語能力，其實也談不上炫耀，因為那是真正的水平碾壓。王實味展示出來的翻譯批評，立足點並不是自己的外語水平，而是「常識和文情」，而且是基於漢語表達的「常識和文情」。如此一來，王實味展開的其實便是翻譯文學批評，即著眼於譯文漢語表達的翻譯批評，而不是基於原文與譯文對照的翻譯批評。區別上述兩種翻譯批評，意在強調兩種翻譯批評各有其價值和意義。從版本出發梳理對照譯文與原文的種種關係，能夠讓人清晰地知道翻譯中意義的傳遞與遷移。從「常識和文情」出發，就譯文而言，需要注意的是譯語自身的邏輯表達。王實味提出的牧師申稟僧正之事，在阪井洋史看來，存在王實味和郭沫若兩種理解，這不是翻譯錯誤問題，而是對原文本的理解有所不同。王實味翻譯批評的問題所在，不是借批評炫耀自己的外語能力，而是認為原文本只存在一種理解的可能，否認別樣的理解，將不同的理解視為了誤譯。如此一來，王實味所說的「常識和文情」，就不再是基於漢語表達基礎對譯文進行的批評，而是通過版本對照判定誤譯。限於自己不通原文，無法對郭沫若譯文進行恰如其分的批評，故而只能借助「常識和文情」，這就不是外語能力的炫耀，而是對自身批評缺陷的遮掩。

即便是皆從原語翻譯，如從英文翻譯雪萊的詩歌，也還存在著不同版本的選擇問題。徐遲談到自己翻譯雪萊詩歌時說：「逃難回來，有一個朋友跟我不知煩了多少次舌頭，要我譯雪萊。這回譯的事是成了，可是版本——真是令人搖頭太息啊。奇怪的版本，連一個出版書店的名字也沒有的。以前這

〔註30〕王實味：《譯者序》，王實味譯，〔德〕G.Hauptmann 著《珊拿的邪教徒》，上海：中華書局出版，1930 年，第 1～2 頁。

樣的書是正眼也不願意看的吧。現在竟然據以翻譯了。」〔註31〕在抗日戰爭期間從事雪萊詩歌的翻譯，本就是一件較為奢侈的事情，沒有挑選版本的餘地，徐遲感慨的也正是這一點。然而，普通讀者並不知曉各位譯者所據的底本問題，即便是有意批評譯著的讀者也是如此，批評者往往僅從某一譯者提供的「原文」出發，於是翻譯批評往往便成了批評者自個的表演。唐弢先生所說的情況，不僅存在於早期譯者之間，當下有些研究者一旦不談有些抽象的翻譯思想或翻譯影響問題，具體到譯文的是非對錯問題上，也是「常持此種態度」。

　　郭沫若最好的翻譯作品都完成於抗戰之前，從事翻譯時個人的生活雖然清苦，據以翻譯的底本卻是好的。無論是在日本還是上海，郭沫若都有逛書店和圖書館的愛好，也有此便利。大學讀書期間，教授郭沫若英語德語的教師們也對他的外國文學的閱讀、接受和翻譯起到了一定的引導作用。郭沫若有時在相關文字中交待了他據以翻譯的底本，從中可知，郭沫若選擇的翻譯底本都是最經典的版本。這種明確交待翻譯底本的情況並不常見，致使研究者難以確定譯者據以翻譯的底本。郭沫若在《波斯詩人莪默伽亞謨》中點明自己所據原文本是「Fitzgerald 英譯的第四版」〔註32〕，在《屠場》「譯後」中說：「本譯書之藍本乃紐育 Vanguard Press 的 1927 年十月發行的第三版。」〔註33〕在《爭鬥》的「序」中說：「我這篇翻譯是以 Scribner 出版的《戈氏戲曲集》為底本的。」〔註34〕這就明確了自己翻譯所依據的原語文本。在郭沫若眾多的文學翻譯中，《魯拜集》《屠場》《爭鬥》都標注了據以翻譯的底本，像這樣明確標誌譯者所用原文版本的非常少見。絕大多數情況下，人們只能看到郭沫若留下的譯文本，找不到郭沫若所使用的原語文本，而郭沫若也並沒有留下文字說明自己翻譯所依據的原版本。原語文本方面沒有翔實的史料文獻，研究者們只知道郭沫若所譯的對象，卻不清楚翻譯所據的具體版本。郭沫若談到《屠場》版本時說：「此書本出世於 1906 年，自歸 V.P.印刷後，於一年之間已出三版，其行銷之猛烈殊可想

〔註31〕徐遲：《雪萊欣賞》，〔英〕雪萊：《明天》，徐遲譯，桂林：雅典書屋，1943 年，第 160 頁。

〔註32〕郭沫若：《波斯詩人莪默伽亞謨》，《創造》季刊 1922 年第 1 卷第 3 期，第 11 頁。

〔註33〕郭沫若：《譯後》，《屠場》，上海：南強書局，1930 年，第 405 頁。

〔註34〕郭沫若：《序》，《爭鬥》，上海：商務印書館，1926 年，第 1 頁。

見。惟本版與舊版，自 21 章譯後便大有刪削，特別是最後的結尾，在舊版中尚有 30，31 兩章，而本版則全盤刪削了。」〔註35〕對於翻譯文學研究的版本來說，不僅譯語版本有時繁多，原語版本也可能有多種，且不同版本之間的差異可能比較大，有些差異差異可能就是原語版本錯誤所致，魯迅曾以切身體驗說過：「美國版的英書，往往有錯誤。」〔註36〕上述這些因素，翻譯文學的研究不能不盡可能地予以考慮，否則的話，將原語文本與譯語文本相互比照，剖析翻譯問題，有時候就會因為原語文本選擇的不當而得到似是而非的結論。然而在許多論著中，這種不清楚都被轉換成了不證自明的問題。彭建華、邢莉君的《郭沫若與德語文學》、何俊的《從郭沫若翻譯〈茵夢湖〉看其「風韻譯」》等，在行文中都將郭沫若譯詩與原語文本做了對比，且與其他譯者譯作進行了比較，進而肯定了郭沫若翻譯的價值和意義。無一例外，沒有研究者在文中指出郭沫若所依據的原語文本問題，也沒有研究者說明自己在選擇原語文本版本時所持依據。

　　彭建華在《論歌德〈浮士德〉第一部及郭沫若的翻譯》中指出：「第一幕《夜》首次創作於 1794 年，1797 年再次改寫。」〔註37〕其他段落也有指出歌德《浮士德》的修訂問題，且指出《浮士德》第一部的創作主要包括三種文獻來源。然而，著者指出歌德《浮士德》的修訂問題之後，並沒有將其與郭沫若的翻譯關聯起來，而是直接選用了某一版本且將其與郭沫若的漢譯進行比對。如果不能確定郭沫若所用原語文本，從翻譯的是非對錯、高低優劣等角度進行的研究便失掉了確切的參照。看似熱鬧的翻譯研究和批評，也就成了各說各話，根底很可能便如唐弢所言，「實則所據原文不同」。郭沫若談到余家菊的翻譯時說：「《人生之意義與價值》是德國哲學家威鏗的著書，因此要使問題得到最後著落，就必須查看德文原本。我有德文原本第四版，和英譯本的內容完全不同，達夫所指謫的那幾句根本沒有。」〔註38〕著重點便在原語文本的版本。郁達夫批評余家菊的翻譯時說：「英文本是從原著的一九○七

〔註35〕郭沫若：《譯後》，《屠場》，上海：南強書局，1930 年，第 405 頁。

〔註36〕魯迅：《〈奔流〉編校後記》，《魯迅全集》第 7 卷，北京：人民文學出版社，2005 年，第 181 頁。

〔註37〕彭建華：《論歌德〈浮士德〉第一部及郭沫若的翻譯》，《吉林藝術學院學報》2014 年第 3 期，第 15～17 頁。

〔註38〕郭沫若：《創造十年》，《郭沫若全集》文學編第 12 卷，北京：人民文學出版社，1992 年，第 127 頁。

年的舊版翻譯出來的。你看在他的故國，已經絕版的老版書，在我們中國倒當作了最新的新書流佈開來，豈不是一個奇怪的現象麼？」〔註39〕若是意在介紹新知識的轉譯，版本問題更為重要，而情況也更為複雜，批評與研究都需要更加小心謹慎。上述這些事實提醒我們，郭沫若翻譯文學的研究需要切實地強化以下三個方面的工作：第一，需要嚴謹地使用現有的文獻史料，第二，需要積極搜集整理原語、譯語版本的新資料，第三，需要系統地完整地而非列舉式地對比校閱郭沫若的譯文與原文。

　　沒有可靠的史料文獻有些問題的研究就沒法開展，有可靠的史料而不能好好利用同樣也是目前有些郭沫若翻譯研究難以令人滿意的原因。與材料的缺失相比，更值得引起研究者們注意的是現有材料的整理與使用。

　　首先，在進行涉及版本修訂等方面的文獻史料研究工作時，應避免惟初版本、初刊本為中心。對於 20 世紀中國文學來說，受到政治因素等方面的影響，許多作家都曾對自己的著譯進行過修改，這些修改有好有壞，不可一概而論，相比較而言，初刊本或初版本就成了較為乾淨未被污染的處女地，更能顯示作家真實的創作追求。然而，由於印刷技術、校對等各方面的原因，初刊本或初版本往往存在諸多缺陷。考慮到這種情況的存在，版本修訂等史料研究問題最好進行動態的研究考察，而不是一味地推崇初刊本、初版本。郭沫若譯 Deirdre of the Sorrows 一劇，將 he a man would be jealous of a hawk would fly between her and the rising sun 譯為「他這人就是看見一隻老鷹清早在她頭上飛著的時候，也是要吃醋的。」原文 between her and the rising sun，意思是「在她和升起的太陽之間」，表示在戴黛兒頭上直到太陽為止的廣闊空間，康秋坡國王連一隻老鷹也不允許飛過，因為他妒忌。顯然，郭沫若對於 between 的翻譯過於自由散漫了，彷彿清早的老鷹有什麼特別之處似的，需要特別防護和妒忌。其實原文說的是戴黛兒頭上出現的一切事物都被康秋坡國王所妒忌。直白地說，郭沫若此處的翻譯錯了。這種錯誤在郭沫若的翻譯中並不少見。有時候是筆誤，有時候則是理解錯位，有時候也可能是排版造成的錯誤。羅華香對康秋坡談到戴黛兒時曾說：「這山上的無論那一條大路小路他都是熟習的，就是電閃恐怕也不會把她那樣的一位美人

〔註39〕郁達夫：《夕陽樓日記》，《郁達夫全集》第 10 卷，杭州：浙江大學出版社，
　　　2007 年，第 4 頁。

燒壞呢。」這句話的原文是：She's used to every track and pathway, and the lightning itself wouldn't let down its flame to singe the beauty of her like。很明顯，這一句子中的兩處第三人稱代詞指的都是戴黛兒，譯文應該都用「她」。羅華香對戴黛兒說：「只有康腦脫的美芙女王，和他那一樣的人能夠。」原文是：Maeve of Connaught only, and those that are her like。原文用的是 her，而郭沫若的譯文用的則是「他」。這些都屬錯譯。在《The Playboy of the Western World》中，培姜對馬洪說：「你的性名又優雅」〔註40〕，原文是：you with a kind of a quality name。「性名」應該是「姓名」之誤，這種類型的錯誤應該屬於排版問題，但也可能是譯者書寫譯稿時的手誤，至於「優雅」，竊以為應譯為「高貴」，表示馬洪姓氏高貴、出身名門。《The Tinker's Wedding》第二幕，瑪利醒來時有段說明：「醒來，驚奇地看著兩人，平地地說」。〔註41〕其中，「平地地」應為「平靜地」之誤，原文是 blandly，就是「平靜地、溫和地」之意。

　　不同譯者對同一原語文本的翻譯，其實都可以視為抵達原語文本的不同路徑，給讀者們展示出原作不同的面相。除了粗製濫造的翻譯之外，不宜輕率地判斷不同譯者譯文之優劣高低。對於譯者自身譯文的不同版本，如郭沫若《雲鳥曲》的兩種譯文版本（《創造》季刊版與《三葉集》版），譯者自己已經做出了優劣的判斷，作為讀者和研究者，也能判斷兩種版本之間的優劣。在這種情況下，譯文優劣的判斷就不能游移不定。與兩種譯文優劣判斷相對應的，便是經過「改潤」後的譯文，應該更能代表郭沫若《雲鳥曲》的翻譯水平。無論是《郭沫若全集》還是《郭沫若翻譯文學全集》，後人編纂郭沫若《雲鳥曲》時，都應依據《創造》季刊上的版本，而不應該選用《三葉集》中的版本。《雲鳥曲》出現在《郭沫若全集》中，是以《三葉集》中原始信件的形式收錄的，全集的編者自然不可能將郭沫若原信中的《雲鳥曲》版本替換為《創造》季刊上的版本，那樣就篡改了郭沫若的原信。竊以為這裡面仍然存在兩個有待進一步完善和考證的問題。第一，《三葉集》中收錄的郭沫若的信，原信是否與《三葉集》相同？畢竟，郭沫若在「改潤」《雲鳥曲》

〔註40〕〔愛爾蘭.〕約翰·沁孤：《西域的健兒》，《約翰沁孤的戲曲集》，郭鼎堂譯，上海：商務印書館，1926年，第101頁。
〔註41〕〔愛爾蘭〕約翰·沁孤：《補鍋匠的婚禮》，《約翰沁孤的戲曲集》，郭鼎堂譯，上海：商務印書館，1926年，第205頁。

時，曾批評《三葉集》說：「該書標點字句錯亂太多」。第二，《郭沫若全集》
照錄《三葉集》，沒有問題，但是《郭沫若全集》並沒有收錄《沫若譯詩集》，
郭沫若自己「改潤」後的《雲鳥曲》被《郭沫若全集》排斥在外。為了能夠
更好地引導讀者，竊以為《郭沫若全集》在含有《雲鳥曲》的郭沫若信中應
該加注釋。全集之全，除了文章無遺漏之外，還應能全面地反映作家的藝術
成就，而只有作家自己主動謹慎地「改潤」後的文字，才能真正地反映他的
藝術成就。

其次，史料文獻方面的工作最好使用第一手材料。《魯拜集》《浮士德》
等郭沫若的譯作都有許多不同的版本，近年來有些出版社重出這些譯本，這
些重出的譯本號稱選用某種版本，實際上卻未必完全如此。2009 年 1 月吉林
出版集團有限責任公司重新編輯推出了郭沫若翻譯的《魯拜集》，「編者前言」
聲稱：「此次出版《魯拜集》，選取的是郭沫若先生 20 年代之初譯（上海泰東
書局 1928 年 5 月第 4 版）……除了書中明顯的手民誤植，我們對先生的用詞
亦不做改動，包括與目下通行譯名不同的譯名，因為這些翻譯往往與譯者的
翻譯行文聯繫在一起，不便擅動。」這也算是對待史料文獻比較謹慎的態度
了。但在事實上卻並未如編者所言「最存其真」。如第 43 首第 2 詩行：「相遇
在河水之瀆」，初刊本、初版本用的都是「瀆」，而不是憤怒的「憤」。吉林版
將其改為憤怒之「憤」，其實是自己做了誤植的手民。

最後，研究者自身的研究工作應該謹慎細膩，對於文獻史料的引用要準
確無誤，否則的話，就算是分析得天花亂墜終究也只能是空中樓閣，經不起
推敲。郭沫若翻譯文學研究對象的豐富性複雜性，需要研究者不斷努力探
索，具有開闊的研究視野，切忌自以為是，使追求「去蔽」的研究反而造成
了新的「遮蔽」。北京大學孟昭毅、李載道主編的《中國翻譯文學史》，第十
三章是「郭沫若對戲劇文學翻譯的特殊貢獻」，這一章節的標題似乎有意強
調郭沫若在戲劇文學方面的「特殊貢獻」，但這個特別的突出也對郭沫若全
方位的翻譯貢獻帶來了遮蔽。在文獻史料的敘述方面，更是讓人覺得粗糙
不堪。「1925 年，郭沫若翻譯出版了波斯作家莪默伽亞謨的《魯拜集》……」
〔註42〕敘述中的史實錯誤太過於明顯，「翻譯出版」這樣模糊化的表述也太
過於粗糙，讓人感覺彷彿郭沫若翻譯的《魯拜集》此時才正式與讀者見面似

〔註42〕孟昭毅、李載道主編：《中國翻譯文學史》，北京：北京大學出版社，2005 年，
　　　　第 157 頁。

的。《魯拜集》的翻譯，早在 1923 年就已刊載於《創造》季刊第 1 卷第 3
期。敘述的隨意粗略，難以真正呈現郭沫若翻譯文學發展的軌跡，也不能準
確地呈現譯者郭沫若真正的歷史地位和貢獻。

第二節　郭沫若翻譯文學研究的回顧與展望

（一）郭沫若翻譯文學研究的回顧

綜觀郭沫若研究，可以發現翻譯文學的研究在各方面都不能與文學研究
相媲美。卜慶華在《郭沫若研究三十年述評（1919～1949）》一文中肯定郭沫
若「在文學創作、歷史考古研究和翻譯等方面」都取得了「輝煌的成就」，但
「述評」卻只梳理了新詩研究、早期歷史劇研究、傳記文學研究、史學（考
古）研究，不知為什麼偏偏忽略了翻譯研究的梳理。顧彬說：「我去沙灣參觀
郭沫若故居時發現在介紹郭沫若的文字中有很多『家』的頭銜，但怎麼也找
不到『翻譯家』三個字。郭沫若也是位翻譯家，而且是一位非常重要的翻譯
家，但在中國好像不太重視翻譯。」〔註43〕在現代文壇上，郭沫若被魯迅等
批評為不重視翻譯；現在，我們的確如顧彬所說，不太重視翻譯，而不重視
郭沫若翻譯的結果便是郭沫若翻譯文學研究向來都很薄弱。李斌頗受稱道的
49 萬字的《女神之光：郭沫若傳》，談及郭沫若翻譯的地方不少，敘述 1922
年到 1923 年的郭沫若時，卻隻字不提《魯拜集》與《雪萊詩選》，於是「女
神之光」照亮的主要是雅典娜式的郭沫若，即革命的戰鬥的作家和翻譯家的
形象。概言之，國內學界對郭沫若文學翻譯的研究迄今為止仍然比較薄弱，
與郭沫若研究及郭沫若文學翻譯的整體成績不相匹配。

楊武能談到郭沫若的德語文學翻譯時說：「在中國翻譯文學史上，最早介
紹德國文學的是徐卓呆、吳檮、馬君武、應時、魯迅、周瘦鵑等人。然而，除
了馬君武譯的席勒名劇《威廉·退爾》，其他譯品要麼是原著不十分重要，要
麼分量過於單薄，因此都沒有產生多大影響。真正稱得上我國譯介德語文學
開山祖師的不是別人，仍是二十世紀中國最傑出的詩人、學者和思想家之一
的郭沫若。」〔註44〕「開山祖師」、最早的譯者等評價側重的是翻譯史的價值

<hr />

〔註43〕〔德〕顧彬：《郭沫若與翻譯的現代性》，《中國圖書評論》2008 年第 1 期，
　　　　第 119 頁。
〔註44〕楊武能：《篳路藍縷　功不可沒——郭沫若與德國文學在中國的譯介》，《三葉
　　　　集：德語文學·文學翻譯·比較文學》，成都：巴蜀書社，2005 年，第 336 頁。

和意義。從文學自身的角度來說，郭沫若文學翻譯的真正價值在於他貢獻了一批真正優秀的譯作。《魯拜集》《少年維特之煩惱》《浮士德》等譯著至今仍然膾炙人口。從翻譯的數量、對其他譯者譯作的影響及讀者接受等各種因素綜合來看，郭沫若的文學翻譯成就遠在魯迅之上，但在各種翻譯論著中，對魯迅的翻譯成就敘述及評價都比較到位，而有關郭沫若文學翻譯的敘述及評價就比較粗陋。在翻譯觀及翻譯批評方面，情形也很相似。郭沫若提出的文學翻譯思想及引發的現代文學翻譯批評，不僅在翻譯界引起了巨大的反響，對整個中國現代文壇都產生了較為深遠的影響。自郭沫若提出「翻譯是媒婆」後，他的翻譯思想及翻譯批評總是被人用作反面例子進行批評。

回首近百年來的郭沫若文學翻譯研究，對郭沫若文學翻譯的態度基本可以分為兩類：肯定與否定。凡是真正的批評，總會表明自己的立場態度，在肯定與否定之間總要有所選擇。肯定者因偏愛而評價有時不免偏高，否定者因反對而評價有時又會偏低，這些都是常態，不必因某些過度的肯定或否定而大驚小怪。與這些批評的常態相比，竊以為更值得注意的是百年來郭沫若文學翻譯批評與反批評的持續性。

百年來的郭沫若文學翻譯研究基本上可以分為兩類：一是研究翻譯或中外文學關係史，又或者研究創造社，故而論及郭沫若的翻譯；一是專門以郭沫若的翻譯作為研究對象。中外文學關係方面的研究論著偶有涉及郭沫若翻譯者，但也只是屬於點到為止，絕大多數都不能算是翻譯研究，如顧國柱的《郭沫若與雪萊》等。翻譯史研究著作如張中良《五四時期的翻譯文學》、任淑坤《五四時期外國文學翻譯研究》、王向遠、陳言等《二十世紀中國文學翻譯之爭》、孟昭毅和李載道主編《中國翻譯文學史》、謝天振和查明建主編《中國現代翻譯文學史》、陳玉剛主編《中國翻譯文學史稿》等；創造社研究專著如黃淳浩《創造社：別求新聲於異邦》、朱壽桐《情緒：創造社的詩學宇宙》、咸立強的《尋找歸宿的流浪者：創造社研究》和《譯壇異軍：創造社翻譯研究》等；論文如《創造社翻譯探尋》《簡論創造社的詩歌翻譯》《創造社與文學研究會翻譯問題論爭探源》《論創造社的「翻譯文學批評」》《文壇攻戰策略及前期創造社的翻譯戰──從〈夕陽樓日記〉談開去》等，數量相當有限。上述論著大都對創造社翻譯文學尤其是郭沫若翻譯文學的成就及影響給予了充分肯定，較少涉及郭沫若譯文優劣的判斷。

直接以郭沫若的翻譯為題的學術專著，目前論述最為全面的是傅勇林等

的《郭沫若翻譯研究》,該書全面系統地闡述了郭沫若的翻譯活動及相關背景、翻譯思想及相關影響等。相比之下,丁新華的《郭沫若與翻譯研究》在文獻史料的整理方面要粗略一些,對郭沫若翻譯思想、社會價值等宏觀討論較多,具體文本的分析較少。譚福民的《郭沫若翻譯研究》與丁新華的《郭沫若與翻譯研究》同為上海交通大學出版社出版,譚著晚出一年,在系統性上不如丁著,更不如傅著,但譚著用了整整一章的篇幅討論了創造社對郭沫若翻譯的影響,這是其他學者的著作中所沒有的。上述著作,缺憾有二:第一,對郭沫若翻譯的變化軌跡及其因由語焉不詳;第二,譯作本身的研究比較薄弱,沒有對具體的譯文本進行語言、審美上的詳細分析。廖思湄的博士畢業論文《郭沫若西方戲劇文學譯介研究》專門討論郭沫若的戲劇文學翻譯,從互文和創造式翻譯討論譯作,分析相對來說更為具體細膩。楊玉英教授的《郭沫若在英語世界裏的傳播與接受研究》也涉及到翻譯問題,但主要研究的是郭沫若作品的外譯,不是本書所要研究的郭沫若的文學翻譯。蔡震先生的《郭沫若著譯作品版本研究》則從版本角度梳理了郭沫若譯作相關問題。也有一些著作以郭沫若為研究對象的,多少論及郭沫若文學翻譯的,如李斌的《女神之光:郭沫若傳》、張勇的《複調與對位——〈郭沫若全集〉集外文研究》。在張勇看來,翻譯、研究和創作成為了郭沫若在日本流亡十年生活的「三極構成」,「這三極有效的建構了他對世界和文化的最初認知,同時也影響了他今後人生的抉擇。忽略了任何一極的存在都很難對他們做出客觀公正的歷史評價。在這種思維方式的支配下,已經使他從單一創作型的作家,轉向了多元豐富的知識構成,成為了一個名副其實的球形天才。」〔註45〕

　　與數量有限的學術專著相比,數量較豐且成績較好的是直接以郭沫若翻譯為題的論文。聞一多的《莪默伽亞謨之絕句》被黃杲炘視為中國最早的詩歌翻譯批評。〔註46〕聞一多對郭沫若的譯詩持肯定態度,只是對某些具體的語句提出了商榷意見。不籠統地肯定,也不籠統地否定,而是進行譯文的具體批評,聞一多為郭沫若的譯詩批評打開了一個良好的開端。與聞一多迥然不同的,則是蜇冬的《論郭沫若的詩》:「至於他的譯詩無論新舊體詩都死板

〔註45〕張勇:《複調與對位——〈郭沫若全集〉集外文研究》,臺灣新北市:花木蘭文化事業有限公司,2018 年,第 162 頁。

〔註46〕黃杲炘:《英語詩漢譯研究——從柔巴依到坎特伯雷》,武漢:湖北教育出版社,1999 年,第 206 頁。

生硬毫無活氣。將西洋名著譯成塵羹土飯真個是刻畫無鹽、唐突西子，實在對那些原著者不住。」〔註47〕作為批評者，不是不可以全盤否定郭沫若的譯詩，但是空有否定的語句而缺少具體譯文的分析支撐，批評也就幾近成了謾罵。當下學界發表郭沫若翻譯研究論文較多的學者有咸立強、張勇、彭建平、何俊、熊輝、王璞、張慧等，這是一批40歲左右的青年學者，像彭建平、熊輝等都有外語專業基礎，咸立強等有國外訪學背景，他們的研究視野較為開闊，他們在郭沫若翻譯文學研究領域的崛起，意味著郭沫若文學翻譯的研究並不會隨著楊武能、王友貴等學者們的退休而陷入低迷。

郭沫若文學翻譯研究的薄弱性，一方面根源於多語種研究人才的匱乏，一方面則是研究者多為業餘愛好者而非專家名家，一方面還在於研究界對翻譯和翻譯研究存在偏見。郭沫若文學翻譯研究論文的發表數量，2006年以前中國知網上每年都只能查到一兩篇，且大多都只是發表在非核心刊物上，這就是相關研究薄弱的表現之一。從2007年開始，情況才有了根本的變化，相關研究論文在數量上有了一個迅猛的增長，2009年的論文數達到了驚人的21篇，2010年15篇，2011年12篇，2012年14篇。2008年，于立得在《郭沫若與文學翻譯研究述評》一文中說：「據筆者初步統計，1978年至今，有關郭沫若與文學翻譯的研究文章已有33篇。」〔註48〕郭沫若翻譯文學研究的學術論文從30年33篇到新世紀以來10多年100餘篇，這些數字的變化真實客觀地表明郭沫若翻譯研究最近幾年出現了一個爆發式的增長。絕對數量的增長表明越來越多的研究者投入到郭沫若翻譯研究的領域，但這並不就說明出現了郭沫若翻譯研究的熱潮。以知網數據庫為例，在「摘要」選項中輸入搜索詞「郭沫若」然後在結果項中輸入搜索詞「翻譯」，搜索結果項為544條。在「篇名」選項中直接鍵入搜索詞「郭沫若」然後在結果選項中鍵入搜索詞「翻譯」，搜索項共124條。以同樣的方式鍵入「魯迅」和「翻譯」兩個關鍵詞，所得結果分別是2977條和701條；鍵入「林紓」和「翻譯」兩個關鍵詞，所得結果分別是1067條和340條。若將搜索項中的時間限制為2000年至今，郭沫若搜索結果為399條和117條，魯迅搜索結果為2192條和651條，林紓搜索結果為939條和314條。僅從上述數據看，就可以粗略地得出這樣兩個

〔註47〕蟄冬：《論郭沫若的詩》，《旁觀》旬刊1933年第12期，第26頁。
〔註48〕于立得：《郭沫若與文學翻譯研究述評》，《郭沫若學刊》2008年第2期，第50頁。

結論：首先，通過三位重量級翻譯家研究狀況的橫向對比，可以發現翻譯研究絕對量的增加是一個較為普遍的現象，不僅僅是郭沫若翻譯研究如此；其次，通過新世紀前後研究狀況的縱向對比，可以發現郭沫若翻譯研究學術論文發表數量有顯著的增加，而這也符合新世紀以來翻譯研究熱潮興起的大趨勢。

綜觀以往關於郭沫若翻譯文學的研究，主要集中在以下幾個方面：1. 梳理郭沫若翻譯實踐，總結其翻譯方法及思想觀念，肯定其成就及影響。2. 從中外文學關係的角度，探討郭沫若對外國文學的譯介與接受。3. 探討郭沫若譯介與自身文學創作的關係。4. 與郭沫若相關的翻譯論爭等史實的考證梳理。5. 對比分析郭沫若譯文與所依據的原文。6. 郭沫若與其他現代譯者間的翻譯觀、翻譯實踐等的比較研究。在上述諸種問題的探討上，研究者們都取得了豐碩的成果。

郭沫若翻譯文學的研究成果近年來越來越豐碩，但成績主要表現在研究論著的數量增長上，研究的質量相對欠缺。具體來說，郭沫若翻譯文學研究的不足主要表現在以下五個方面：

第一，研究者相對集中，翻來覆去主要就是一小部分人在進行這方面的研究，有限的研究者大都只是偶而論及郭沫若翻譯文學，罕有長久地專研郭沫若翻譯文學的學者。

第二，研究選題過於重複，總是在一些翻譯思想、翻譯論爭等一些老題目上轉圈子，基本都是「翻譯」研究，或中外文學關係研究，對具體的翻譯文本的研究較少，多「翻譯」文學的研究而缺少翻譯「文學」的研究，這不僅是郭沫若翻譯研究存在的情況，也是國內文學翻譯研究中普遍存在的問題。高玉談到魯迅翻譯文學的研究時說：「對魯迅翻譯作品的研究，我認為這是最重要的魯迅翻譯研究，屬於『本體』研究。但迄今這方面的研究卻是最薄弱的。」〔註49〕「本體」研究也是郭沫若翻譯文學研究中最薄弱的方面。

第三，研究方法陳舊，主要還是集中於原語文本與漢譯文本的比照等傳統譯學等方面的研究。就原語文本與譯語文本的比照來說，也呈現出兩極化的論述傾向：一種是名為具體譯文的研究，實則通篇往往只列舉一兩句原文與譯文；一種則是整篇基本都是原文與譯文的對照，研究者的個人分析論斷

〔註49〕高玉：《近 80 年魯迅文學翻譯研究檢討》，《社會科學研究》2007 年第 3 期，
　　　第 185 頁。

往往只有短短的一小段。相對而言，前者比後者的研究工夫顯得更紮實一些，原因主要就是將論述重心放在了翻譯思想、翻譯與創作的關係、翻譯批評與論戰等問題的梳考上，而這些向來都是郭沫若翻譯研究最引人注目的焦點，相關的史料文獻也豐富。這類論文基本都是以樸實的考證辨析取勝（這也是最能顯示郭沫若翻譯研究成績的一部分），對於研究範式的新舊並不在意。馬利安・高利克在《歌德〈浮士德〉在郭沫若寫作與翻譯中的接受與復興（1919～1922）》中宣稱要「分析中國現代詩人郭沫若的歌德《浮士德》譯本」，這篇論文最出色的地方也還是語文學式的正誤辨析。從譯文與原文的對應關係入手進行的研究，雖然在研究的範式方面沒有多少創新，但勝在紮實可靠。黃芳試圖用生態翻譯批評的研究範式探究郭譯《魯拜集》，論文最後的結論並不能使人滿意，而論文所關注的「如何用譯文最自然的語言和結構反映原文的特點」〔註50〕這一問題，也沒有因新範式的採用而得到很好的解決。

第四，迄今為止，具體的譯文判斷、譯本價值的判斷與郭沫若文學翻譯的整體價值判斷，郭沫若文學翻譯研究中的上述三個方面往往處於被割裂的狀態，缺少將上述三個層次的判斷整合起來的研究。即便是在同一層次的判斷上，也少有研究者將已有的各種觀點進行綜合整理、選擇淘汰等方面的工作。平面的展開而非有序地深化，多碎片化的評析而少整體性的梳理把握，這就是郭沫若文學翻譯研究的當下侷限性所在。

第五，研究者總是或多或少表現出對自己研究對象的偏愛。在將郭沫若譯文與其他譯者譯文做比較的時候，最後一般都是肯定郭沫若的譯文。由於這種不同譯者譯文間的比較基本不涉及錯譯誤譯，而是從傳神達意等較為抽象的層面進行討論，有些研究者只是簡單地列舉郭沫若和其他譯者的寥寥幾處譯文，然後就以之判定整個譯本優劣。若是一首詩，這樣的判定或許有一定的說服力，放在幾十萬字的長篇譯文中，不能不讓人懷疑這種被挑選的翻譯批評到底有多少可信度。除了刻意挑選的傾向式批評，譯文批評大多都帶有濃鬱的點擊式的印象評價，印象批評本來也是文學研究的一種範式，自然有其獨特的價值和魅力。但是太過於表面化的印象批評或相關研究一直停留在批評的層面而不能進一步走向深化，容易導致研究的平面化，相關研究漸漸走向自我的簡單複製。

〔註50〕金春嵐、黃芳：《郭沫若譯〈魯拜集〉的生態解讀》，《西安外國語大學學報》2012 年第 3 期，第 107 頁。

郭沫若翻譯文學研究中出現的種種問題，並非個別現象，而是中國文學翻譯批評整體格局的表現。郭沫若翻譯文學研究說到底不可能超脫於中國譯學發展的總體水平，而中國譯學發展「因襲多於創新」的總體狀況，在某種程度上也正是郭沫若翻譯文學研究的寫照。

（二）郭沫若翻譯文學研究的展望

翻譯是一個由各種因素組合起來的複雜的關係網絡：原文的文化背景、原文、原文讀者、譯文、譯文的文化背景、譯文讀者、譯者。翻譯研究由於各自側重點選擇的不同，也就產生了各種不同的翻譯研究模式，各種研究模式都有其存在的價值和意義。郭沫若文學翻譯研究，需要對這個複雜的關係網絡進行全面細膩的探究。這裡所說的全面研究，不僅僅是指翻譯的全過程，還指郭沫若翻譯中真正的跨語際實踐。作為掌握德、英、日三種外語並且對這三種語言的文學著作皆做過翻譯，有時從德語漢譯的時候參照了英、日譯本，從英語漢譯的時候參照了日譯本等等，這種真正跨語際的翻譯實踐對於譯者郭沫若有著怎樣的影響，又在怎樣的意義上建構起郭沫若獨具特色的譯文本，對於這類問題尚有待進一步深入探究。這種跨語際類型的翻譯文學研究之所以難以實踐，最大的困難不在於文獻史料的缺失，而是專門研究人才的缺失。目前的郭沫若文學研究界，精通德日英三國外語的基本沒有，外語專業出身的研究人員，雖然精通一到兩門外語，但是在文學文本的閱讀和理解方面總是表現得差強人意。對於這一點，德國漢學家在幾年前就曾談到過：「現在研究郭沫若的人，包括研究郭沫若翻譯的人，存在的突出問題是外語水平不高，或者只會一兩門外語。」〔註51〕從跨語際實踐這一角度來說，郭沫若翻譯研究的突破需要精通多語種研究人才的培養。

翻譯文學的研究離不開「翻譯」研究，但郭沫若翻譯文學研究亟需突破的也正是「翻譯」研究的藩籬。Bassnett 指出：「說譯者『應該』或『不應該』這樣做。這種評價式的術語，只適用於教授語言的課堂上，那裡的翻譯，只有一個非常明確、狹小的教學用途。」〔註52〕郭沫若翻譯文學的研究，需要關注譯文與原著的對等關係，但絕不能僅僅停留在譯文「應該」或「不應該」

〔註51〕〔德〕顧彬：《郭沫若與翻譯的現代性》，《中國圖書評論》2008 年第 1 期，第 120 頁。

〔註52〕轉引自王宏志：《重釋「信、達、雅」──20 世紀中國翻譯研究》，北京：清華大學出版社，2007 年，第 10 頁。

這樣做的層次上。若是探究「應該」與否的問題，評判的標準也應該自我保持前後的一致性，不能一會兒認為是創造性的誤譯，稱之為「創造性叛逆」，一會又批評譯文「與原詩依然大相徑庭」；一邊稱讚「天地是飄搖的逆旅」為「氣勢恢宏」的「好譯詩」，一邊又批評「半價的敝屣」為「半白半文的新舊體詩的雜合」。〔註53〕這種左右搖擺的批評態度，反映出的是研究者對譯文語言的隔膜，或者說失掉了審美的感知力。倒是金克木在一篇閒談式的文章裏談到郭沫若譯語的這種特性時，使用了一個很有意思的說法：「早期的夾雜文言的白話文體」。〔註54〕不能將文白夾雜簡單視為語言的不成熟狀態，或者混用，而應該將其視為譯者使用的一種屬於他自己的「文體」。

從「文體」的角度研究這種語言使用，而不是以某種外在的語言標準探討郭沫若譯文的「應該」與否，這是郭沫若譯文研究應有的態度。李何林談到胡適的白話文觀念時，批評胡適將明清傳奇等都視為「模範的白話文學」，「這樣不單有意無意的給文言文留下許多地盤，同時使白話文本身連『如話』的地步都做不到，反夾雜著許多文言文的毒素，埋下了白話文『文言化』的根源。」〔註55〕站在漢字羅馬拼音化的立場上，以口語相繩，自然就會反對文白夾雜。從語言文化傳承的角度審視文白夾雜，這未必不是對國粹的傳承，「拿來主義」〔註56〕不僅是對外的，對傳統文化的態度也應該是「拿來主義」。就此而言，文白夾雜中的「文」往往更像是傳統詩文中的「詩眼」，是作者筆下富含審美的詞彙。一些國外的文學研究者對於譯文語言文白夾雜現象的審美感知有時候反倒是更為敏銳。法國宇樂文在《郭沫若 20 年代〈分類白話詩選〉裏的歌德譯詩：論翻譯與陌異性，新詩與跨文化的現代性》一文中，這樣分析譯文中的「姮」、「靈」：「『姮』字更適合句內押韻的網絡：它與『靈』字屬於一個韻部（『靈』的繁體字，『靈』與『姮』在字形書寫的層面也具有更多的共同元素：雲、口；此外，『巫』字是否會讓人想到『巫山』？這個字顯然帶有神話與神秘的色彩）。」〔註57〕這種分析是否有過度

〔註53〕邵斌：《詩歌創意翻譯研究：以〈魯拜集〉翻譯為個案》，杭州：浙江大學出版社，2011 年，第 104 頁。
〔註54〕金克木：《孤獨的磨鏡片人》，《讀書》1999 年第 2 期，第 143 頁。
〔註55〕李何林：《近二十年中國文藝思潮論》，上海：光華書店，1938 年，第 41 頁。
〔註56〕魯迅：《拿來主義》，《魯迅全集》第 6 卷，北京：人民文學出版社，2005 年，第 39 頁。
〔註57〕〔法〕宇樂文：《郭沫若 20 年代〈分類白話詩選〉裏的歌德譯詩：論翻譯與陌異性，新詩與跨文化的現代性》，《第五屆國際郭沫若學會學術討論會論文

闡釋的嫌疑暫且不論，只就對其對譯文語言的敏銳感覺而言，正是郭沫若翻譯文學研究所需要的。

在翻譯研究中有些譯者所提出的，郭沫若為什麼會夾雜家鄉的語言？是譯者主體語言的無意識流露，還是譯者有意追求的語言風格，又或者只是翻譯過程中出現的敗筆？〔註58〕類似這樣的問題，是非常有價值和意義的問題，正如郭沫若新詩創作中時不時地也會夾雜家鄉的語言，這些都成為郭沫若文學世界的某些「記號」。這些問題的探究不能停留在譯文「應該」或「不應該」這樣做的層次上。郭沫若的新詩創作中也夾雜家鄉的語言，對於這些家鄉語言，還沒有批評家將其視為「敗筆」。反倒是聞一多在《女神之地方色彩》中批評許多詩人作詩的時候「把『此地』兩字忘到蹤影不見了」，並認為《女神》「薄於地方色彩底原因是在其作者所居的環境」。〔註59〕對於家鄉方言問題所持態度的差異，原因就在於一個著眼於「翻譯」而另一個著眼於「創作」。著眼於「翻譯」，因其背後的原語文本的存在，譯者一旦使用自己的家鄉語言，便會與原作者的語言相違和，「應該」或「不應該」的問題也就隨之出現。和新詩創作、歷史劇創作一樣，郭沫若的文學翻譯表現出來的是文學郭沫若對於現代文學語言的處理技巧和能力，郭沫若的譯文表現了郭沫若將一種思想用一種語言恰到好處地傳達出來的高超的文學技巧和能力。

郭沫若文學翻譯的主體特徵，有時候從郭沫若譯文世界自身難以直接尋覓出來，一旦與其他譯者的譯文進行對照，就能非常明顯地看出來。這種譯本間的比較，不是為了討論哪一種譯文更忠實，也不討論翻譯的順化同化問題，而是從譯者主體性的角度討論譯者主體與譯文的相互建構。換言之，譯者郭沫若並非天生就是翻譯家，譯者沫若有一個譯者主體的生成問題，且這個主體在生成後也在不斷地成長變化。同時，這個生成和成長中的譯者主體，自然也會反映在譯文之中。有學者指出：「深入的翻譯研究，應該考慮兩大範疇：第一是主體文化的規範和環境，第二是翻譯活動與主體文化在一段長時間裏產生的相互影響。」〔註60〕相互影響的結果，便是相互的建構與生成。

集：百年來越境的現代中國文學——紀念郭沫若、田漢留日一百週年》，東京法政大學，2016 年，第 208 頁。

〔註58〕于立得：《郭沫若與文學翻譯研究述評》，《郭沫若學刊》2008 年第 2 期，第 50 頁。

〔註59〕聞一多：《女神之地方色彩》，《創造週報》1923 年第 5 號，第 6～7 頁。

〔註60〕孔慧怡：《總序》，《翻譯・文學・文化》，北京：北京大學出版社，2000 年，

因此，從生成的角度研究郭沫若的文學翻譯，便是呈現並探討譯者主體與譯文之間的相互建構的過程和機制問題。就譯者主體性特徵而言，《魯拜集》第99 首的翻譯提供了一個很好的研究個案：

> Ah Love! could you and I with Him conspire
>
> To grasp this sorry Scheme of Thing entire,
>
> Would not we shatter it to bits—and then
>
> Remould it nearer to the Heart's Desire

最早將這首詩譯成中文的是胡適，他的譯文如下：

> 要是天公換了卿和我，
>
> 該把這糊塗世界一齊都打破，
>
> 要再磨再煉再調和，
>
> 好依著你我的安排，把世界重新造過！〔註61〕

1922 年，郭沫若將其譯為：

> 啊，愛喲！我與你如能反叛「他」時，
>
> 把這不幸的全部的「計劃書」來奪取，
>
> 我怕不把它扯成粉碎──
>
> 從新又照我心願塗寫！〔註62〕

郭沫若譯文在《創造》季刊上刊載後，聞一多從美國彼岸寫來了評論文章並重譯該詩如下：

> 愛喲！你我若能和「他」溝通好了，
>
> 將這全體不幸的世界攫到，
>
> 我們怕不要搞得他碎片紛紛，
>
> 好依著你我的心願去再搏再造！〔註63〕

1924 年，徐志摩重譯該詩如下：

> 愛啊！假如你我能勾著運神謀反，
>
> 一把抓住了這整個兒「寒塵」的世界，
>
> 我們還不趁機會把他完全搞爛───

第 2 頁。

〔註61〕胡適：《希望》，《嘗試集──附〈去國集〉》，合肥：安徽教育出版社，2006 年，第 54 頁。

〔註62〕郭沫若：《波斯詩人莪默伽亞謨》，《創造》季刊 1922 年第 1 卷第 3 期。

〔註63〕聞一多：《莪默伽亞謨之絕句》，《創造》季刊 1923 年第 2 卷第 1 期。

　　再來按我們的心願，改造他一個痛快？〔註64〕

　　在四位譯者的譯文中，只有郭沫若將 to the Heart's Desire 譯為「照我心願」，其中的代詞用的是單數的「我」，胡適和聞一多用的都是「你我」，徐志摩用的則是「我們」。英文版中用的是單數形式的 Heart's，而不是 Hearts'，為何除郭沫若外的譯者皆譯為複數？英文版第一詩行 could you and I with Him conspire，你、我與「他」共有三個主體，「你我」與「我們」這樣的複數漢譯，應該就是考慮到了與這個詩行的意義對應。單數的 the Heart's 如何能夠對譯成漢語裏的複數？用了定冠詞的 Heart 自然要理解為特指。詩中的「他」值得應該是神（命運），所以譯成漢語後往往都用雙引號括起來，強調這是一個特殊的存在。所以，當你我與「他」能夠溝通合謀時，也就意味著你我的心便是神心，神心也就是你我的心。其他三位譯者都把握到了這首詩與神相通的涵義，只有郭沫若的初譯本將「我」譯成了與「他」相對立，對立反叛的結果，便是按照「我」自己的心願重新改造世界。郭沫若的初譯本出現了誤譯，但正是這個誤譯表現了郭沫若文學翻譯中強烈的自我意識。在聞一多批評指正後，郭沫若修改了自己的譯文，與其他三位譯者一樣，採用了「你我」一詞。從創作的角度理解翻譯，郭沫若此詩的初版本比修訂版更具有文學趣味，表現了譯者沫若的創造性。

　　整體而言，郭沫若翻譯文學研究的進一步深化，既需要版本等史料文獻的搜集整理，同時更要注重對經典版本的研究和詮釋。以《女神》及其同時期的佚詩為例，佚詩的價值再重要，也不能夠取代《女神》的地位和價值。同樣地，在郭沫若文學翻譯世界中，郭沫若經典譯本才是勾勒其文學版圖的主色調。我們有理由相信，郭沫若翻譯文學研究一旦擺脫傳統「翻譯」研究的束縛，必將擁有更為廣闊的發展空間和可能。而這一切能夠實現的前提，便是找到真正能夠進入郭沫若經典譯本的方式和途徑。

〔註64〕徐志摩：《莪默的一首詩》，《晨報副刊》1924 年 11 月 7 日第 265 號。

第一章　郭沫若文學翻譯實踐的 四個歷史階段

　　郭沫若文學翻譯的歷史進程大體上可以劃分為四個階段：第一個階段從私塾時期到 1920 年 1 月，這是郭沫若翻譯的奠基期；第二階段從 1920 年 1 月到 1925 年 5 月所翻譯的河上肇的《社會組織與社會革命》出版問世，這是郭沫若翻譯的爆發期；第三個階段從河上肇《社會組織與社會革命》的出版到 1949 年新中國成立，這是郭沫若翻譯左翼化時期；第四個階段從新中國成立到翻譯《英詩譯稿》，這是郭沫若翻譯的沈寂期。

　　郭沫若文學翻譯的歷史進程從私塾時期開始算起，主要因為他在此時開始接觸外語，雖然少且不成系統，但是接觸就意味著眼界從此逐漸被打開。郭沫若東渡日本之後，在日本學校學習的過程中，日語、德語、英語學習自然也涉及翻譯，學習的過程中自己也閱讀一些課外書籍，或多或少也涉及翻譯，這些因學習而涉及的翻譯，其實都是自發層面的翻譯。等到郭沫若選譯泰戈爾詩歌，答應張東蓀翻譯《浮士德》，算是從自發翻譯階段進入到了自覺翻譯階段，但這只是初步自覺。郭沫若真正走向自覺翻譯是在第二個階段，也就是郭沫若與宗白華交往之後，《三葉集》通信中郭沫若全譯歌德的計劃，便是這種自覺翻譯的一種體現。此後，隨著創造社的成立，以及與文學研究會的對立，郭沫若的文學翻譯觀念、文學翻譯批評和文學翻譯實踐等方面的自覺性越來越強，開始形成自身獨特的翻譯觀和翻譯思想。第一個階段和第二個階段，郭沫若文學翻譯的主要特徵是關注世界文學名著，翻譯皆源於個人喜好。

　　郭沫若的文學翻譯進入第三個階段後，翻譯的政治訴求變得越來越濃郁。不將郭沫若最初著手翻譯河上肇《社會組織與社會革命》作為第三階段開始的標誌，而是把這部譯作的正式出版作為第三階段開始的標誌，主要是因為郭沫若自言這部著作的翻譯使他的思想發生了轉變，而這個轉變不是發生在翻譯之始，而是發生在翻譯的過程中，等到翻譯完畢，思想的轉變也就明朗了起來。從翻譯完成到譯作正式出版，還有一個時間差，我以為這個時間差正是郭沫若文學翻譯的轉變期，也就是說，郭沫若文學翻譯的轉變與《社會組織與社會革命》有關，卻並不完全同步。此外，《社會組織與社會革命》出版之時，恰逢五卅運動，郭沫若說：「《文藝論集續集》和《盲腸炎》是思想稍稍明確後寫的一些東西。大抵寫成於『五卅』前後。那些文字，雖然同樣不成熟，但不僅表示了我個人的轉向，同時也表示了創造社的轉向。」〔註1〕五卅運動對郭沫若思想觸動很深，郭沫若將其作為「個人的轉向」的時間節點，這個時間節點與《社會組織與社會革命》出版問世的時間正好一致。五卅運動期間，「上海各種衝突事件頻發，不斷有人被殺害，正如左翼報刊所描寫的，上海已經變成了『現代帝國主義的屠宰場』。」〔註2〕後來，郭沫若譯辛克萊小說 The Jungle 為《屠場》，「屠場」這個譯名的選擇或許與五卅運動帶給郭沫若的思想觸動有關，或者「現代帝國主義的屠宰場」這個說法讓郭沫若產生了深遠的聯想。第三階段的郭沫若文學翻譯，主要選擇世界左翼文學作品，注意配合國內文壇尤其是左翼文壇的需要，翻譯即政治是這一階段郭沫若文學翻譯的主要特色。

　　從新中國成立直到詩人去世，是郭沫若文學翻譯的第四個階段，我將其稱之為抽屜裏的文學翻譯。這個階段的文學翻譯產物最少，自娛自樂不求發表是這一階段文學翻譯顯著的特點。

　　綜觀郭沫若翻譯文學及譯介實踐的幾個階段，可以發現這幾個階段與郭沫若思想發展的軌跡基本吻合。外語學習的機緣，誘發了郭沫若的文學翻譯。西方文學的學習和翻譯，使郭沫若接觸了新的文學樣式，催生了郭沫若的新詩及其他文學創作。1920 年代河上肇著作的翻譯、1930 年代英美左翼作家的翻譯等等，都對郭沫若文學創作和思想的轉變產生了巨大的影響。翻譯之於

〔註1〕　郭沫若：《前記》，《郭沫若全集》文學編第 15 卷，第 145 頁。
〔註2〕　〔德〕于爾根‧奧斯特哈默：《中國革命：1925 年 5 月 30 日，上海》，強朝暉譯，北京：社會科學文獻出版社，2017 年，第 11 頁。

郭沫若的重要意義，不僅在於給郭沫若提供了新的思想源泉和借鑒的可能，同時也為其提供了新的表達語言和表現模式，正如德國漢學家顧彬所指出的那樣，郭沫若可能是「通過翻譯找到自己的話語」。〔註3〕「自己的話語」並非固定不變，需要不斷地揚棄，故而通過翻譯尋找自己的話語是一個持續不斷的過程，郭沫若文學翻譯的歷史進程呈現出來的，就是自我的建構、解構與再建構的歷史進程。

第一節　從自發到自覺：郭沫若文學翻譯的奠基期

　　翻譯首先意味著不同種類的語言之間的轉換。對於在四川樂山沙灣長大的郭沫若來說，私塾裏雖然慢慢地也有了《地球韻言》《史鑒節要》等書，但都是韻語寫的啟蒙讀物，家中並無學習外語的氛圍和條件。隨著郭沫若的長兄進了東文學堂、五哥進了武備學堂，「新學的書籍就由大哥的採集，像洪水一樣，由成都流到我們家塾裏來。」〔註4〕從郭沫若自傳來看，這時候的郭沫若對外語及外國文學都還處於比較懵懂的階段。郭沫若在《我的童年》中記載自己最早聽到的外語，是鄉里蒙學堂劉先生教洋操喊口令時用的日語。雖聽不懂，郭沫若卻說「感覺著很濃厚的趣味」。留學日本的大哥暑假帶了兩個日本教習遊峨眉山，郭沫若「為好奇心所驅遣，時常愛跑去找著那兩位東洋人說話」〔註5〕，學會了幾句日語。這應該是記載郭沫若真正接觸外語想要學習外語的最早的材料。這時候的郭沫若，學習日語還處於自發狀態，並不明白自己的目的和學習的意義。

　　郭沫若進入中學後的第二個學期，「成都高等學校預科畢業的數學教員，讀『英文』的『English』為『因革賴徐』，讀『學校』的『School』為『時西火兒』，這已經是夠令人滑稽了」。「滑稽」若不是郭沫若日後回憶時產生的感覺，則證明當時郭沫若已經能夠正確讀出這些英語單詞，所以才覺得對方的英語發音滑稽。也就是說，此時郭沫若已經開始了英語學習，而且學得還不

〔註3〕　〔德〕顧彬：《郭沫若與翻譯的現代性》，《中國圖書評論》2008 年第 1 期，第 119 頁。

〔註4〕　郭沫若：《我的童年》，《郭沫若全集》文學編第 11 卷，北京：人民文學出版社，1992 年，第 42 頁。

〔註5〕　郭沫若：《我的童年》，《郭沫若全集》文學編第 11 卷，北京：人民文學出版社，1992 年，第 47～48 頁。

錯，能夠辨別老師們的一些發音。後來，學堂實行改革，「把我們舊的學生仍
舊分成三班，但不是從前純粹依地域的分法。甲一、甲二是注重英文的，甲
三注重日文。我因為恨那教英文的一位楊先生，便反抗的入了注重日文的甲
三班。」〔註6〕郭沫若上中學時，正式開始學習英語和日語。

　　學習外語的過程必然伴隨著翻譯活動，郭沫若早期的文學翻譯活動大多
源於外語學習。郭沫若通過名著學習外語既保持了自己的文學愛好，也培養
了文學翻譯方面的能力和興趣。郭沫若回憶說：「林琴南譯的小說在當時是很
流行的，那也是我所嗜好的一種讀物。我最初讀的是 Haggard 的《迦茵小
傳》……林譯小說中對於我後來的文學傾向上有決定的影響的，是 Scott 的
《Ivanhoe》，他譯成《撒喀遜劫後英雄略》。這書後來我讀過英文，他的誤譯
和省略處雖很不少，但那種浪漫主義的精神他是具象地提示給我了。」又說：
「Lamb 的 Tales from Shakespeare，林琴南譯為《英國詩人 吟邊燕語》，也使
我感受著無上的興趣。它無形之間給了我很大的影響。後來我雖然也讀過
Tempest、Hamlet、Romeo and Juliet 等莎氏的原作，但總覺得沒有小時所讀的
那種童話式的譯述來得更親切了。」〔註7〕「童話式的譯述」與《撒喀遜劫後
英雄略》的浪漫主義，郭沫若的自述為人們理解其文學翻譯的浪漫主義傾向
打開了一個新的視角。

　　1913 年春，郭沫若來到成都，就讀於官立高等學校正科二部九班。郭沫
若回憶說：「當時的四川教育界的英文程度是很低的，在中學校裏讀了五年的
英文只把匡伯倫的《廿世紀讀本》的前三本讀了，但那其中的詩是除外了的：
因為那時候的英文教員照例不教詩。他們說詩沒有用處，其實他們有一多半
是讀不懂。民國二年進了高等學校的實科，英文讀本仍然是匡伯倫。大約是
在卷四或卷五裏面，發現了美國的朗費洛（Longfellow）的《箭與歌》（Arrow
and Song）那首兩節的短詩，一個字也沒有翻字典的必要便念懂了。那詩使我
感覺著異常的清新，我就好像第一次才和『詩』見了面的一樣。」從中「悟到
了詩歌的真實的精種」，從而進入了「詩的覺醒期」〔註8〕。朗費羅的《人生

〔註6〕　郭沫若：《我的童年》，《郭沫若全集》文學編第 11 卷，北京：人民文學出版
　　　　社，1992 年，第 115 頁、第 119 頁。

〔註7〕　郭沫若：《我的童年》，《郭沫若全集》文學編第 11 卷，北京：人民文學出版
　　　　社，1992 年，第 121～124 頁。

〔註8〕　郭沫若：《我的作詩的經過》，《郭沫若全集》文學編第 16 卷，北京：人民文
　　　　學出版社，1989 年，第 211 頁。

頌》是「譯成漢語的第一首英語詩歌,也就很可能是任何近代西洋語詩歌譯成漢語的第一首。」〔註9〕郭沫若將閱讀朗費羅詩的感受與自己的詩歌經驗作了比較,這是郭沫若中外文學比較意識建構的萌芽。郭沫若的詩句:「星與月的影兒／有離去的時候,／我心耳中的一段歌聲／永遠沒有離去的時候」〔註10〕,應是受到了朗費羅《箭與歌》的影響。在學校學習的過程中接觸外國文學,對之產生興趣,進而翻譯外國文學,這在20世紀中國文學翻譯界是比較普遍的現象。

郭沫若全面深入地學習外國文學名著,自覺地從事文學翻譯活動,是在留日學習期間。1914年6月,郭沫若考入東京第一高等學校預科。有一天,他同寢室的一位本科三年級的同學拿了幾張英文的油印的泰戈爾的詩回來,詩題是「Baby's Way」《嬰兒的路》,「Sleep Stealer」《睡眠的偷兒》,「Cloud and Waves」《雲與波》,這些詩篇讓郭沫若「分外感受著清新而恬淡的風味,和向來所讀過的英文詩不同,和中國的舊詩之崇尚格律雕琢的也大有區別」〔註11〕。如果說同學之間的傳閱為接觸外國文學提供了偶然的機遇,學校課程則促使他們直接面對外國文學名著。

1915年7月,郭沫若升入岡山第六高等學校第三部醫科。這是因為日本醫學以德國為祖,特別重視德語學習,教師教授德文的方法促使郭沫若與德語文學更為親近,也直接促使郭沫若在不自覺中走向了文學翻譯的路途。「上課時的情形也不同,不是先生講書,是學生講書。先生只是指名某某學生起來把原書讀一節,接著用日本話來翻譯。譯錯了時,或者讓別的學生改正,或者由先生自己來改正。接著又指名第二個人讀下去,譯下去。」在高等學校第三年,郭沫若等在學校讀的德文已經是歌德的自傳、梅里克的小說等,「這些語學功課的副作用又把我用力克服的文學傾向助長了起來」〔註12〕。德文學習要用日語進行翻譯,郭沫若的西方文學接受不可避免出現了日本中介的問題。「在一定程度上,詞語本身塑造並規限了人或社會的思想世界,在

〔註9〕 錢鍾書:《漢譯第一首英語詩〈人生頌〉及有關二三事》,《七綴集》,上海:
　　　　上海古籍出版社,1985年,第138頁。
〔註10〕 郭沫若:《贈友》,《郭沫若全集》文學編第1卷,北京:人民文學出版社,1982
　　　　年,第200頁。
〔註11〕 郭沫若:《創造十年》,《郭沫若全集》文學編第12卷,北京:人民文學出版
　　　　社,1992年,第174頁。
〔註12〕 郭沫若:《創造十年》,《郭沫若全集》文學編第12卷,北京:人民文學出版
　　　　社,1992年,第51頁、66頁。

這方面，日本對塑造現代中國的貢獻，差不多是無法估量的。」〔註13〕在郭沫若的文學翻譯實踐中，日本中介究竟起到了怎樣的作用，現在還沒有學者進行專門的研究，但這無疑是郭沫若翻譯文學研究中值得深入探究的課題。學者武繼平調閱了郭沫若在第六高等學校第三部三年的學習成績表，從中可知郭沫若成績最好的課目是德語，英語和拉丁語的成績也高於醫學專業課。〔註14〕學習不僅要靠努力，關鍵還在於興趣。郭沫若自言外語學習助長了自己原本想要克服的文學傾向，從學習成績來看，絕非虛言。郭沫若優秀的德語考試成績，說明了他對德語文學抱有非常高的興趣，而這也就為郭沫若個人日後的德語文學翻譯實踐奠定了良好的基礎。

通過課堂學習開始了自己翻譯實踐的郭沫若，最初是為了完成學習的任務，隨著學習和翻譯的進行，被迫式的學習行為逐漸轉化為內在的主動行為，這時候文學翻譯實踐開始逐漸擺脫學習任務的拘囿，向著個人自由的選擇發展。郭沫若回憶說：「在日本留學的時候，『書店漁獵』是學生間頂有趣的一種風習。下課沒事便走到新舊書店去徘徊，不一定是要買甚麼書，只是如像女人們遊公園，上海人上遊戲場一樣，完全是出於一種消遣。在書店裏巡覽書籍，或者翻翻目錄，遇著有好書的時候，有錢時便買它一本，沒錢時便立著讀完半本或一本小本的全書。」〔註15〕郭沫若將閱讀當成「消遣」，從郭沫若的回憶可知，課堂教學和藏書只是郭沫若外國文學閱讀視野的一部分，有些即時性的閱讀及閱讀興趣的養成現在已經難以覓蹤。「消遣」與學習任務都可能成為養成譯者翻譯興趣的因素，而郭沫若就是一個從興趣出發進行翻譯的現代譯者。當郭沫若自己真正著手完整地翻譯一個作家的作品時，他是由著自己內心的需要，而不是因為時代的將令或文學發展的某種規劃進行的。

郭沫若在《兒童文學之管見》中回憶說：「初學德文時『新月』一語作『Mondsichel』——直譯時是『月鐮』，頗生新穎之趣。」受到這個德語詞彙的暗示，郭沫若創作了一首五言絕句：

〔註13〕任達：《新政革命與日本：中國，1898～1912》，李仲賢譯，南京：江蘇人民出版社，1998年，第138頁。

〔註14〕武繼平：《郭沫若留日十年（1914～1924）》，重慶：重慶出版社，2001年，第40頁。

〔註15〕郭沫若：《百合與番茄》，《郭沫若全集》文學編第12卷，北京：人民文學出版社，1992年，第395頁。

　　新月如鐮刀，斫上山頭樹。倒地卻無聲，遊枝亦橫路。〔註16〕

　　後來，郭沫若又將其改寫為新詩《新月與白雲》。Mondsichel 的直譯，催生了郭沫若的詩意與詩歌創作，就此而言，這些詩作也可以視為廣義上的跨語際「翻譯」實踐。

　　我們現在能夠看到的郭沫若最早的翻譯作品是他於 1916 年翻譯的海涅詩《歸鄉集‧第十六首》。隨後，他翻譯了《海涅詩選》。1917 年 8、9 月間郭沫若開始翻譯泰戈爾的詩。這些翻譯都是學習過程中自然接觸而又產生了興趣的。若是沒有個人的共鳴，系統的翻譯也就無從談起，同樣，若是沒有學習的需要，沒有文學士出身的教師的引導，學習醫學專業的郭沫若可能就不會持續地關注這些名家名作。

　　郭沫若從 1916 年喜歡泰戈爾，翻譯泰戈爾，到 1918 年後逐漸喜歡上惠特曼、歌德，這種變化可能受到了日本教師及日本文壇的影響，這也是郭沫若外國文學接受中日本體驗的表現。日本作家夏目漱石等很早就注意並譯介過惠特曼，為了紀念惠特曼誕辰一百週年，日本有多家雜誌在 1919 年推出了惠特曼專號。郭沫若在 1919 年對惠特曼的接受及翻譯實踐，與日本文壇對惠特曼譯介的契合，說明郭沫若對文壇動向保持著特有的敏感，而惠特曼的詩篇也確實讓郭沫若產生了共鳴。郭沫若日後回憶自己所接觸的外國詩人時，所列出來的次序正說明作為主體的他心靈產生共鳴的點不斷地在發生著變化。惠特曼那種狂放詩風，情感自由抒發的方式，為那一時期渴求自由的郭沫若提供了宣洩的方式和渠道。這段時期，郭沫若的耳疾加重，醫學學習難以繼續，家累又重，內心煩躁不已，想要改換專業，又被安娜否定，現實生活一片灰暗，理想無可寄託，惠特曼的詩篇似是壓抑情感的宣洩口，在某種程度上似乎也是郭沫若遇到困難時勇於自我開掘新路途的某種寄託。人生越是困頓，郭沫若似乎就越是樂意沉浸於那些積極浪漫主義的藝術。

　　從泰戈爾到惠特曼、雪萊的閱讀與翻譯轉換，還可以從另外一個角度進行審視，即郭沫若英語學習成績的變化。郭沫若的外語水平如何？單以在日本學習期間在校成績而論，郭沫若比他自己推崇的語言天才成仿吾還要優秀。郭沫若在六高三年平均總分為 73.5，在 34 名同期畢業生中排名 22。

〔註16〕郭沫若：《兒童文學之管見》，《郭沫若全集》文學編第 15 卷，北京：人民文學出版社，1990 年，第 281 頁。

其中，德語和英語兩種外語成績如下：〔註17〕

	第一年級	第二年級	第三年級
德語一	85	72	68
德語二	71	87	75
德語三	84	82	82
英　語	70	74	93

　　由上表可知，三年期間，德語學習基本保持穩定，德語一成績略有下降。與德語學習形成鮮明對照的，則是英語學習成績穩步提高，第三學年更是取得了 93 分的好成績。英語成績的穩步提升，正與郭沫若從泰戈爾向著惠特曼、雪萊轉變的過程相一致。清新自然的泰戈爾，狂放不羈的惠特曼、雪萊，構成了郭沫若英語學習的兩個臺階。除了個人興趣方面的原因之外，在英語學習上的由淺入深似乎也是郭沫若選擇接觸幾位詩人順序的一個重要因素。初到岡山的時候，郭沫若將《新舊約全書》「當做日課誦讀」。這部基督教聖經似乎並沒有引發郭沫若的共鳴，迄今為止也沒有學者討論過郭沫若從中受到的影響。與泰戈爾詩作的共鳴，顯然極大地促進了郭沫若的英語學習。從泰戈爾到惠特曼、雪萊，郭沫若與這些英語詩人詩作的共鳴使得自身的英語水平踏上了一個新的臺階，而提升了的英語能力則又使得郭沫若對英語詩歌有著更深的理解。所有這些，皆是成就譯者郭沫若的基石。

第二節　尋找個人話語：郭沫若文學翻譯的爆發期

　　在郭沫若文學翻譯的四個階段中，爆發期時間最短，成績最耀眼：第一，譯介思想走向成熟，提出了影響深遠的譯學主張；第二，形成了犀利的翻譯文學批評風格，發表了一些震動文壇的翻譯文學批評文章；第三，貢獻了最有影響的一批譯作，如施篤姆的《茵夢湖》（上海泰東圖書局 1921 年）、歌德的《少年維特之煩惱》（上海泰東圖書局 1922 年）和《浮士德》、莪默·伽亞謨的《魯拜集》（上海泰東圖書局 1924 年）等。

　　郭沫若在文學翻譯爆發期的追求主要是自我的完成，尋求自己的話語。在《創造十年》裏，郭沫若說，「在那時文學研究會的人和我們已經是有些隔

〔註17〕武繼平：《郭沫若留日十年》，重慶：重慶出版社，2001 年，第 40～41 頁。

閣了。發起時的勸誘經了壽昌的不置答覆,去年夏間勸了我兩次參加,我又婉謝了。《創造》季刊出版預告時,達夫又暗射了他們『壟斷文壇』。於是乎在不知不覺之間便結起了仇怨。《文學旬刊》上早就有好些文章在嘲罵我們,例如罵頹廢派的『肉慾描寫者』,便是指郁達夫;罵『盲目的翻譯者』,便是指我和壽昌。」〔註18〕「肉慾描寫者」語出 CP《醜惡描寫》一文,刊登於《文學旬刊》1922 年 5 月 21 日第 38 期;「盲目的翻譯者」語出鄭振鐸《盲目的翻譯家》,刊載於《文學旬刊》1921 年 6 月 30 日第 6 期。文學研究會成立於 1921 年 1 月。郭沫若回憶說文學研究會發起時曾經邀約他們參加,郭沫若用的詞是「勸誘」。敘述帶有鮮明的主觀色彩,這向來是郭沫若文學創作的特色,何況是他寫的自傳?研究者固然不必被郭沫若牽著鼻子走,認為郭沫若所說便是事實,但也不能完全抹殺郭沫若所敘之事。因為事實的發展正如郭沫若所說,兩大文學社團到底還是結了「仇怨」。從當事人後來的回憶看,結了「仇怨」的雙方當時的反映頗不相同。茅盾等並不以為自己得罪了對方,而郁達夫等創造社同人卻覺得自己受到了壓迫。對於兩大文學社團之間翻譯問題論戰的源起,我曾專門撰文討論過。〔註19〕這場翻譯論爭的發生與發展自有其偶然性與必然性,參與論爭的雙方由於自身立場角度等的差異,看法迥乎不同也在情理之中。從郭沫若翻譯觀念生成的角度來看,正是在與文學研究會成員論爭的過程中,郭沫若的翻譯觀念才逐漸清晰起來。

　　1919 年,因為《時事新報》副刊《學燈》編輯宗白華的關係,郭沫若「得到了一個詩的創作爆發期」〔註20〕。不久,因為宗白華出國留學,「《學燈》的編輯換了人,我的詩潮也就從此消涸了。」〔註 21〕在此期間,郭沫若也曾想與《學燈》新的主編李石岑溝通,卻沒有收到想要的結果,反而滋生了另外一些負面影響。郭沫若在寫給李石岑的信中認為翻譯事業「只能作為一種附屬的事業,總不宜使其凌越創造,研究之上」,翻譯的價值「專就文藝方面而言,只不過報告讀者說:『世界底花園中已經有了這朵花,或

〔註18〕郭沫若:《創造十年》,《郭沫若全集》文學編第 12 卷,北京:人民文學出版
　　　　社,1992 年,第 139 頁。
〔註19〕咸立強:《創造社與文學研究會論爭緣起研究的回顧與重探》,《中國現代文學
　　　　研究叢刊》2009 年第 1 期,第 121～130 頁。
〔註20〕郭沫若:《創造十年》,《郭沫若全集》文學編第 12 卷,北京:人民文學出版
　　　　社,1992 年,第 65 頁。
〔註21〕郭沫若:《創造十年》,《郭沫若全集》文學編第 12 卷,北京:人民文學出版
　　　　社,1992 年,第 68 頁。

又開了一朵花了，受用罷！』他方面誘導讀者說：『世界花園中的花便是這麼樣，我們也開朵出來看看罷！』」〔註22〕郭沫若推崇創作，並不意味著就輕視翻譯，其間的邏輯關係很清晰。何況譯者能夠帶領讀者欣賞「世界花園中的花」並不是一件容易的事，張定璜談到蘇曼殊時說：「蘇曼殊還遺下了一個不太容易認的，但確實不太小的功績給中國文學，是他介紹了那位『留別雅典女郎』的詩人 Byron 給我們，是他開初引導了我們去進一個另外的新鮮生命的世界。在曼殊後不必說，在曼殊前儘管也有曾經談歐洲文學的人，我要說的只是，唯有曼殊才真正教了我們不但知道並且會悟，第一回會悟，非此地原來有的，異鄉的風味。」〔註 23〕張定璜的話，也可以用來評價郭沫若的一些文學翻譯，同時也表明能夠帶領讀者欣賞「世界花園中的花」就是翻譯最重要的功用，這功用一點兒都不比其他方面的功用差。在特定的歷史條件下，郭沫若的表達卻被認為「未免有些觀察錯誤」，〔註24〕甚或被視為「惡翻譯」。〔註25〕

郭沫若的文學翻譯，即便在當時的中國文壇上，並非籍籍無名，甚或可以說比他自己創作的新詩更早得到了當時文壇的認可。1920 年 1 月由新詩社編輯部編輯初版的《新詩集》和 1920 年 8 月出版的《分類白話詩選》，都收錄了郭沫若的譯詩，而《分類白話詩選》第一首便是郭沫若譯歌德詩《暮色垂空》。人往往對於自己已經擁有的並不十分看重，或者說對郭沫若來說翻譯並不是什麼難事，總之郭沫若從自身情況出發表達了他對翻譯和創作的判斷，引起了文壇上諸多人士的反感。重視翻譯的個人性，推崇翻譯的個人性，而不是像茅盾等人那樣特別注意翻譯的社會功用，這些都使得郭沫若在當時的譯壇上成為一個異端。

郭沫若信中真正想要表達的意思沒有人理會，自己並不輕視翻譯卻被視為輕視翻譯，這對郭沫若來說絕對不能接受。但問題在於，被誤解之後的郭沫若，卻不願也不能按照他人的理解闡釋自己重視創作而並不輕視翻譯的意思。在寫給鄭振鐸的信中，郭沫若說：「有的說創作不容易，不如翻譯（周

〔註22〕郭沫若致李石岑信，《郭沫若書信集（上）》，北京：中國社會科學出版社，1992年，第 87 頁。

〔註23〕張定璜：《SHELLEY》，《創造》季刊 1923 年 2 月第 1 卷第 4 期，第 1 頁。

〔註24〕鄭振鐸：《處女與媒婆》，《文學旬刊》1921 年 6 月 10 日。

〔註25〕魯迅：《上海文藝之一瞥》，《魯迅全集》第 4 卷，北京：人民文學出版社，2005年，第 302 頁。

作人《兒童的文學》一文中有這麼意思的話）；有的說中國人還說不到創作，與其囂囂焉空談創作，不如翻譯（耿濟之《甲必丹之女》序文中有這麼意思的話）；像這樣放言，我實在不敢贊可。」〔註26〕這段話之所以值得特別注意，乃是因為這不是簡單地談論創作與翻譯之間的關係。在當時的語境中，茅盾等人是將西方文學視為中國現代文學的模板，西方文學近代以來發展的歷史軌跡也被用於規劃中國現代文學的發展，在這樣的思維模式中，西方文學的翻譯自然也就被視為創作的先導。在郭沫若的眼裏，顯然不是這樣理解東西方文學的。郭沫若理解的東西方文化，與當時流行的以西方文化作為旨歸的新文化思想很不相同。在致宗白華論中德文化的信中，郭沫若認為「我國的文化在肯定現世以圖自我的展開」，儒家思想是「動的，進取的」，由此提出我們的使命便是「要把動的文化精神恢復轉來，以謀積極的人生之圓滿。」〔註27〕在這樣的認知框架裏，中西方文化與文學其實被並列在同一水平線上，在郭沫若看來，東西方文化是平等的對話關係，中國文化和文學的新生依靠的是自身的創造，而這種創造在郭沫若那裡是一種自身就有的因素的創造性發掘和表現，而不是像其他一些現代知識分子一樣將西方的視為新的現代的。如果從這個角度來看，重創作還是重翻譯，其實深層次裏面還蘊涵著一個對於中國文化與文學現代化路徑思考的問題。正是對於這一路徑思考的不同，才使得他們之間產生了巨大的碰撞。

1921 年 6 月 30 日出版的《文學旬刊》第 6 號的「雜談」中，鄭振鐸說：「不惟新近的雜誌上的作品不宜亂譯，就是有確定價值的作品也似乎不宜亂譯。在現在的時候，來譯但丁（Danto）的《神曲》，莎士比亞的《韓美雷特》（Hamlet），貴推（Geothe）的《法烏斯特》（Faust）似乎也有些不經濟吧。翻譯家呀！請先睜開眼睛來看看原書，看看現在的中國，然後再從事於翻譯。」〔註28〕《韓美雷特》今譯《哈姆萊特》，1921 年田漢用時興的白話文譯出，發表在 1921 年的《少年中國》雜誌第 2 卷第 12 期上。1922 年由中華書局出版，是中國出版的第一個莎劇譯本，譯名為《哈孟雷特》。《法烏斯特》（Faust）今譯《浮士德》，早在 1919 年郭沫若就已經開始著手翻譯；

〔註26〕郭沫若致鄭振鐸信，《文學旬刊》，1921 年第 6 期。
〔註27〕郭沫若：《論中德文化書——致宗白華兄》，《三葉集》，合肥：安徽教育出版社，2000 年，第 131 頁。
〔註28〕西諦（鄭振鐸）：《盲目的翻譯家》，《文學旬刊》1921 年第 6 期。

在國內曾暢銷一時的《三葉集》中就有成立歌德研究會，系統介紹翻譯歌德
著作的倡議；另外，1920 年 9 月 1 日《新的小說》上，刊登了郭沫若致陳
建雷的信，開篇即說：「我此刻正在從事 Faust 全譯。」〔註 29〕田漢和郭沫
若都是最早翻譯兩位世界著名作家的現代作家，鄭振鐸在「雜談」中反對翻
譯《哈姆雷特》與《浮士德》，批評的對象就是郭沫若和田漢，目的甚為明
確，不是因為私怨，也說不上是文人相輕，最主要的原因其實就在於鄭振鐸
和郭沫若對待翻譯的出發點和歸宿不同。

　　鄭振鐸的翻譯觀帶有濃郁的功利思想，是面向社會且希圖能夠改變社會
的；而郭沫若的翻譯及相關思想就帶有較為純粹的個人性，沒有特定的功利
目的，也並不抱特別的啟蒙目的。魯迅在《〈吶喊〉自序》中說：「既然是吶
喊，則當然須聽將令的了。」〔註 30〕對於茅盾、鄭振鐸等人來說，新文學的
發展路向是需要規劃的，陣營內部的力量需要組織，在《對於系統的經濟的
介紹西洋文學底意見》一文中，茅盾指出：「西洋新文學傑作，譯成華文的，
不到百分之幾，所以我們現在應選最要緊切用的先譯，才是時間上人力上的
經濟辦法；卻又因為中國尚沒有華文的詳明西洋文學思潮史，所以在切要二
字之外，更要注意系統二字。比如譯表象主義的劇本，自然總得先譯易卜生
的『Master builder』等等，然後可譯《群盲》和《青鳥》。」〔註 31〕翻譯的功
利性自梁啟超的《譯印政治小說序》起就已經成為眾多近現代知識分子共同
的追求。「特採外國名儒所撰述，而有關切於今日中國時局者，次第譯之。」
〔註 32〕此後譯書多以功利性相標榜。1897 年 5 月 12 日，高鳳謙在《時務報》
發表《翻譯泰西有用書籍議》，「有用」這兩個醒目的字眼在當時有著特定的
涵義，指的是對社會「有用」，而不是個人「有用」，個人與社會之間的「有
用」固然可以辯證看待，對於崇尚集體主義的社會與崇尚個人主義的社會來
說，兩者間的區別可謂是肝膽楚越。「自《茶花女》出，人知男女用情之宜正；
自《黑奴籲天錄》出，人知貴賤等級之宜平。若《戰血餘腥》，則示人以軍國

〔註 29〕郭沫若致陳建雷信，《新的小說》1920 年第 2 卷第 1 期。
〔註 30〕魯迅：《〈吶喊〉自序》，《魯迅全集》第 1 卷，北京：人民文學出版社，2005
　　　　年，第 441 頁。
〔註 31〕雁冰：《對於系統的經濟的介紹西洋文學底意見》，《時事新報·學燈》1920 年
　　　　2 月 4 日。
〔註 32〕梁啟超：《譯印政治小說序》，《清議報》1998 年第 1 冊。

之主義；若《愛國二童子》則示人以實業之當興。」〔註33〕翻譯的社會功利性成了晚清以來譯壇的共名。將鄭振鐸、茅盾兩人的翻譯觀與梁啟超的翻譯思想進行對照，一脈相承的痕跡很明顯。茅盾等人的翻譯觀代表的是近現代文壇的主流趨勢，因此他們的發聲大有挾天下之大勢要求和規範其他知識分子的意思。

在日本的田漢和郭沫若，他們的翻譯活動及體現出來的翻譯理念與茅盾、鄭振鐸等人的設計藍圖不相符，游離於國內新文學的陣營，且不聽「將令」，對於茅盾和鄭振鐸等人來說，這是不能容忍的。茅盾和鄭振鐸等並非不能容忍不同的價值取向、不同的翻譯思想觀念，而是新文學初建，翻譯創作都缺乏人手，如何更有效地利用好有限的資源，更好地發展新文學，這是他們設想的問題。因此，從翻譯本身討論郭沫若翻譯觀的是非對錯是沒有多少意義的，因為這本身就是見仁見智的問題，由於角度立場的不同，各家看法自然各異。從茅盾等對新文學及新文學翻譯的設計與安排看，郭沫若的翻譯實踐及翻譯觀都存在問題，需要糾正。從郭沫若和田漢的翻譯實踐及翻譯思想來看，茅盾和鄭振鐸的「設計」更有問題。郭沫若本是學醫之人，因為興趣愛好等原因走向創作和翻譯，個性才情是他從事此類活動的基點，當然不願意奉「將令」失掉了「自己」。

茅盾指出翻譯動機有主觀、客觀之別，主觀上「盡可隨一己的自由意志，去研究古今中外的一切文學」，而在客觀上卻要達「足救時弊」之效。在茅盾看來，「個人研究的作品，與介紹給群眾的作品，可以不是同一的東西」〔註34〕，為了追求「足救時弊」之翻譯效果，介紹給群眾的作品就不能盯在西洋文學傑作上，為此特別列出了一份先譯、後譯的書目清單。從茅盾將翻譯事業劃分為先後兩個步驟的設想看，《神曲》和《韓美雷特》應該是屬於「後譯」的行列。以翻譯引導普通讀者，實現啟蒙群眾目的，自然有其合理性，至於為什麼先翻譯這些作品然後才翻譯另外一些作品，文學研究會成員卻並沒有給出令人信服的理由，但他們在文學翻譯上的思維方式卻影響深遠。孫犁在《民族革命戰爭與戲劇》中說：「我們反對一切饒舌，

〔註33〕陳熙績：《歇洛克奇案開場·序》，陳平原、夏曉紅編《二十世紀中國小說理論資料》第 1 卷，第 350 頁。

〔註34〕雁冰：《介紹外國文學作品的目的——兼答郭沫若君》，《文學旬刊》1922 年第 45 期。

或文字上的賣弄。莎士比亞的哈姆雷特、歌德的浮士德，留著打走了日本，在『古典文學院』請梁實秋先生來導演吧！」〔註 35〕孫犁的話語也是建立在時代性要求基礎之上，以時代性相規範，莎士比亞與歌德都被推向未來。反過來說，他們將那些在當時非要向國內譯介莎士比亞與歌德的人視為不識時務的呆子或別有用心之人。

茅盾等人的翻譯觀在當時國內左翼知識分子中較為普遍。胡風談到歌德時說：「他的大著《浮士德》，我讀過那時流行的中譯本，只相信它是偉大的……但卻不能實感它的偉大性……他的小說和劇本也有幾種中譯，讀過後也只相信它們是傑作，但也不能實感到它們為什麼是傑出的，所以我覺得歌德是並沒有走到中國來的。」〔註 36〕連胡風這樣的人都只能「相信」歌德著作的「偉大」，卻不能產生「實感」，遑論普通讀者。如何才能算是「中國社會所要求」的、「一般人都能感受都能懂得」的文學？沒有調查數據支撐，強以「中國社會」、「一般人」的名義宣揚自己的意見，要求別人也要如此做，這就對其他不同的選擇構成了壓抑。有意思的是郭沫若對於茅盾等人對中國社會情況的判斷並不怎麼排斥，只是對於用了公眾的名義取消個人興趣愛好的行為不甚滿意。換言之就是，你盡可以這樣考慮翻譯介紹，卻不能阻止我有自由選擇翻譯介紹對象的權力。

從為人生的文學觀念出發，茅盾以為當時最需要的是對人生發生影響的文學，翻譯亦當如是；郭沫若則以為只要是好的翻譯，「無論在甚麼時代都是切要的，無論對於何讀者都是經濟的」〔註 37〕。顯示出翻譯具體選擇上的分歧，這個問題背後反映出的恰是他們心目中的讀者和群眾皆是自己構想出來的。針對當下讀者與針對未來讀者，針對現實讀者與針對理想讀者，可以並行不悖，郭沫若和茅盾當然也明白這些道理，所以在他們的往來文字中，頗有些辯證的說法。不僅如此，主張寬容的周作人，在《詩的效用》一文中指出：「個人將所感受的表現出來，即是達到了目的，有了他的效用，此外功利的批評，說他耗廢無數的金錢精力時間，得不償失，都是不相干的

〔註 35〕孫犁：《民族革命戰爭與戲劇》，《孫犁全集》第 3 卷，北京：人民文學出版社，2004 年，第 9 頁。

〔註 36〕胡風：《略談我與外國文學》，《胡風晚年作品選》，桂林：灕江出版社，1987 年，第 242 頁。

〔註 37〕郭沫若：《論文學的研究與介紹》，《時事新報·學燈》1922 年 7 月 27 日。

話。」〔註 38〕翻譯也是如此，正如郭沫若所說的，個人喜歡的翻譯出來自有其價值，茅盾等人功利性的批評實則「都是不相干的話」。茅盾和葉聖陶對周作人的非功利觀似乎視而不見，偏偏揪住郭沫若在創作和翻譯上所持的非功利觀不放。雙方的筆墨交鋒非但不能平息，還呈現出愈演愈烈之勢，究其原因，譯事本身似乎並不佔有很重要的位置，翻譯論爭顯示出來的話語權等問題，才是論爭雙方欲罷不能的癥結所在，應該引起更大的注意，正如王宏志所說：「事實上，在許多的翻譯論爭裏，翻譯只占次要的位置。不過，這些論爭反映出兩個重要現象：一、在這些參與論爭的人眼中，翻譯本身的問題並不是最重要的，翻譯只不過是用來傳遞某些意識形態或詩學標準的手段，當他們認真地探討翻譯問題時，實際上也只不過是要探究出一種最適合於表達和傳遞這些標準的方法。正由於這個原因，他們並沒有能夠比較具體地解決一些主要的翻譯問題；二、有關翻譯的討論竟然要以熾熱的論戰形式出現，充分顯示出這些討論並不是學術上的探研，而是意識形態之爭，是思想上的鬥爭。這些鬥爭的出現，顯示處人們要排斥其他不同的意識形態，以建立自己的權威，而翻譯只不過是給借用來作製造霸權的工具。」〔註 39〕

中國傳統文學向現代文學轉型時期，許多知識分子的話語表述都帶有激進主義的色彩。陳獨秀在致胡適信中說：「改良中國文學，當以白話為文學正宗之說，其是非甚明，必不容反對者有討論之餘地，必以吾輩所主張者為絕對之是，而不容他人匡正也。」〔註 40〕陳獨秀這種真理在握、不容他人匡正的心態及話語表達方式，幾乎是那一時代啟蒙文學家共有的特色。當陳獨秀帶著他的《新青年》一起來到北京，與北京大學聯成一體，個人的話語便造成了一種話語霸權，在某種程度上遮蔽了新文學陣營對傳統文學採取不同態度的多元聲音。以啟蒙者自居的現代知識分子們，從一開始便努力尋求建構文學話語權力的途徑及其可能性，以便推行他們的主張，而在推行自身主張的時候，往往也就帶有了話語霸權的意味。《新青年》與北

〔註 38〕周作人：《詩的效用》，《周作人自編集・自己的園地》，北京：十月文藝出版社，2011 年，第 21 頁。
〔註 39〕王宏志：《重釋「信、達、雅」——20 世紀中國翻譯研究》，北京：清華大學出版社，2007 年，第 55 頁。
〔註 40〕陳獨秀：《答胡適之》，《中國新文學大系・建設理論集》，上海：良友圖書印刷公司，1935 年，第 56 頁。

京大學、文學研究會與商務印書館的結合都帶有追求權力話語的潛在欲求。茅盾在談到文學研究會與創造社的論戰時，一再否認「壟斷文壇」的說法，強調創造社挑釁的突然性：「我們正與『禮拜六派』進行激烈的論戰，接著又與『學衡派』進行論戰的時候突然發生的，說它『突然』，是因為我們確實沒有想到會同創造社發生衝突。」〔註41〕不管茅盾等文學研究會同人主觀意願如何，他們建構起來的新文學話語客觀上就像陳獨秀的話語方式一樣，對新文學陣營內部其他不同的聲音構成了壓抑或遮蔽。

坐擁京滬最好的文化出版資源，胸懷治國平天下之志，文學研究會成員與《新青年》同人一樣有著指點江山，規劃文壇大勢的心願，更有捨我其誰的權力話語心態。鄭振鐸在《〈編輯者〉發刊詞》一文中說：「我們，一部分的編輯者們，是在全國最大的一個出版機關裏的。我們明白這個出版機關，由它的偉巨的出版機上所播散出去的東西，是具有不能自知的偉巨的影響的。」〔註42〕話語大權在握，文學研究會自可在翻譯方面樹起大纛，做自己想做的事，而且不僅要自己去做想做的事，還要引導別人一齊走。捨我其誰的權力話語心態，使他們認定了當時中國只有他們宣揚的那一套才是最合理的、經濟實用的。對於郭沫若等人的翻譯實踐及其理論，在某種程度上他們也可能並不反對，就像他們曾經表述過的那樣，但這是以不觸及和匡正他們自身的觀念為底限的。這種天下第一等的心態，使茅盾、鄭振鐸等文學研究會成員從美好的啟蒙願望出發，預設了自己的啟蒙對象、翻譯作品的讀者，而且一廂情願地替這些讀者想好了要閱讀的書目及閱讀的階段層次。

與衣食無憂的茅盾、鄭振鐸等文學研究會成員相比，郭沫若從事翻譯的目的有時未免顯得有些庸俗。在《太戈爾來華的我見》一文中，郭沫若曾回憶說：「在孩子將生之前，我為麵包問題所迫，也曾向我精神上的先生太戈爾求過點物質的幫助。我把他的《新月集》《園丁集》《曷檀伽裏》三部詩集來選了一部《太戈爾詩選》，想寄回上海來賣點錢。但是那時的太戈爾在我們中國還不吃香，我寫信去問商務印書館，商務不要。」〔註43〕「窮得沒法了，做

〔註41〕茅盾：《複雜而緊張的生活、學習與鬥爭（下）》，《新文學史料》1979年第5期，第1頁。

〔註42〕鄭振鐸：《〈編輯者〉發刊詞》，《鄭振鐸譯文集》，北京：人民文學出版社，1985年，第86頁。

〔註43〕郭沫若：《太戈爾來華的我見》，《郭沫若全集》文學編第15卷，北京：人民文學出版社，1990年，第270頁。

小說沒有心緒，而且也沒有時間。我只好把這剩下的一本《新的一代》的德譯本來翻譯……在上海的朋友都已雲散風流。我在這時候把這《新的一代》譯成，做第一次的賣文生活。」〔註44〕困窘的生活直接影響到郭沫若的譯作，甚或表現在譯作的選詞造句上。詩劇《湘累》中，屈原對女須說：「從早起來，我的腦袋便成了一個灶頭；我的眼耳口鼻就好像一些煙筒的出口，都在冒起煙霧，飛起火星，我的耳孔裏還烘烘地只聽著火在叫；灶下掛著的一個土瓶——我的心臟——裏面的血水沸騰著好像幹了的一般，只迸得我的土瓶不住地跳跳跳。」〔註45〕文學源自生活，比喻乃是從身邊瑣事信手拈來。《湘累》中的這段文字整個的比喻非常特異，展示的就是灶下燒火的情形，而這正是郭沫若一度常做的事，也是郭沫若在寫給宗白華的信中談到過的自己做的家務事。

　　為稻粱謀層面上的庸俗只能說明譯者生活困難，至於譯文庸俗與否自當別論。譯事是為稻粱謀，許多現代文學作家都有過相似的經驗。趙景深在一篇文章中向人們揭示了譯事為稻粱謀的便利之處，「為了生活的原故，拿起一本書來，總要先想一想，看了這本書以後，是否可以寫一點批評換稿費，或者寫批評文章是否比翻譯吃虧。比方，以我的速率來說，每天譯小說可得五千多字。寫批評則須先用去數小時的工夫才能看完一本書，看過再寫批評，不過一兩千字，天色已經晚了。因此之故，我在經濟窘迫的時候是沒有閑暇看創作的。」〔註46〕趙景深談的是自己的「速率」，就翻譯與創作而言，郭沫若的「速率」似乎也相似，翻譯總比創作批評來得快速，經濟效益更好，更有利於解決經濟窘迫問題。

　　為稻粱謀的譯者偏偏成為唯美——頹廢主義文學思潮譯介的先鋒，這才是現代文學翻譯史上值得關注的重要現象。「一般以為郭沫若發表在 1923 年 11 月 4 日出版的《創造週報》第二十六號上的《瓦特裴德的批評論》，是第一篇介紹佩特的文章。其實在前一年 6 月，子貽（可能是胡子貽，本名胡哲謀。子貽或許是其字，待考）就已譯出了佩特的《文藝復興研究集序》，刊

〔註44〕郭沫若：《孤鴻——致成仿吾的一封信》，《創造月刊》1926 年 4 月 16 日第 1
　　　卷第 2 期。
〔註45〕郭沫若：《湘累》，《郭沫若全集》文學編第 1 卷，北京：人民文學出版社，1982
　　　年，第 19 頁。
〔註46〕趙景深：《曾氏父子》，《文人剪影　文人印象》，太原：三晉出版社，2014 年，
　　　第 40 頁。

登在《東方雜誌》第九卷第十一號（1922 年 6 月 10 日）上。」〔註 47〕子貽的
文章的發現，並不能夠掩蓋郭沫若《瓦特裴德的批評論》一文的價值和意義。
子貽在譯文後有介紹佩特的文字，談到了佩特的一些著作。「在這些著作中他
都顯出一種希臘的和人文派的精神，一種高潔的唯美主義（Aestheticism）」，
唯美主義並非子貽關注的重點，故而在介紹中一筆帶過，他想要強調的是
佩特對文藝復興研究的價值和意義，「文藝復興是歐洲近代思想底一個最大
的來源……我國近年來的思想界底覺悟也頗有人說是和文藝復興時代相
像。無論這個比擬是對不對，但是我們現在實在是很有研究這一個時代的
必要，那是差不多是大家所承認的了。」〔註 48〕因此，有意從唯美主義的
角度介紹佩特的，還是應該歸之於郭沫若。

茅盾等人供職於出版機構，從事翻譯時不需要斤斤計較於經濟效益，弱
小國家不為人知的文學也可隨己所願地選譯。新文學的讀者當時正處於養成
階段，攜手商務印書館的文學研究會，成員大本營正位於新文學運動發源地
北京，無形中已成為造就新文學讀者的中堅力量。他們的選擇與引導不但在
翻譯事業，而且就整個新文學而言，都逐漸在形成一個供需良性循環的鏈條，
打造著新文學創作、譯介與閱讀的新標準。從事翻譯的郭沫若等偏偏自覺不
自覺地沒有進入這個鏈條。

為了追求達到啟蒙的目的，茅盾和鄭振鐸等文學研究會同人可以將自身
的文學愛好從向著讀者大眾的文學創作與翻譯工作中剝離出來，使他們公開
的文學活動與言談有內在的一致性。郭沫若卻無法將自身的文學愛好從為生
活而從事的翻譯活動中剝離出來。其結果，便是郭沫若、田漢等人的翻譯被
視為「不經濟」，原因便是不能被納入茅盾等人設計好的循序漸進的、講究「經
濟」的翻譯理念框架中。實際上，從自身文學愛好出發進行文學翻譯的郭沫
若等人，沒認真考慮過譯著的現實接受及影響等問題，翻譯緣起與他們在日
本的求學切身經驗有關。郭沫若回憶自己在日本留學的生活時說：「讀的是西
洋書。」〔註 49〕「先生大概都是帝大出身的文學士，本來並不是語學專家，

〔註 47〕解志熙：《美的偏至：中國現代唯美——頹廢主義文學思潮研究》，上海：上
　　　　海文藝出版社，1997 年，第 14～15 頁。
〔註 48〕子貽：《文藝復興研究集序》，《東方雜誌》1922 年 6 月 10 日第 9 卷第 11 號，
　　　　第 50 頁。
〔註 49〕郭沫若致宗白華，《郭沫若全集》文學編第 15 卷，北京：人民文學出版社，
　　　　1990 年，第 140 頁。

於學生們所志願的學科沒有涉歷，他們總愛選一些文學上的名著來做課本。」
〔註50〕郭沫若回憶他學德文時，「主要就是讀的歌德的作品」。〔註51〕這是郭
沫若接近並翻譯《浮士德》等世界文學名著的客觀原因。

　　一方面是茅盾和鄭振鐸等所在的文學研究會努力於想要歸訓郭沫若等人
的翻譯活動，一方面是郭沫若等努力於保持自身的特色和理想追求。正是在
這個規訓與反抗的過程中，郭沫若的翻譯活動及翻譯觀念從自發狀態逐漸走
向自覺狀態，明晰和完善了自身的翻譯主張和翻譯思想。

　　郭沫若談到《卷耳集》《波斯詩人莪默伽亞謨》等的翻譯時說：「要為自
己解嘲，那空想者便不能不抱著『獨善其身』的態度，而率性高蹈。暑假期
中，我在上海譯出了《卷耳集》，暑假過後回到日本又譯出了《魯拜集》，做
了一篇《孤竹君之二子》，完全就是那種態度的表現。」獨善其身，率性高
蹈，這是郭沫若此階段文學翻譯的主要特徵。

　　1921 年 7 月 1 日，郭沫若翻譯的德國施篤謨 Storm 長篇小說《茵夢湖》
出版，上海泰東圖書局列為「世界名家小說」第 1 種。郭沫若回憶說：「我
能夠把那篇小說改譯出來，要多謝我遊過西湖的那一段經驗，我是靠著我
自己在西湖所感受的情趣，把那茵夢湖的情趣再現出來。」〔註52〕譯作契
合自身的情趣，這是譯者能夠很好地進行翻譯的一個良好條件，從另一方
面來說，從個人的情趣出發選擇翻譯對象，這本就是翻譯個人性的體現。歌
德是這一時期郭沫若文學翻譯的重中之重，這一階段郭沫若翻譯的歌德作
品有：書信體小說《少年維特之煩惱》，詩歌《放浪者的夜歌（二）》《牧羊
的哀歌》《迷娘歌》《五月歌》，另有（德）海涅 Heine《Seraphine 第十六首》
《對月》，尼采的《查拉圖斯屈拉》，斯迭納（Max Stirner）的《〈唯一人者
與其所有〉》等。郭沫若開闊的視野，驚人的消化能力，使他成為吸食新潮
而不傷食的人。翻譯的選擇源於興趣愛好，而翻譯的結果反過來又促使郭
沫若和自己的翻譯對象關係越來越密切，譯者和翻譯對象是一個雙向影響
的過程。

〔註50〕郭沫若：《創造十年續篇》，《郭沫若全集》文學編第 12 卷，北京：人民文學
　　　　出版社，1992 年，第 188 頁。
〔註51〕郭沫若：《我怎樣開始了文藝生活》，《郭沫若論創作》，上海：上海文藝出版
　　　　社，1983 年，第 150 頁。
〔註52〕郭沫若：《創造十年》，《郭沫若全集》文學編第 12 卷，北京：人民文學出版
　　　　社，1992 年，第 97 頁。

　　茅盾以翻譯的經濟性相約，郭沫若則暢言翻譯的個人趣味。為個人的研究與為社會大眾服務，這本來可以各行其是而並行不悖，可是當時新文學剛剛發生，場域內文化資源相對比較貧瘠，茅盾等人「先據要津路」，從經濟的角度要求翻譯，自然不希望譯者之間的撞車。茅盾等以新文學指導者的身份認為當時需要的是凝聚一切可能的力量在一個方向上突破而不是全面開花，這就形成了文學場域內的規約，這種規約對於具體譯者作者帶來的束縛，魯迅在幾年後也有了類似的感受。「說到『趣味』，那是現在確已算一種罪名了，但無論人類底也罷，階級底也罷，我還希望總有一日弛禁，講文藝不必定要『沒趣味』。」〔註53〕除了「趣味」與「沒趣味」的對立外，還有這種「趣味」與那種「趣味」的差別。郭沫若也傾向於新文學，他心目中的新文學的模樣以及進行新文學建設的路徑設想，顯然和茅盾相差甚大。

第三節　翻譯即政治：郭沫若文學翻譯的左翼化

　　1924 年 2 月 17 日，郭沫若創作了小說《歧路》（為《漂流三部曲》之一，發表於 1924 年 2 月 24《創造週報》第 41 號）。小說以第三人稱「他」為敘事視角，敘述了自己不得不送妻兒坐輪船離滬去日生活的場景與痛苦。「在那時我自己的確是走到了人生的歧路。我把妻子送走了之後，寫了那《歧路三部曲》，盡性地把以往披在身上的矜持的甲胄通統剝脫了。人到下了決心，唯物地說時，人到了不要面孔，那的確是一種可怕的力量。讀了我那《三部曲》的人聽說有好些人為我流了眼淚。」〔註54〕郁達夫早在 1923 年 9 月便創作了小說《離散之前》，預示著幾位同人的離散。小說敘述於質夫、鄺海如和曾季生三人痛恨那些「用了虛偽卑劣的手段，在社會上占得優勝的同時代者」，於是他們用了「死力」，「想挽回頹風於萬一」，可是「他們的拼命的奮鬥的結果，不值得有錢有勢的人一拳打」。最終只好「決定一同離開上海」。〔註55〕1923年底，郁達夫接受了北京大學統計學講師一職，離滬北上；1924 年 4 月 1 日，

〔註53〕魯迅：《〈奔流〉編校後記》，《魯迅全集》第 7 卷，北京：人民文學出版社，2005 年，第 177 頁。

〔註54〕郭沫若：《創造十年》，《郭沫若全集》文學編第 12 卷，北京：人民文學出版社，1992 年，第 184～185 頁。

〔註55〕郁達夫：《離散之前》，《郁達夫小說全集》，北京：中國文聯出版公司，1996年，第 294 頁。

郭沫若離滬東渡日本；5 月，成仿吾離滬南下廣州。至此，創造社三位核心成員都離開了締造初期創造社文學事業輝煌的上海。

初期創造社同人的離散，對郭沫若文學創作及文學**翻**譯事業有著深遠的影響。首先，擺脫了「雜誌辦人」〔註 56〕的窘迫境地，《創造》季刊、《創造週報》《創造日》相繼停刊，使郭沫若從繁雜的刊物編輯事務中解脫出來，有時間從事一些大部頭的創作和**翻**譯工作。其次，這也讓郭沫若深思文學事業夭折的因由，反思泰東圖書局的剝削，以及由此進一步思考文學與社會的關係。郭沫若自己評價說：「創造社決計和泰東脫離，可以說是一種革命，是奴隸對於奴隸主的革命。在這場革命中達夫要算是最先覺，我是足足後了他半年。仿吾又是為著我而後到了半年以上。本打算辦滿週年才走的我，但在路向一決定之後，終耐不過再作勾留，便索性提前了一個月，在四月初頭上便離開了上海。」〔註 57〕再次，1924 年 11 月郭沫若攜妻兒從日本福岡返回上海，不再為創造社文學事業忙碌的郭沫若才有了可能接受朋友的邀請，參加江浙戰爭戰禍調查，那次的調查使郭沫若「深深地認識了江南地方上的農村凋敝的情形和地主們的對於農民榨取的苛烈」〔註 58〕。郭沫若自承：「我從前的態度是昂頭天外的，對於眼前的一切都只有一種拒絕。我以後要改變了，我要把頭埋到水平線下，多過活些受難的生活，多領略些受難的人生。」〔註 59〕

1928 年 5 月，郭沫若的小說散文集《水平線下》由創造社出版部出版，1930 年 10 月由光華書局出版時題名改為《後悔》。《水平線下》收入小說四篇：《亭子間中》《湖心亭》《矛盾的統一》和《後悔》。1930 年 11 月，國民黨政府將該書作為「普羅文藝」予以查禁。郭沫若在為該書撰寫的《序引》中說：「在這部書裏面具體地指示了一個 intellegentia 處在社會變革的時候，他應該走的路。這是一個私人的赤裸裸的方向轉換。」〔註 60〕又在《〈盲腸

〔註 56〕1925 年 5 月 2 日郭沫若致 LT 信，《郭沫若書信集（上）》，北京：中國社會科學出版社，1992 年，第 293 頁。
〔註 57〕郭沫若：《創造十年》，《郭沫若全集》文學編第 12 卷，北京：人民文學出版社，1992 年，第 186 頁。
〔註 58〕郭沫若：《創造十年續篇》，《郭沫若全集》文學編第 12 卷，北京：人民文學出版社，1992 年，第 217 頁。
〔註 59〕郭沫若：《到宜興去》，《郭沫若全集》文學編第 12 卷，北京：人民文學出版社，1992 年，第 356 頁。
〔註 60〕郭沫若：《序引》，《水平線下》，上海：聯合書店，1930 年，第 2 頁。

炎〉題記》中說:「在那時候,不僅在思想上生出了一個轉機,就在生活上也生出了一個轉機。當我的思想得到了一個明確的方向之後,我有一段時期是想留在文藝界工作的,從以前的浪漫主義的傾向堅決地走到現實主義的路上來。在這兒所收的屬於《水平線下》的一部分,便是代表著轉換過程中的寫作。」〔註61〕《水平線下》也是郭沫若思想轉變的一個標誌。從「昂頭天外」到「把頭埋到水平線下」,這既是對郭沫若人生觀價值觀轉變的客觀描述,也是郭沫若文學翻譯從第二個階段向第三個階段轉變的最恰當的概括。

在郭沫若文學翻譯的第三個時期,翻譯出版的譯作主要有戈斯華士(高爾斯華綏)的《爭鬥》(上海商務印書館 1926 年)和《銀匣》(創造社出版部 1927 年)及《法網》(上海聯合書店 1927 年)、霍普特曼的《異端》(上海商務印書館 1926 年)、約翰沁孤的《約翰沁孤的戲曲集》(上海商務印書館 1926 年)、雪萊的《雪萊詩選》(泰東圖書局 1926 年)、歌德等的《德國詩選》(創造社出版部 1928 年)和《沫若譯詩集》(創造社出版部 1928 年)、歌德的《浮士德》(創造社出版部 1928 年)、辛克萊的《石炭王》(上海樂群書店 1928 年)和《屠場》(上海南強書局 1929 年)及《煤油》(上海光華書局 1930 年)、尼采的《扎拉圖斯特拉如是說》(創造社出版部 1928 年)、L. Pervomaisky 等的《新俄詩選》(上海光華書局 1929 年)、托爾斯泰的《戰爭與和平》(上海文藝書局 1931 年)、席勒的《華倫斯太》(上海生活書店 1936 年)等。其中,《雪萊詩選》《德國詩選》《扎拉圖斯特拉如是說》《沫若譯詩集》等雖然出版時間是在郭沫若文學翻譯的第三個時期,具體翻譯卻完成於郭沫若文學翻譯的第二個時期。最能代表郭沫若第三個階段文學翻譯旨趣的,是對蘇俄新詩人、英國左翼劇作家戈斯華士(高爾斯華綏)和美國左翼小說家辛克萊的翻譯。紫英在《〈爭鬥〉的譯本》中說:「譯《少年維特之煩惱》和《茵夢湖》的譯者,近年來忽然拋去了一向矜持著的自我強烈,熱情充溢的態度,譯起社會劇來了。這是他自己說的,是一個思想覺醒的轉機。」〔註62〕所謂「譯起社會劇」,指的主要就是高爾斯華綏劇作的翻譯。J. 維斯說:「所有的青年人和被迫無所作為的人,都在維特的身上看到了希望之星

〔註61〕 郭沫若:《〈盲腸炎〉題記》,《郭沫若全集》文學編第 18 卷,北京:人民文學出版社,1992 年,第 5~6 頁。

〔註62〕 紫英(周紫英):《〈爭鬥〉的譯本》,《白露》1927 年第 2 卷第 2 期,第 42 頁。

光。」〔註63〕郭沫若曾從維特身上「看到了希望之星光」，隨著革命文學轉向的實現，郭沫若與其他左翼青年一樣，身上洋溢著革命的激情，能夠引起他們共鳴的不再是少年維特那樣的形象，翻譯對象的重新選擇也就理所當然。

在郭沫若在這個時期的翻譯實踐中，尼采的翻譯與蘇俄詩人的翻譯同時並存，不免受人詬病。周作人談到徐志摩天真爛漫的誠實，批評讓人感到不舒服的「偉大的說謊」，「知識階級的人挑著一副擔子，前面是一筐子馬克思，後面一口袋尼采，也是數見不鮮的事」，〔註64〕青睞尼采與馬克思的現代作家還有魯迅，但主要還是郭沫若，周作人筆鋒所及，應該是郭沫若。

《水平線下》這個名字的來源，與梁俊青對郭沫若《少年維特之煩惱》的批評有關。1924 年 5 月 12 日《文學》第 121 期刊發了梁俊青的翻譯批評文章，將郭沫若翻譯的《少年維特之煩惱》評為「實在不能說是在水平線以上」。成仿吾致信鄭振鐸，專門撚出了「水平線」的問題，認為這樣的批評「實在不能說是有藝術的良心之人的說話」〔註65〕。郭沫若將自己的著作集取名為《水平線下》，一方面是對梁俊青批評的反擊，另一方面也是表明自身思想的轉變。郭沫若在回應梁俊青批評的文字中提出自己「現在的志望」：「不僅想改造創造社所出版的書，我在社會改造的實際上也想盡些兒微力，我在此宣言，這可是我後半生的事業了。」〔註66〕郭沫若想要在「社會改造的實際上也想盡些兒微力」，聯繫 1924 年前後郭沫若的生活、創作與翻譯實踐活動，在生活上表現為從象牙塔／藝術之宮走向十字街頭，〔註67〕即投身革命實踐活動；就文學創作思想和主張來說，便是從文學的無功利觀走向文學的功利觀；就翻譯事業來說，具體的表現便是翻譯的向左轉。

郭沫若和郁達夫等創造社同人在文壇上登臺亮相，首先做的便是挑戰文壇「偶像」，被壓迫的弱小者便是他們一貫的自我定位。自敘傳小說中「弱」

〔註63〕〔法〕費爾南德‧巴登斯伯格：《歌德在法國──〈少年維特之煩惱〉在法國的傳播與接受研究》，郭玉梅等譯，北京：中央編譯出版社，2019 年，第 11 頁。

〔註64〕周作人：《志摩紀念》，《看雲集》第，北京：十月文藝出版社，2011 年，72 頁。

〔註65〕成仿吾：《成仿吾與鄭振鐸》，《文學旬刊》1924 年 6 月 9 日第 125 期。

〔註66〕郭沫若：《郭沫若與梁俊青》，《文學旬刊》1924 年 6 月 9 日第 125 期。

〔註67〕咸立強：《藝術之宮與十字街頭》，武漢：武漢出版社，2020 年，第 181～329 頁。

與「窮」的反覆敘述，事實上早已將他們自己與左翼文學密切地聯繫起來。「過激主義的種子，實在是因為社會上不滿意的事太多，才產生的。既有這個種子，那社會上的一切不平等、不安穩、不公道的事體，就是他的肥料。既加了肥料，又要他不生長，那可有點辦不到。所以世界政府中的頑固黨，都怕過激主義，但是都在那裡培植過激主義。」〔註78〕1923 年 5 月《創造週報》第 3 期出版，刊登了郁達夫的《文藝上的階級鬥爭》和郭沫若的《我們的文學新運動》。《文藝上的階級鬥爭》開篇引用《共產黨宣言》裏的話：「自有文化以來的政治社會史，所記錄者不過是人類的階級鬥爭而已。」僅從兩篇文章來看，郭沫若對文學的階級性與階級鬥爭的認識似乎不及郁達夫，對「無產階級」的關注卻是共同的，這使得郭沫若的文學創作和翻譯與左翼文學有著天然的內在聯繫，而這種內在的聯繫隨著時間的發展越來越清晰地呈現出來。1924 年 1 月 25 日，郭沫若創作新詩《太陽沒了──聞列寧死耗作此》，3 月 17 日下午在杭州作了《文藝之社會使命》的講演。講演「一方面是想證明文藝的實利性，另一方面又捨不得藝術家的自我表現」。〔註69〕這時候的郭沫若已經有了捨棄「自我表現」，轉向集體主義思想的萌芽，為郭沫若文學創作及文學翻譯的轉向奠定了基礎。

從「五四」流行的個人主義轉向集體主義，有著不同的路徑。孫中山就強調過集體主義，陳銓也曾批評說：「五四運動第二個錯誤就是把集體主義時代，認為個人主義時代……二十世紀的政治潮流，無疑的是集體主義。大家第一的要求是民族自由，不是個人自由，是全體解放，不是個人解放。在必要的時候，個人必須要犧牲小我，顧全大我，不然就同歸於盡。」〔註70〕在諸種通向集體主義的路徑中，郭沫若選擇了馬克思主義，而促使這一重大轉變發生的，則是對河上肇《社會組織與社會革命》的翻譯工作。

1924 年 5 月，郭沫若譯完河上肇《社會組織與社會革命》。「從清早起來寫到深夜，寫了有五十天的光景，把那部二十萬字以上的大著譯完了。」〔註71〕7 月 22 日，郭沫若在給《孤軍》主編何公敢的信中說：「終竟弟於社

〔註78〕冥冥（李大釗）：《過激派的引線》，《每週評論》1919 年 3 月 2 日第 11 號。
〔註69〕郭沫若：《創造十年續編》，《郭沫若全集》文學編第 12 卷，北京：人民文學出版社，1992 年，第 200 頁。
〔註70〕陳銓：《五四運動與狂飆運動》，《民族文學》1943 年 9 月 7 日第 1 卷第 3 期。
〔註71〕郭沫若：《創造十年續編》，《郭沫若全集》文學編第 12 卷，北京：人民文學出版社，1992 年，第 204 頁。

會經濟諸科素來本無深到之研究，惟對於馬克斯主義有一種信心，近譯《社會組織與社會革命》一書完後，此信心益見堅固了。弟深信社會生活之向共產制度之進行，如百川之朝宗于海，這是必然的徑路。」〔註72〕7月23日，郭沫若在給《獅吼》編輯滕固（若渠）的信中說：「我近來對於社會主義的信仰，對於馬克斯列寧的信仰愈見深固了。我們的一切行動的背景除以實現社會主義為目的外一切都是過去的，文學也是這樣，今日的文學乃至明日的文學是社會主義傾向的文學，是無產者呼號的文學，是助成階級鬥爭的氣勢的文學，除此而外一切都是過去的，昨日的。我把我昨日的思想也完全行了葬禮了。」〔註73〕接連兩日，在給不同人的信中反覆談及自己思想中的社會主義思想問題，表明河上肇《社會組織與社會革命》的翻譯的確給郭沫若帶來了強烈的思想刺激。

　　1924年8月9日，郭沫若給成仿吾寫信，再次清晰而明確地談到了自己思想的巨大轉變：「我最初來此的生活計劃，便是迻譯《社會組織與社會革命》……這書的譯出在我一生中形成了一個轉換的時期……我現在對於文藝的見解也全盤變了。我覺得一切技倆上的主義都不成為問題，所可成為問題的只是昨日的文藝，今日的文藝和明日的文藝……這今日的文藝便是革命的文藝。」〔註74〕「社會主義」成了這一時期郭沫若頻繁使用的詞彙，思考文藝與社會關係時的思路則是：「社會主義實現後」，才能有真正的「明日的文藝」。換一種說法，便是先有社會主義的革命，然後有社會主義傾向的文學。譯者的視野從文學轉向政治經濟，是郭沫若與他同時代人共同的特色。趙景深說：「為什麼胡適和他們都是從文學走向政治經濟的路呢？他們是抱著各各不同的理想努力欲使其實現的，大約覺得文學的路太迂緩了。」〔註75〕趙景深所說的「他們」指的是陸侃如馮沅君夫婦、樊仲雲、胡愈之等，用於解釋郭沫若身上出現的一些變化也很恰當。

　　1924年下半年，初期創造社解體，一度輝煌的文學事業陷於停頓，家

〔註72〕郭沫若：《社會革命的時機》，《洪水》半月刊1926年2月5日第1卷第10、11期合刊號。

〔註73〕郭沫若：《再上一次十字架》，《獅吼》半月刊1924年7月15日第3期。

〔註74〕郭沫若：《孤鴻——致成仿吾的一封信》，《創造月刊》1926年4月16日第1卷第2期。

〔註75〕趙景深：《胡適》，《文人剪影　文人印象》，太原：三晉出版社，2014年，第52頁。

人生活困窘，所有這些都讓郭沫若感受到了社會的黑暗。1924 年 11 月 16 日，郭沫若和妻兒回到上海。這時候的郭沫若，一度動了翻譯《資本論》的念頭。「商務編譯所任著庶務主任的何公敢，他從東方圖書館中把須得參考的英譯本都為我借了出來，他們以為這事是不成問題的，只須在編審會上通過便可以定下契約。」〔註 76〕可惜的是在商務編譯所的編審會上未能獲得通過。先有「社會主義實現」，而後才會產生出真正的「明日的文藝」，對於郭沫若來說，那時候出現這樣的想法，再正常不過了。這樣的想法不需要對整個中國社會有怎樣深入的思考，只要反觀自身，郭沫若從自己的經驗中就已經明白：沒有社會的真正的變革，自己文學創作和文學翻譯等事業上的理想就沒有多少真正實現的機會。這種想法也就促使郭沫若關注那些能夠有助於「社會主義實現」的因素，兩年後參加北伐戰爭，從某種程度上來說也與此有關。

　　郭沫若到了廣州後，對社會變革與文學創作的關係有了新的看法。「文學是革命的前驅——在革命的時代必然有一個文學上的黃金時代。」〔註 77〕文藝與革命的關係，在郭沫若思想中顛倒了一個位置。位置的顛倒，並不就意味著思考者自我的否定，有時候只是對原本複雜關係的認識因時因地做了適當的微調。在文學翻譯上，在某些時間節點上進行的譯介活動，有時候只是將早就想要進行的譯介活動付諸實施罷了。對於一些事物的認識，所進行的著譯活動，需要放在一個較長的時間流中進行考察，這樣才能夠有較為全面準確的認識。

　　對於屠格涅夫（郭沫若譯為屠格涅甫）的小說《新時代》，郭沫若早就有所傾心。1924 年 4 月，郭沫若到日本去的時候，「只帶了三部書來，一部是《歌德全集》，一部是河上肇的《社會組織與社會革命》，還有一部便是屠格涅甫的《新的一代》了」。所帶的三部書，也就成了郭沫若接下來一段時間翻譯的主要對象。有意思的是，郭沫若為什麼要帶這三部書，為何要翻譯這三部書？歌德不用多言，那是一以貫之喜歡的對象，至於河上肇的《社會組織與社會革命》，前文已經作了分析。至於屠格涅夫的《新的一代》（又譯《新時代》），其實也是郭沫若所喜歡的。1921 年 4 月，郭沫若和成仿吾一

〔註 76〕郭沫若：《創造十年續編》，《郭沫若全集》文學編第 12 卷，北京：人民文學出版社，1992 年，第 218 頁。

〔註 77〕郭沫若：《革命與文學》，《創造月刊》1926 年 5 月第 1 卷第 3 期。

同坐船從日本去上海，那時成仿吾帶著一部德譯的《易卜生全集》和兩本德譯的屠格涅夫小說（《父與子》和《新的一代》）。郭沫若回憶說：「我第一次讀《新的一代》便是這個時候。這本書我們去年在上海不是還同讀過一遍嗎？我們不是時常說：我們的性格有點像這書裏的主人公涅暑大諾夫嗎？我們的確是有些相像：我們都嗜好文學，但我們又都輕視文學；我們都想親近民眾，但我們又都有些貴族的精神；我們倦怠，我們懷疑，我們都缺少執行的勇氣。我們都是些中國的『罕牟雷特』。我愛讀《新的一代》這書，便是因為這個原故呢。」郭沫若不僅曾自詡為歌德，也曾自承像涅暑大諾夫。從歌德和屠格涅夫的創作中，郭沫若照見了自己。從自身情感的需要出發進行翻譯，這是郭沫若一貫的翻譯選擇。然而，當郭沫若翻譯完屠格涅夫的《新時代》之後，思想上卻起了大的變化。「我把這《新時代》一書譯成之後，我把我心中的『涅暑大諾夫』槍斃了。」〔註78〕

　　思想變化了的郭沫若，對《新時代》的認識也有了新的變化。郭沫若「槍斃了」自己心中的涅暑大諾夫，同時發掘了小說中「列寧的俄羅斯」：「我們所當仿傚的是屠格涅甫所不曾知道的『匿名的俄羅斯』，是我們現在所已經知道的『列寧的俄羅斯』。」〔註79〕列寧領導的蘇聯革命吸引了郭沫若，成為這一時期郭沫若思考中國「社會主義實現」道路和途徑的模板。1925年4月底，郭沫若發表《一個偉大的教訓》及「附白」，指出中國不可能發展個人資本主義，只能「走勞農俄國的道路」〔註80〕。11月17日，創作《馬克斯進文廟》，虛擬了馬克思與孔子的會面。在與孔子對話過程中，馬克思發現他們見解完全一致。將馬克思的共產主義思想與孔子的大同理想做簡單比附，既表明了郭沫若對馬克思主義認識的淺陋，也顯露了新思想激蕩下郭沫若激蕩難抑的思想情感。

　　1924年底，郭沫若曾動過翻譯《資本論》的念頭，雖然未能成功，想法卻一直存在。1925年12月27日，郭沫若在給陶其情寫的信中說：「馬克斯學說和孔子的思想究竟矛不盾矛（原文如此，應為『矛盾』的錯排——引者注），在你雖說是『誰也知道』，但在我看來實實在在不是那麼容易的問題。

〔註78〕郭沫若：《孤鴻——致成仿吾的一封信》，《創造月刊》1926年4月16日第1卷第2期。

〔註79〕郭沫若：《序》，《新時代》，上海：商務印書館，1936年，第3～4頁。

〔註80〕郭沫若：《一個偉大的教訓》，《晨報副刊》1925年5月1日。

第一是馬克斯學說並沒有充分地介紹過來，一般人腦中的馬克斯，都是想當然耳以訛傳訛的馬克斯。究竟他的唯物史觀是怎麼樣，他的經濟學說是怎麼樣，他的共產革命說是怎麼樣，不見得就有好幾位是真真正正地明白了的。我現在很想費五年工夫把他的《資本論》全譯出來，那時候或許我還能夠談得更圓滿一點罷。」〔註81〕郭沫若想要通過翻譯介紹真正的馬克思主義，在翻譯之前，郭沫若寫了《窮漢的窮談》《新國家的創造》等文章，闡述自己所理解的馬克思學說。郭沫若的文字引來了陶其情和巴金等人的質疑。郭沫若在《賣淫婦的饒舌》中說：「國家主義者每愛說馬克斯主義是否認國家的。他們連把馬克斯主義和無政府主義都沒有分析得清楚，所以我才做了《新國家的創造》（本志第八期）來指謫這種紕謬，敘述馬克斯主義並非否認國家。出乎意外的是一位無政府主義的青年在《學燈》上做了一篇文章，借考茨克罵列寧的話來罵我是『馬克斯主義的賣淫婦』，而他說馬克斯是否認國家的……這樣一來，簡直把他們所極端反對的馬克斯當成他們所極端崇拜的克魯伯特金去了。我覺得有點過於滑稽，而且作者的態度也太不客氣，所以我至今還沒有答覆。」〔註82〕郭沫若自以為「真真正正地明白了」的想要告訴別人的理論，別人卻並不領情，反而認為郭沫若理解錯誤，不過是馬克思主義的「賣淫婦」而已。

通過翻譯，郭沫若接觸並逐漸走向了馬克思主義，至於郭沫若所理解的馬克思主義是否是真正的馬克思主義，本書暫不討論。值得注意的是郭沫若的譯介立刻引來了他人的注意，並且引發了論爭。和早期創造社同人主動挑起的關於錯譯誤譯的翻譯論爭不同，這一時期所引發的論爭與所譯介的對象及相關理解有關。早期創造社和文學研究會就翻譯問題展開論爭時，也曾討論過翻譯的經濟問題，在翻譯的選材及翻譯的次序等問題上都交過鋒，爭奪的其實是新文學創作及翻譯的話語權。翻譯即政治，向國人介紹列寧還是巴枯寧，翻譯俄國作品還是英美文學作品，不再僅僅只是個人的興趣愛好，不管有意還是無意識地，都成了「宣傳」，構成了政治意識之間的交鋒。

翻譯的選材即譯什麼這個問題之所以重要，關鍵就在於「選」。既然是「選」，就體現了譯者主體的主觀能動性，一種主體的有意識的選擇。這種選

〔註81〕郭沫若：《討論〈馬克斯進文廟〉——我的答覆》，《洪水》半月刊1926年1月16日第1卷第9期。
〔註82〕郭沫若：《賣淫婦的饒舌》，《洪水》半月刊1926年4月1日第2卷第14期。

擇一旦付諸實踐，匯入現實的諸多選擇的河流中，就必然與其他諸種選擇構成種種關聯或者是交鋒。這種關聯或交鋒所產生的影響是持續的，相互的。翻譯河上肇《社會組織與社會革命》後的郭沫若越來越多地傾向於俄國，於是引來了喜歡俄國的蔣光慈，由蔣光慈又引來了瞿秋白。翻譯帶來了郭沫若思想上的轉變，這轉變又帶來郭沫若翻譯選材等方面的持續變化，而郭沫若個人的變化又進而影響到郭沫若的社交，於是就出現了類似「蝴蝶效應」，使得郭沫若整個人生都出現了巨大的變化。

　　郭沫若回憶自己和郁達夫第一次去拜訪蔣光慈時，蔣光慈正在校讀郭沫若所譯屠格涅夫的《新時代》。《新時代》開篇奧斯突羅杜摩夫走進涅暑大諾夫的寓室時，郭沫若的譯文寫著：「坐到一個椅子上，在抽屜裏抽出一隻快要壓扁了的香煙出來。」蔣光慈對郭沫若說：「抽屜在原文是作荷包，這一定是譯錯了的，來客初進人的房間也不會從『抽屜』中去找香煙吃。」郭沫若認可了蔣光慈的批評並請求他詳細地把全書校改一遍，做篇文章在《洪水》上發表。蔣光慈開始的時候校閱《新時代》並非源於郭沫若的請求，乃是出於他的個人興趣。然而，對俄國文學的共同的興趣，使兩人走得更為親密。後來，蔣光慈和瞿秋白曾一同前去拜訪郭沫若，郭沫若回憶說：「秋白勸我翻譯托爾斯泰的《戰爭與和平》。他說那部小說的反波拿伯主義，在我們中國有絕對的必要。……秋白的勸說，我在三年後是遵照了的，但可惜那書只譯了三分之一便中斷了。」〔註83〕郭沫若轉向後，翻譯選材有了重大的變化，身邊的朋友（尤其是外語翻譯方面）也隨之發生變化。新的朋友圈的變化反過來又作用於他的翻譯選材等等，促使郭沫若的文學創作和文學翻譯持續不斷地產生變化，這是一個相互影響相互促進的過程。這個影響不僅僅侷限在文學創作和文學翻譯領域，還因翻譯而衍生出來的朋友圈為郭沫若的生活帶來新的變化。

　　對於譯者來說，文學翻譯的轉向從來不只是翻譯本身的事情。郭沫若強調《社會組織與社會革命》的翻譯對自身思想轉向的意義，實際上應該是譯者和翻譯對象相互選擇了對方，這種相互間的選擇伴隨著時間的發展必然還會有譯者對翻譯對象的重新思考。文學翻譯上，郭沫若有一個從追求個人興趣到翻譯對象左翼化的轉變，與這個轉變同時發生的，還有一個文學郭沫若

〔註83〕郭沫若：《創造十年續篇》，《郭沫若全集》文學編第 12 卷，北京：人民文學出版社，1992 年，第 278 頁。

向著革命者郭沫若的轉變。在這裡的文學郭沫若，特指追求文學無功利性的郭沫若。

1926 年 3 月 18 日，郭沫若應廣東大學聘請南下。在廣東大學任教不久便參加了北伐戰爭。從南下廣州開始，直到南昌起義失敗，郭沫若大多時間忙於實際工作，文學翻譯工作暫時停頓了一段時間。等到郭沫若滯留上海，從革命戰場上重新回到文學書桌前，這時候郭沫若的文學閱讀和文學翻譯等都與革命有了更為密切的關聯。據郭沫若《離滬之前》可知，1928 年 1 月 16 日，郭沫若閱讀德哈林的《康德的辯證法》、列寧的《黨對於宗教的態度》，17 日，讀馬克思《政治經濟學批判序言》，18 日，讀馬克思《資本論》，19 日，閱讀斯大林的《中國革命的現階段》。郭沫若記錄了自己的閱讀書目，寫下了自己文學趣味的變化。「讀托勒爾的《Masse Mensch》(《人民大眾》)，毫無意趣。前五六年對於托勒爾之心醉神馳，對於表現派之盲目的禮讚，回想起來，真是覺得幼稚。」「上午讀獨步的《號外》《春之鳥》《窮死》三篇，確有詩才。《號外》與《窮死》尤有社會主義的傾向。」〔註84〕閱讀趣味的變化，正是思想變化的表現。

參加南昌起義，閱讀共產主義理論著作，這些都使得郭沫若的文學創作與文學翻譯出現了巨大的變化，相應表現就是他翻譯了馬克思《政治經濟學批判》《藝術作品之真實性》等理論著作，同時在文學方面翻譯了托爾斯泰長篇小說《戰爭與和平》，與友人合譯了《新俄詩選》(包含布洛克《西敘亞人》、馬林霍夫「強暴的游牧人」《十月》、佛洛辛《航行》、馬亞柯夫斯基《非常的冒險》等詩篇)。1963 年 6 月 25 日，郭沫若在致戈寶權的信中說：「《新俄詩選》當以一九二九年光華版為初版本。一九二七年的泰東版是假冒的。」南昌起義失敗後，經香港回到上海的郭沫若，「在滬得斑疹傷寒，幾乎死去，足足臥病一個多月。在這期間，一氓不會有時間譯書，我也沒工夫來校閱。泰東的假冒是十分荒唐的。……一氓的譯稿。那是從英文選本翻譯的，算來應該是一九二九年二月份的事」。〔註85〕

翻譯《戰爭與和平》《新俄詩選》時，郭沫若並沒有學過俄語，故而這

〔註84〕郭沫若：《離滬之前》，《郭沫若全集》文學編第 13 卷，北京：人民文學出版社，1992 年，第 278 頁、第 280 頁。

〔註85〕轉引自戈寶權：《回想郭老與馬雅可夫斯基的詩和信》，《社會科學戰線》1978 年第 3 期。

些俄語文學作品的翻譯都源自於轉譯。對於郭沫若來說，轉譯並非新鮮的嘗試。郭沫若翻譯 Fitzgerald 的英譯本 Rubaiyat，其實便是對波斯詩人莪默的轉譯。郁達夫《夕陽樓日記》引發的翻譯論爭，轉譯是備受關注的焦點。郁達夫在《夕陽樓日記》中說：「大凡我們譯書，總要從著者的原書譯出來才好。講到重譯，須在萬不得已的時候，才能用此下策。」〔註86〕郭沫若從原語版本選擇的角度指出重譯不可靠：「著者本人已經廢棄了的文字，在別一國的舊譯裏卻珍重地被保留著。這個事實，我想就讓我們尊重重譯的魯迅先生，無論怎樣把他手中的一隻筆自由自在地曲，曲得就像卓別麟手中的一根手杖，也是難於曲護的。」〔註87〕郭沫若認為「重譯不可靠」，這裡的「重譯」一詞指的應該是「轉譯」。

　　批評「轉譯」不可靠的郭沫若，自己也從事轉譯，但郭沫若的轉譯的確如他自己所主張的，都注明了自己所依據的外文原版，如《魯拜集》依據的是 Fitzgerald 的英文譯本第四版，而《新時代》依據的則是 Wihelm Lange 的德語譯文，同時參照 Constance Garnett 的英語譯文，〔註88〕在原語版本的選擇方面顯然要比余家菊高明。聞一多說：「斐氏底筆使這些 Rubaiyat 變為不朽的英文文學」，〔註89〕作為英文文學經典的 Rubaiyat 的漢譯，在某種程度上來說也可以算作是直譯。郭沫若真正的轉譯，大都是俄語文學，從《新時代》到《戰爭與和平》皆是。「在 20 世紀初的長時間內，中國所接觸的俄羅斯文學皆是經由他國轉述的。然而閱讀這些被英文和日文等別國文字定義的俄羅斯文學之時，不免想問一句，中國二十世紀初所接觸的俄羅斯文學與俄羅斯土地上所流傳的俄羅斯文學真正一樣嗎？」〔註90〕這樣的疑問也存在於一百年前的郭沫若心中。郭沫若不贊成轉譯，仍要選擇轉譯，轉向左翼文學翻譯後更是頻頻轉譯俄國文學作品。除了瞿秋白的鼓勵，蘇聯的影響，是否還有其他的原因？就譯者主體的選擇來說，捨長就短的翻譯選擇所反映的應是譯者試圖以此重建自我主體的努力。

〔註86〕郁達夫：《夕陽樓日記》，《創造》季刊 1922 年第 1 卷第 2 期，第 46～47 頁。
〔註87〕郭沫若：《創造十年》，《郭沫若全集》文學編第 12 卷，北京：人民文學出版社，1992 年，第 156 頁。
〔註88〕郭沫若：《解題》，《新時代》，上海：商務印書館，1925 年，第 1 頁。
〔註89〕聞一多：《莪默伽亞謨之絕句》，《創造》季刊 1923 年 5 月 1 日第 2 卷第 1 期。
〔註90〕馬筱璐：《被轉述的俄羅斯文學》，王德威、宋明煒主編《五四@100：文化、思想、歷史》，上海：上海文藝出版社，2019 年，第 162 頁。

　　托爾斯泰之於郭沫若，並不陌生，郭沫若曾回憶日本留學時期的成仿吾想要研究托爾斯泰：「他是學造兵科的人而要徹底地研究托爾斯泰，單是這一點已經就可以知道他的矛盾。」〔註91〕郭沫若應該閱讀或瞭解過托爾斯泰，否則不會輕易判定成仿吾「矛盾」。後來，郭沫若去泰東圖書局工作，泰東圖書局裏的王靖譯介了一些托爾斯泰的文字。這些似乎都沒有明顯影響到郭沫若，據郭沫若自述，當瞿秋白勸他翻譯《戰爭與和平》時，他自己「還沒有讀過《戰爭與和平》，並有點小兒病的地不高興托爾斯泰，因為他是貴族，又還倡導無抵抗主義也。」〔註92〕在給成仿吾的信中，郭沫若曾將文藝分為「昨日的文藝」和「今日的文藝」。「昨日的文藝」是貴族們的「消閒聖品」，而「今日的文藝」則是「現在走在革命途上的文藝」。「昨日的文藝……如像太戈兒的詩，托爾斯泰的小說，不怕他們就在講仁說愛，我覺得他們只好像在布施餓鬼。」〔註93〕也就是說，托爾斯泰的小說，是被列入「昨日的文藝」行列中的。已經轉向了的郭沫若，為何還要翻譯「昨日的文藝」？

　　郭沫若在《桌子的跳舞》一文中引用了魯那查爾斯基《文藝領域內的黨的政策》的話說：「現在我們假定在我們的面前有這樣的作品，雖然是藝術的，天才的，然而於政治上是不能滿足的作品：就譬如托爾斯泰或者達士多奕夫斯基一類的大作家在現在寫了一篇在政治上與我們隔離的天才的小說。這樣的小說假如是反革命的，在我們的鬥爭的各種條件上，我們雖然很感覺著遺憾，然而不得不揮淚而殺此小說，這我們不消說是能夠瞭解的。」緊跟著的是郭沫若自己的評述文字：「這可以說是最公平的態度。但是不革命的作家們喲，你們不要歡喜，以為得了一個護符：須要曉得我們所能聽其存在的不革命的作品，那是有限制的，那是要『藝術的，天才的作品』才行呀！你們要有托爾斯泰或者達士多奕夫斯基那樣的天才，而且寫的還要是『天才的小說』！」〔註94〕「天才的小說」「天才的作品」，郭沫若是在小說的藝術上充分肯定了托爾斯泰。郭沫若談到托爾斯泰的時候，態度很明

〔註91〕郭沫若：《創造十年續篇》，《郭沫若全集》文學編第 12 卷，北京：人民文學出版社，1992 年，第 85 頁。

〔註92〕郭沫若：《創造十年續篇》，《郭沫若全集》文學編第 12 卷，北京：人民文學出版社，1992 年，第 278 頁。

〔註93〕郭沫若：《孤鴻——致成仿吾的一封信》，《創造月刊》1926 年 4 月 16 日第 1 卷第 2 期。

〔註94〕郭沫若：《桌子的跳舞》，《郭沫若全集》文學編第 16 卷，北京：人民文學出版社，1989 年，第 61 頁。

確：充分肯定其藝術上的天才，不肯苟同於他的不抵抗主義，然而對於瞿秋白所說的反拿破崙主義，郭沫若似乎向來不怎麼注意。如果說瞿秋白翻譯《戰爭與和平》的建議對郭沫若翻譯這部小說產生了一定的作用，那也只是一種很外在的誘因，而絕不是因為瞿秋白的看法改變了郭沫若對托爾斯泰小說的解讀和認知。

實現了革命文學轉向的郭沫若為何翻譯「不革命的作品」？首先，號召文藝界要做革命的「留聲機器」〔註95〕的郭沫若，其實並沒有走上政治標準第一文藝標準第二的文學評價和選擇道路，正如早期創造社時期，郭沫若文學翻譯著重於世界名著，出發點是個人興趣，而不是社會的時代的特定需要，他強調的是無用之用。完成革命文學轉向的郭沫若，雖然提出了「留聲機器」等說法，但是看郭沫若的翻譯，除了世界左翼的著名作品，他在這時期補譯和整理了《浮士德》第一部，翻譯了歌德詩劇《赫曼與竇綠苔》，還有就是托爾斯泰的《戰爭與和平》。也就是說，都是世界名著。和早期的文學翻譯實踐一樣，走的都是精品路線。其次，就是郭沫若以及以郭沫若為代表的創造社，他們的文學世界向來是豐富多彩的。1921年的時候，郭沫若翻譯歌德的《少年維特的煩惱》，鄭伯奇則翻譯法國作家古爾孟的小說《魯森堡之一夜》。「一部是德意志『狂飆運動』的號角，而另一部卻是資本主義『世紀末日』的囈語，兩種性質絕不相同的書都編在《創造社叢書》裏面，僅這一點就可以說明當時創造社並沒有一個嚴格的中心思想的。」〔註96〕這是早期創造社的情況。革命文學轉向後的創造社，在相當長的一段時間裏，也存在複雜的矛盾糾纏：一邊是宣揚無產階級革命藝術的《文化批判》，一邊仍是發表法國象徵主義作家維尼「世紀末日」囈語的《創造月刊》。綜合起來看，就是無論早期晚期，創造社的譯介活動都呈現出一種複雜的綜合性特徵。〔註97〕作為創造社的精神領袖，創造社表現出來的這種文學追求，其實也正是郭沫若文學思想的一種外在體現。文學翻譯選材的矛盾性也是譯者內心矛盾的反映。郭沫若曾譯歌德《浮士德》中的一段詩作

〔註95〕郭沫若：《英雄樹》，《郭沫若全集》文學編第16卷，北京：人民文學出版社，1989年，第39頁。

〔註96〕鄭伯奇：《憶創造社》，《沙上足跡》，哈爾濱：黑龍江人民出版社，1999年，第15頁。

〔註97〕咸立強：《創造社「世紀末」文學思潮的譯介進程》，《華南師範大學學報》2009年第4期，第76～80頁。

為《三葉集》的序，其中呈現的便是內心世界的矛盾：

> 兩個心兒，唉！在我胸中居住在，
>
> 人心相同道心分開：
>
> 人心耽溺在歡樂之中，
>
> 固執著這個塵濁的世界；
>
> 道心猛烈地超脫凡塵，
>
> 想飛到個更高的靈之地帶。〔註98〕

文學翻譯的左翼化，並不意味著一味地從政治的需要出發進行翻譯。1913 年，高爾基創作了自傳體三部曲中的第一部《童年》；1916 年，高爾基發表了自傳體三部曲中的第二部《在人間》；1921 年，高爾基完成了自傳體三部曲中的第三部《我的大學》。高爾基的自傳體三部曲敘述了一個革命作家的成長歷程。1931 年郭沫若寫了《黑貓》，1932 年創作了《創造十年》《武昌城下》《離滬之前》，1936 年寫了《北伐途次》，1937 年寫了《創造十年續篇》，1942 年寫了《我的學生時代》，郭沫若的上述作品也構成了一個自傳系列，從郭沫若的童年敘述到在日本讀大學再到參加革命等諸多事宜。但郭沫若並沒有提及自己撰寫的自傳與高爾基的自傳之間有什麼關聯，反而稱自己的《創造十年》「是一個珂羅茨基的自敘傳之一部分」〔註99〕。郭沫若的這種選擇，表明了當時的他對高爾基的文學創作較為隔膜。在《離滬之前》中，郭沫若記載了自己在 1928 年 2 月 9 日星期四閱讀高爾基《夜店》的感覺：「覺得並不怎樣的傑出，經驗豐富，說話的資料是源源而來的。巡禮路加的找尋『正義的國士』一段插話，未免過於造作。」〔註100〕1936 年，高爾基逝世後，郭沫若在悼念文章中寫道：「我在十幾年前於英文中讀過他的《幼年時代》，於德文中讀過他的《放浪者》（中篇），於日文中讀過他的《夜店》，都不是他的主著。而六年前，有朋友買了一本英文的《Bystander》來送我，但迄今藏在我的書櫥裏，卻還沒有讀。最近我東鱗西爪地讀過些日本文譯的他的《文學論》。我的關於高爾基的作品上的智識，就只有這一點。然而我相信高爾基會容恕我，並准許我不必通過他的多量的著作，便能直

〔註98〕郭沫若：《郭序》，《三葉集》，合肥：安徽教育出版社，2000 年，第 5 頁。

〔註99〕郭沫若：《發端》，《郭沫若全集》文學編第 12 卷，北京：人民文學出版社，1992 年，第 36 頁。

〔註100〕郭沫若：《離滬之前》，《郭沫若全集》文學編第 13 卷，北京：人民文學出版社，1992 年，第 249 頁。

覺到他的偉大。」又說：「那是一九二九年，高爾基有意把一九二七年前後的中國革命寫成一部小說，希望有中國同志和他協作，朋友們便推薦我去，然而我終因種種的羈絆，沒有達到這個目的。」〔註101〕郭沫若對高爾基的態度和對待魯迅的態度比較相似，在對方生前並不怎麼閱讀對方的文學創作，對於對方的作品頗覺不合口味。待到對方逝世，態度馬上調轉180度，極力頌揚。這也可以理解，畢竟此時的郭沫若不再是初登文壇的新人，不需要再以「打架」〔註102〕的方式在文壇上殺出一條血路，反而要接過魯迅左翼文壇領袖的位置，一言一行都要考慮所產生的可能的影響。

郭沫若在《達夫的來訪》中曾經記載過這樣一件事情。1937年郁達夫赴日請郭沫若回國抗日，改造社設宴招待。赴宴車上，郁達夫告訴郭沫若先到改造社，然後去吃飯。當晚，改造社佐藤春夫等人為編譯《魯迅全集》事正在開會。諸人徵詢郭沫若意見，郭沫若說：「機會是很難得的，趁著出全集的機會，最好是把魯迅未發表的遺著全部都搜羅起來。我看，向北平的周作人請教，一定會有好的結果的。」郭沫若的話還沒有十分說完，社長Y搖起頭來了，同時又把兩隻手背挨攏一下又分開了來。他說：「他們兩弟兄是這樣的啦。魯迅的葬儀時，周氏都沒有親臨，並且連弔電也沒有。」郭沫若很想說「至親無文」，話都溜到唇邊了又吞了下去，同時想到自己也是沒有弔電，上海因此有一部分人頗有責備。郭沫若當時住在鄉間，過海電報不知怎麼打，更想到拍電致弔本在表示自己的哀感，只要自己真實地感著悲哀，又何必一定要表示？此時才意識到：「弔電的有無，事實上才有那麼的嚴重！」〔註103〕由此看郭沫若在高爾基和魯迅逝世後吹捧這兩位偉大作家的話語，其實最好視為活著的文壇巨人的一種表態，而且是帶有某種政治意味的表態，這種表態與私人內心真實的態度可能會存在差異，這是事實，而郭沫若也隱晦地表達了這種情況，所以在悼念的文章中才會提及自己以前並不怎麼閱讀對方文章的話。哪怕是傾向於社會主義，張揚蘇聯道路，自己和高爾基也有許多相似之處，但高爾基的作品就是沒有能如《新時代》一般走進郭沫若的文學世界。從郭沫若俄國文學譯介的選擇可以看出，郭沫若在政治

〔註101〕郭沫若：《人文界的日蝕——悼唁高爾基》，《郭沫若全集》文學編第16卷，北京：人民文學出版社，1989年，第208頁。

〔註102〕成仿吾：《創造社與文學研究會》，《創造》季刊1923年2月第1卷第4期。

〔註103〕郭沫若：《達夫的來訪》，《郭沫若全集》文學編第13卷，北京：人民文學出版社，1992年，第407～408頁。

上的思想傾向，具體的文學主張，以及他的文學創作和文學翻譯實踐，這幾者之間存在著複雜的糾纏關係，有直接影響，也存在矛盾和張力。

郭沫若所翻譯的《新時代》和《戰爭與和平》，都屬於「過去」的時代的創作，之所以不選高爾基等同時代作家創作翻譯的原因，除了個人愛好等原因外，還有一個重要的原因可能是郭沫若處於日本人的監控之下。1928 年 8 月 1 日下午，郭沫若被東京警視廳便衣警察帶往東京橋區警察局，隨後被拘留。3 日，被釋放。歸途中拜訪小原榮次郎和村松梢風，遭冷遇。8 月中旬，搬到市川真間山下，從此處於日本刑士和憲兵的雙重監視之下。郭沫若回憶說，日本警察向他詢問成仿吾：「我揣想到仿吾給我的一封信，是被他們搜查了去的。那是一封很長的信，怕有三四千字。仿吾由敦賀港渡過海參威，經由西比利亞鐵路，一直經過莫斯科，到了柏林。他從柏林把他沿途的所見所聞，很詳細地寫給了我。那時蘇聯的革命成功才僅僅十年，舊俄時代的一些不好的風俗習慣，還多分地保留著，仿吾也就很不客氣地加以一些批評。這信落在了他們的手裏，是一件很可惜的事，然而對於我的現狀卻是很有利的。日本人所高興的就和今天的美國人一樣，是你肯批評蘇聯，只要你肯批評蘇聯，那你就好像減少了危險性了。我因而也把成仿吾的詳細的情形告訴了。」〔註104〕既然郭沫若揣想到了日本當局對蘇聯的態度，而自己又有了被監視拘禁的經歷，自然不會冒險翻譯為新興的蘇聯喝彩的革命作品。因為翻譯首先就要接觸閱讀，這類材料在當時的情形下對郭沫若是相當不利的。

從《新俄詩選》和郭沫若撰寫的關於高爾基的文章來看，郭沫若對新生的蘇聯時代的文學是有一定瞭解的，但是現實和審美情趣等諸種原因使郭沫若沒有選譯同時代蘇聯文學創作。目光轉向社會主義的郭沫若，思想上出現了根本性的變化，這種變化不可能不影響到他的翻譯選材。在同時代作家中郭沫若所選擇翻譯的左翼作家和創作是美國辛克萊的長篇小說《屠場》《石炭王》《煤油》，還有英國戈斯華士（John Galsworthy 1867-1933，又譯高爾斯華綏）的《爭鬥》《法網》《銀匣》。郭沫若的翻譯選擇，為中國左翼文學提供了更為開闊的視野，美國的左翼文學與英國的左翼文學的譯介，為中國左翼文學的創作與發展提供了更多借鑒的可能。

〔註104〕郭沫若：《跨著東海》，《郭沫若全集》文學編第 13 卷，北京：人民文學出版社，1992 年，第 339 頁。

第四節　抽屜裏的文學翻譯：郭沫若文學翻譯的 沈寂期

　　新中國成立後，郭沫若的翻譯活動進入了一個相對沈寂的歷史階段。在這一時期，翻譯實踐相對較少，談翻譯的文字相對較多。在早期的一些譯作重新出版時，郭沫若為這些舊譯撰寫了序，與其他談翻譯的文字一樣，這些文字顯示了郭沫若世界視野的變化，重新敘述了往日譯介之於自身的價值和意義。郭沫若談到《浮士德》第二部的翻譯時說：「經過了將近三十年的時間，我自己也積累了一些生活經驗，參加了大革命，又經過了抗日戰爭，看到了蔣介石的反動統治的黑暗，一九四六年到了上海，又在國民黨匪幫的白色恐怖下經歷了一段驚濤駭浪的生活，這時再回頭來看《浮士德》的第二部，感情上就比較接近了，翻譯起來也非常痛快，覺得那裡面有好些話好像就是罵蔣介石的。結果，在很短的時間內便把它譯完了。」〔註105〕比興固然是郭沫若抗戰時期著譯工作的重要特徵，郭沫若強調譯文中「好些話好像就是罵蔣介石」，這只能是特定語境中譯者的選擇性描述。譯者的選擇性描述並不意味著與事實相左，但是這種描述往往最能彰顯翻譯的政治性。

　　1949 年 10 月 8 日，郭沫若為上海商務印書館出版的《生命之科學（第三冊）》作了序。「此書係十五年前的舊譯。在這十五年中全世界全中國都有了天變地異的改變，就在生物科學方面也有了很大的進展。大戰中所發明的藥品，如硫安類、彭尼西林等，對於人生幸福確有了很大的貢獻。特別是在遺傳學方面，有蘇聯生物學家李珂博士所努力的米丘林學說的建立，使以前建立在魏斯曼、摩爾剛等的假說上的舊說完全改觀，而使達爾文的進化學說也得到更正確的修正。這些在本譯書中都未提到。這是一個很大的缺陷，希望讀者注意。」〔註106〕十五年前的舊譯再版，世界已經有了巨大的變化。只以蘇聯作為參照，言必稱蘇聯，說明了倒向蘇聯的外交政策影響至為深遠，譯者的主體性也就只能體現在對國家政策的理解與順從上。郭沫若在《繼續發揚韌性的戰鬥精神》一文中說：「為了紀念魯迅先生，大家趕快把頭埋下去，

〔註105〕郭沫若：《談文學翻譯工作》，《郭沫若全集》文學編第 17 卷，北京：人民文學出版社，1989 年，第 74 頁。

〔註106〕郭沫若：《序》，《生命之科學（第三冊）》，上海：商務印書館出版，1949 年，第 1 頁。

替新生中國做『牛』吧，而且要做得十分地心甘情願。」〔註107〕心甘情願埋下
頭去，這既是「水平線下」思想的延續，也是新環境下「自我」的重新定位。

1950 年 10 月 23 日，郭沫若為再版的《社會組織與社會革命》作序，
強調此書「翻譯了的結果，確切地使我從文藝的陣營裏轉進到革命運動的
戰線裏來了」。〔註108〕在為《郭沫若選集》作的序裏提到這部書的翻譯時
說：「這書我把它翻譯了，它對於我有很大的幫助，使我的思想分了質，而
且定型化了。我自此以後便成為了一個馬克思主義者。」〔註109〕與解放前
郭沫若談到《社會組織與社會革命》之於自身思想轉變的意義相對照，郭沫
若明顯傾向於誇大《社會組織與社會革命》翻譯的意義，原因則是想要突出
自己其實很早就已經真正地轉向了馬克思主義。郭沫若為舊譯所作的序言，
敘述的核心點不再是譯作優秀與否，或者對於譯壇所有的意義，而是借舊
譯作的評價作政治上的表態。

1955 年 5 月 9 日，郭沫若為再版的《少年維特之煩惱》作「小引」，強調
「這毫無疑問的一部現實主義的小說，而內容是反對封建制度的」〔註110〕。
中華人民共和國成立前，郭沫若將《少年維特之煩惱》視為浪漫主義小說，
現在則將《少年維特之煩惱》視為現實主義的小說。郭沫若思想認識上的這
一「轉變」，與其說是對譯作認識的深化，毋寧說是為了迎合新社會的需要。浪
漫主義在中國的評價多有波折，郭沫若談到浪漫的蔣光慈時說：「romanticism
被音譯成『浪漫』，這東西似乎也就變為了一種『弔爾郎當』。阿拉是寫實派，
儂是浪漫派，或則那傢伙是浪漫派，接著是嗤之以鼻，哼了。不過近幾年似
乎『浪漫』也走起了運來。原因呢？大約是由於我們的高爾基，他很在替『浪
漫派』張目罷。貓兒眼照例是容易變的。」〔註111〕蔣光慈在「浪漫」受攻擊
圍罵的時候，依然敢於宣稱自己是一個浪漫派，這讓郭沫若感到佩服。這個
佩服自然也有點兒對照自身的意思。郭沫若雖然底子裏是一直是一個浪漫派，

〔註107〕郭沫若：《繼續發揚韌性的戰鬥精神》，《文藝報》1949 年 10 月 25 日第 1 卷
　　　　 第 3 期。

〔註108〕郭沫若：《序》，《社會組織與社會革命》，北京：商務印書館，1951 年，第 1
　　　　 頁。

〔註109〕郭沫若：《序》，《郭沫若選集》，北京：開明書店，1951 年，第 2 頁。

〔註110〕郭沫若《小引》，《少年維特之煩惱》，北京：人民文學出版社，1955 年，第
　　　　 1 頁。

〔註111〕郭沫若：《創造十年續篇》，《郭沫若全集》文學編第 12 卷，北京：人民文學
　　　　 出版社，1992 年，第 268 頁。

在一些特定的歷史條件下卻並不堅持強調這一點，有時候難免給人文人善變的感覺。

蘇聯的愛倫堡稱郭沫若為中國的「浪漫派」時，郭沫若欣然接受，「在國內聽見人說自己是『浪漫派』的時候，感覺著是在挨罵，但今天卻隱隱地感覺著光榮了。」郭沫若感到「光榮」的原因，不是因為說話者的身份，而是感受到了對方的真誠。在郭沫若看來，「愛倫堡似乎是頗以浪漫派自居的。」〔註112〕毛澤東提倡社會主義浪漫主義時，郭沫若立馬改口承認自己本就是浪漫主義者。「毛澤東同志詩詞的發表把浪漫主義精神高度地鼓舞了起來，使浪漫主義恢復了名譽。比如我自己，在目前就敢於坦白地承認：我是一個浪漫主義者了。這是三十多年來從事文藝工作以來所沒有的心情。」〔註113〕隨風搖擺，跟著最高領導人的意志變化，似乎沒有自己的立場。仔細咀嚼回味，當郭沫若說「在目前就敢於坦白地承認」的時候，也就意味著之前不敢承認。敢與不敢，不是主體意志能夠自由選擇的。比如信仰問題，本是個體自由的選擇，屬於個人隱私問題，不能追問別人的信仰這是現代社會對個人隱私的基本尊重。單一信仰社會需要所有人公開表態，不允許存在信仰異端分子，也不存在信仰的隱私問題，沒有了個體自由選擇的空間。1958 年 10 月，郭沫若在中國科學院院長、副院長、學部主任交心會上作《自我檢查》，談到入黨問題時說：「我能否成為一個黨員，自己也沒有把握。但是，只要我一息尚存，不斷努力，即使能夠在死後，為黨所吸收，追認我為一個共產黨員，這在我也是莫大的光榮！」10 月 30 日中國科學院黨組致函周恩來、聶榮臻說：「郭沫若同志長期以來，因黨籍問題未能公開解決，青年人經常寫信質問他，思想上存在苦悶。」〔註114〕在不在黨都會成為被「質問」的話題，由此觀之，郭沫若譯者序近乎表態式的話語，以及郭沫若重新闡釋翻譯觀念及譯作的思想傾向，為的無非是能夠緊貼時代需要，儘量不讓自己成為被「質問」的對象。

綜觀中華人民共和國成立後郭沫若的翻譯活動，談翻譯的文字多是重

〔註112〕 郭沫若：《蘇聯紀行》，《郭沫若全集》文學編第 14 卷，北京：人民文學出版社，1992 年，第 445 頁。

〔註113〕 郭沫若：《浪漫主義和現實主義》，《郭沫若全集》文學編第 17 卷，北京：人民文學出版社，1989 年，第 10 頁。

〔註114〕 林甘泉、蔡震：《郭沫若年譜長編》第 4 卷，北京：中國社會科學出版社，2017 年，第 1715 頁。

複以前的觀點，出版的譯作也都是以前的舊譯，如《華倫斯坦》《赫曼與竇綠苔》《魯拜集》《騎馬下海的人》等。真正新的翻譯工作，主要有三種：第一種是屈原《天問》《屈原賦今譯》《九歌》《九章》等古書今譯，第二種是1950年8月3日在《人民日報》發表所譯肖斯塔科維奇曲《保衛和平歌》歌詞，第三種是1969年3月到5月翻譯的日本學者山宮允所編的《英詩詳釋》。屈原的白話今譯不是本書要探究的中外兩種語言之間的翻譯工作，故此存而不論。

日本學者山宮允編譯的《英詩詳釋》出版於1954年，共收英美詩歌57篇，取英文日文對照形式，附有日文注解。郭沫若在得到山宮允的贈書後，反覆閱讀，並在該書的空白處留下了自己的翻譯手跡，後經郭庶英、郭平英整理，1981年5月由上海譯文出版社出版了郭沫若譯詩《英詩譯稿》。也就是說，《英詩譯稿》不是郭沫若自己審閱的定稿。作為郭沫若後人的整理稿，《英詩譯稿》也呈現了郭沫若文學翻譯的某些新的變化，給晚年郭沫若的研究也提供了一扇新的窗口。有學者評價說：「在60年代末期，他卻再次重操譯筆，翻譯了一部《英詩譯稿》，這是他建國後唯一的譯作，也是他一生中的最後一本譯作。」〔註115〕自建國至逝世，郭沫若公開發表的新翻譯的外國文學作品，只有一首歌詞。這位翻譯大師的翻譯事業，在建國後長達三十多年的時間裏，著實進入了一個沈寂期。

1961年12月，郭沫若在寫給徐遲的信中說：「關於司湯達和巴爾扎克，近來我倒讀了他們好些著作，我比較更喜歡司湯達，他們兩位都是有名的現實主義者，但在我看來，其實也是偉大的浪漫主義者。」〔註116〕在巴爾扎克與司湯達之間，郭沫若更喜歡的是司湯達，可能是因為司湯達的作品浪漫主義氣息更濃鬱。從浪漫主義的角度閱讀審視現實主義的著名作家及其創作，這也顯示了郭沫若作為接受主體的浪漫本質。

陳思和教授在探討當代文學創作時提出了「潛在寫作」的概念。「就作品而言，潛在寫作雖然當時沒有發表，但在若干年以後是已經發表了的，如果是始終沒有發表的東西，那就無法進入文學史的研究視野；就作家而言，是以創作的時候即不考慮發表，或明知無法發表仍然寫作的為限，如有些作品本來是為了發表而創作，只是因為客觀環境的變故而沒有發表（如『文

〔註115〕袁荻湧：《郭沫若與英國文學》，《郭沫若學刊》1991年第2期，第41頁。
〔註116〕郭沫若：《郭沫若致徐遲的信》，《人民文學》1982年第1期。

革」的突然爆發迫使許多進行中的寫作不得不中斷），也不屬於潛在寫作的範圍。作家的創作和作品的完成是一個互為證明的寫作過程，我之所以稱之為『潛在寫作』，是因為這個詞比起『某某文學』（如『地下文學』等）的命名更加強調了寫作這一動作對文學的意義。」〔註117〕《英詩譯稿》翻譯的當時沒有發表，蔡震認為「在那樣的時代環境下，這樣一些詩歌作品是決沒有可能出版的」。〔註118〕當《英詩譯稿》「在若干年以後」正式出版時，社會已經換了一個時代，而譯者也已經逝世了。綜上所述，《英詩譯稿》是典型的「潛在寫作」，因為是翻譯而不是創作，故而可稱之為「潛在翻譯」。考慮到前文中本書將外語學習和閱讀視為潛在的翻譯，「潛在翻譯」有可能帶來歧義，所以本書認為可能用「抽屜裏的文學翻譯」來稱呼《英詩譯稿》這種類型的翻譯更確切。

　　閱讀翻譯《英詩詳釋》一個月前，郭沫若在給周國平的覆函中說：「我這個老兵非常羨慕你，你現在走的路才是真正的路。可惜我『老』了，成了一個言行不一致的人。」〔註119〕如何解讀郭沫若信中的這段話？就中華人民共和國成立後郭沫若文學翻譯方面的種種表現而言，似乎的確表現出某種程度上的「言行不一」。袁荻湧談到《英詩譯稿》時說：「所譯詩篇多為寫景之作，政治色彩淡薄，這與郭沫若中年以後的審美取向可說是大異其趣。個中奧秘，恐怕只有聯繫到那個極不正常的年代才能解釋清楚。」〔註120〕所謂聯繫那個時代，指的無非就是「言行不一」、裏表不一，於是就表現出一種複雜性。《英詩譯稿》選譯的詩篇，都是「英美文學中平易，有趣的，短的抒情詩，是早有定評的世界著名的部分詩人的佳作。」〔註121〕為何蔡震認為「這樣一些詩歌作品是決沒有可能出版」？對於這個問題的解釋見仁見智，竊以為從郭沫若建國後為舊譯再版寫的序引中亦可窺見一斑。在時代的風潮下，平易有趣的詩篇不能體現革命的要求。郭沫若在《荷恩林登之戰》譯詩寫的「附白」中說：「這首詩並不好，沒有什麼寫實，也沒有什麼目標，

〔註117〕陳思和：《我們的抽屜——試論當代文學史（1949～1976）的潛在寫作》，《陳思和文集・新文學整體觀》，廣州：廣東人民出版社，2018年，第338～339頁。

〔註118〕蔡震：《郭沫若畫傳》，南昌：江西人民出版社，2011年，第214頁。

〔註119〕轉引自轉引自林甘泉、蔡震主編：《郭沫若年譜長編（1892～1978年）》第5卷，北京：中國社會科學出版社，2017年，第2154頁。

〔註120〕袁荻湧：《郭沫若與英國文學》，《郭沫若學刊》1991年第2期，第41頁。

〔註121〕成仿吾：《序》，《英詩譯稿》，上海：上海譯文出版社，1980年，第1頁。

只是些空響的狀語而已。」《黃水仙花》譯詩的「附白」中寫道:「這詩也不高明,只要一二兩段就夠了。後兩段(特別是最後一段)是畫蛇添足。板起一個面孔說教總是討厭的。」〔註122〕這些「附白」是對原詩的批評,有趣的不是「附白」批評的客觀精準,而是對「不好」、「不高明」的批評,這些批評若是用之於郭沫若建國後的詩歌創作,也很恰切。在閱讀翻譯《英詩詳釋》十年前,郭沫若寫過這樣一首詩:「老郭不算老,詩多好的少。老少齊努力,學習毛主席。」〔註123〕「詩多好的少」,不僅僅是自謙,應該也是自我的批評。郭沫若真正喜歡的,還是《英詩詳釋》中平易有趣的詩,而不是逢迎拍馬誇張不實的詩作。

有學者認為:「附白的存在還表明了郭沫若翻譯這些詩作的初衷,那就是為了審美而譯,為了自我而譯。郭沫若之前所翻譯的作品大多是有直接目的性的,或為學習而譯,或為生活而譯,但是《英詩譯稿》可以說是為內心而譯。」〔註124〕作為「抽屜裏的文學翻譯」,《英詩譯稿》就是郭沫若翻譯給自己的詩篇。這並不意味著之前的翻譯作品就不是為內心而譯、為自我而譯、為審美而譯。為學習而譯,為生活而譯,並不妨礙同時也是為內心而譯、為自我而譯、為審美而譯,以對立的方式強調《英詩譯稿》的價值和意義,不是不可以,但是以後者否定前者的做法卻不可取。

《英詩譯稿》真正的價值和意義,在於體現了郭沫若譯者主體性由顯而隱的轉折。當郭沫若翻譯《魯拜集》《少年維特之煩惱》《石炭王》等作品時,無論他的目的是什麼,生活、政治與審美等諸多因素之間有著怎樣的矛盾衝突,郭沫若強大的譯者主體性都能將其統合起來,強大的自信與天賦才華足以讓各種因素都能得到自己想要的結果。郭沫若早期新詩《天狗》中那個「如烈火一樣地燃燒」、「如大海一樣地狂叫」、「如電氣一樣地飛跑」〔註125〕的狂放無羈自由自在的「我」,才是郭沫若的自我。內心深處的激情與慷慨激昂的語言相輔相成。一旦內心的激情不再,或者說想要表達的與真正表達出來的並不一致,結果詩語也就「只是些空響的狀語而已」。詩語

〔註122〕郭沫若:《英詩譯稿》,上海:上海譯文出版社,1980年,第131~135頁。

〔註123〕郭沫若:《讀了「孩子的詩」》,《人民日報》1959年12月20日。

〔註124〕張勇:《複調與對位:〈郭沫若全集〉集外文研究》,臺北:花木蘭文化事業有限公司,2018年,第279頁。

〔註125〕郭沫若:《天狗》,《郭沫若全集》文學編第1卷,北京:人民文學出版社,1982年,第54~55頁。

的空響並不意味著詩人就失去了自我，沒有了主體性，只是因為種種原因，詩人隱藏了自我，遮蔽了主體性。雪萊在詩歌《告誡》中吟道：

> 詩人生活在這冷酷的人世，
> 就像變色龍會有的遭遇——
> 如果從誕生的那一刻開始
> 　它們就藏身在海底洞穴；
> 有光處，變色龍變換色彩；
> 　沒有愛，詩人奔走他鄉：
> 榮譽，也只是愛的變象，
> 兩者都難發現時，不必奇怪
> 詩人們到處漂泊流浪。
> 切不可讓財富和權勢來玷污
> 　詩人自由而神聖的魂靈。

郭沫若以「善變」聞名，變色龍也善變。善變並不就一定是貶義，當雪萊以變色龍期許詩人時，是對善變做了特別的詮釋，即變色龍需要仰仗風和光的供應，而這一切的根源卻是因為變色龍不能或不願意「吞咽任何食物」，如果變色龍什麼食物都能吞咽，「它們就會長得像俗物一樣迅速，／和塵世的兄弟蜥蜴相等」，〔註126〕變色龍的善變為的是能夠保護某些自己想要保護之物，在這一點上，郭沫若也正像雪萊詩中的變色龍。

郭沫若翻譯了《英詩詳釋》，卻並不將譯稿拿出去發表，就是不想再像從前那樣張揚自我。作為「抽屜裏的文學翻譯」，《英詩譯稿》中的詩篇讓郭沫若回到自己，一個人靜靜地咀嚼回味譯稿裏的主體性。譯者的主體性只是從公眾面前退隱，退到自我的領域之內，譯詩只是譯給自己看，這樣的譯者主體性與自我的退隱，只是從公眾視野裏的退隱，而不是主體性與自我本身的萎縮退化。成仿吾談到《英詩譯稿》時說：「在他將近晚年的時候回到翻譯這種短的抒情詩，雖然是由於偶然的原因，但是，難道我們就不能從他的這種經歷中得出某些可能的推理呢？」〔註127〕成仿吾的話說得比較晦澀，不同的人對「某些可能的推理」各有不同，成仿吾便推開了人們從譯詩本身之外審

〔註126〕〔英〕雪萊：《告誡》，《雪萊抒情詩全編・西風集》，江楓譯，北京：十月文藝出版社，2014年，第178～179頁。
〔註127〕成仿吾：《序》，《英詩譯稿》，上海：上海譯文出版社，1980年，第1頁。

視這些譯詩的大門。沿著成仿吾的思路，張勇認為《英詩譯稿》呈現給我們的是「另外一個真實的不為世人所熟知的郭沫若，也是一個豐富真實的郭沫若，更是一個晚年痛楚生存的耄耋老者的郭沫若。」〔註128〕對於張勇的上述判斷，我大體認可。《英詩譯稿》裏呈現的郭沫若，就是真實的譯者郭沫若；作為翻譯大師的郭沫若，一直都喜歡《英詩譯稿》裏面的那些著名詩篇。《英詩譯稿》的一個重要價值便是復現了世人所熟知的郭沫若。「復現」這個詞，強調的是本來就是如此，只是因為某些原因，被遮蔽或忽略了，隨著《英詩譯稿》的出版才又重新呈現在讀者們的面前。

　　《英詩詳釋》共收詩歌 57 篇，郭沫若的《英詩譯稿》收譯詩 50 篇。郭沫若譯出來的詩篇，並不都是自己欣賞的，這從郭沫若在「附白」中留下的文字即可見出。郭沫若沒翻譯的幾首詩篇，沒有任何證據表明郭沫若不喜歡。《英詩譯稿》是未刊稿，而且也很難算是正式的譯稿，因為譯詩不是寫在單獨的稿紙上，而是寫在《英詩詳釋》的書頁上。這樣的譯稿，對於譯者來說，把玩的成分居多，雖然某種程度上顯示了那一時期郭沫若自我層面的文學鑒賞與接受品味，卻沒有必要過高地強調《英詩譯稿》的價值和意義。

〔註128〕張勇：《複調與對位：〈郭沫若全集〉集外文研究》，臺北：花木蘭文化事業有限公司，2018 年，第 283 頁。

第二章　注重譯者主體性的翻譯文學觀

　　郭沫若著手翻譯事業時，無意於將翻譯作為自己終身的事業，即便是他自詡翻譯數量遠超眾人時也沒有將翻譯視為自己的主業。翻譯，對於郭沫若來說乃是緣於隨手為之，在他從事文學創作和革命事業時，又因為各種因素的需要而著手翻譯。本書指出這一點無損於郭沫若在翻譯事業方面所取得的巨大成就，但是承認這一點卻有助於我們正確地認識郭沫若的文學翻譯觀，以及郭沫若從事文學翻譯時表現出來的某些粗陋等問題。就郭沫若的文學翻譯觀來說，因為他最初無意以翻譯為業，所以他並沒有形成獨立完整的文學翻譯觀。郭沫若的文學翻譯觀，是伴隨著郭沫若文學翻譯事業逐漸豐富和完善起來的。在這個過程中，促使郭沫若不斷思考並完善自身翻譯文學觀念的，除了翻譯實踐的需要之外，最重要的便是其他文學譯介者的「擠壓」。頻繁的翻譯批評與翻譯論爭，迫使當事人不斷地思索並明確自身在翻譯取材、譯者、譯作、譯文讀者等問題上所持的觀點和態度。在文學翻譯事業上，有開創性的譯者都會逐漸探索並最終形成自身獨特而鮮明的觀點和態度。郭沫若不是隨波逐流的譯者，在長期的文學翻譯實踐中，在延續不斷的激烈的翻譯文學論爭過程中，郭沫若逐漸形成了屬於他自己的文學翻譯觀。郭沫若談及文學翻譯觀的文字數量不菲，卻很零散，搜集整理後可以發現郭沫若較為全面地討論了文學翻譯的重要問題，如：為何譯（翻譯文學功能觀）、誰來譯（譯者主體性）、如何譯（翻譯創造觀）、為誰譯（譯文讀者接受觀）等。

第一節　郭沫若翻譯文學功能觀

　　1919 年 9 月，郭沫若看到了《時事新報·學燈》上刊登的康白情寫的一首新詩《送慕韓往巴黎》，遂將自己創作的新詩寄給《時事新報·學燈》，由此得到主編宗白華的賞識，從而引發了郭沫若新詩創作的第一個爆發期。可惜好景不長，隨著 1920 年宗白華出國留學，郭沫若的詩稿在《學燈》新任主編李石岑那裡不再像以前那樣備受重視。1920 年 10 月 10 日出版的《學燈》，依次發表了周作人譯波蘭作家的《世界的黴》，魯迅的小說《頭髮的故事》，郭沫若的歷史劇《棠棣之花》，鄭振鐸翻譯的《神人》。文章的編排順序讓郭沫若感覺不爽，日後談及此事時，郭沫若自己說：「李君對我每每加以冷遇，有一次把我一篇自認為煞費苦心的創作登在一篇死不通的翻譯後面。因而便激起了我說『翻譯是媒婆，創作是處女，處女應該加以尊重』的話。」〔註 1〕上面這段話出自《我的作詩的經過》，這篇文章現有不同的版本，上面引用的是 1936 年 11 月 10 日《質文》發表版。在《郭沫若全集》中，上面兩句話就變成了這樣一段文字：「這位李先生也照常找我投稿，但他每每給我以不公平的待遇，例如他要把兩個人或三個人的詩同時發表時，總是把我的詩放在最後。有一次他把我的詩附在另一位詩人的詩後發表了，但那位詩人的詩卻是我在《學燈》上發表過的《嗚咽》一詩的抄襲，僅僅改頭換面地更換了一些字句。這件微細的事不知怎的就像當頭淋了我一盆冷水。我以後便再沒有為《學燈》寫詩，更把那和狂濤暴漲一樣的寫詩欲望冷下去了。」〔註 2〕《我的作詩的經過》的修改涉及郭沫若對魯迅情感的變化，以及社會政治環境的影響等，但一個不變的敘述核心就是：郭沫若之所以說「翻譯是媒婆」，乃是因為自身的文學創作在編輯者那裡遭受了冷遇。

　　郭沫若寫給李石岑的信很長，在信的後半部分，郭沫若指出翻譯「只能作為一種附屬的事業，總不宜使其凌越創造，研究之上，而狂振其暴威。」最後總結說：「總之，『處女應當尊重，媒婆應當稍加遏抑。』這是久鬱不宣的話，不知足下以為如何？」〔註 3〕這便是「翻譯是媒婆」之說的來由。

〔註 1〕　郭沫若：《我的作詩的經過》，《質文》1936 年 11 月 10 日第 2 卷第 2 期。
〔註 2〕　郭沫若：《我的作詩的經過》，《郭沫若全集》文學編第 16 卷，北京：人民文學出版社，1989 年，第 217～218 頁。
〔註 3〕　郭沫若致李石岑信，《郭沫若書信集（上）》，北京：中國社會科學出版社，1992 年，第 87 頁。

　　對郭沫若寄來的稿件並不像宗白華那樣喜歡的李石岑，對郭沫若的這封來信卻是青睞有加，先後將其刊登在自己主編的《學燈》（1921 年 1 月 15 日）和《民鐸》（1921 年 2 月 25 日）兩份雜誌上。當時的報刊雜誌，多有刊登作者、讀者來信的。凡有所登，必有緣由，何況是連續兩次刊登。李石岑的主觀意圖不好隨意揣摩，此信在李石岑經手發表後，在現代文壇上引發了劇烈的反響，這些反響反過來證明了李石岑對這封信的看重不無道理。其中，影響最為深遠的，便是郭沫若對翻譯和創作的看法。從信件發表至今，將近百年的時間裏，郭沫若「翻譯是媒婆」的說法一直都是翻譯界為之爭論不止的焦點問題，郭沫若也為此飽受批評。「翻譯是媒婆」成了一個公眾性的話題，解放前的人們關注的是郭沫若對翻譯的態度，或者說如何才是正確地看待翻譯的態度，現在的人們卻關注郭沫若此話的背後到底是為魯迅鳴冤還是給自己叫屈。

　　對「翻譯是媒婆」問題的各種評論自然各有道理，但在一切問題的探討中，最應該關注的是從整體上探究其中表現出來的郭沫若的翻譯態度。所謂從整體上給予探究，就是說不能單單揪住「翻譯是媒婆」這一比喻性的說法不放手，只是從本體和喻體之間關係的恰當與否討論郭沫若對翻譯的態度問題，這不是整體探究應有的思路。整體的探究應該將「翻譯是媒婆」的說法與郭沫若的翻譯實踐，以及郭沫若對中西文化的整體看法等聯繫起來，在郭沫若整個文學思想和文學世界中給予考察。「翻譯是媒婆」這一提法展示出來的不僅僅是郭沫若對翻譯所持的觀點和態度，還有郭沫若看待中西文學與文化時表現出來的一種世界性的眼光。在 20 世紀的中國，「翻譯是媒婆」引發的持續不斷的爭議，在本質上乃是因為其中包含著中西文化與文學碰撞下發生的中國現代文化與文學發展路向的自我選擇這一根本性的問題。在這個意義上，郭沫若的這封信就是一個導火索，適逢其會地成為了路向選擇問題中被批判的一方。

一、1920 年代有關「翻譯是媒婆」的批評

　　質疑「翻譯是媒婆」的最早的批評文字是鄭振鐸的《處女與媒婆》。鄭振鐸在文中對郭沫若「翻譯是媒婆」的說法提出質疑，認為郭沫若「未免有些觀察錯誤了。」〔註4〕此後，鄭振鐸曾在《處女與媒婆》《介紹與創作》《本欄

〔註4〕　西諦（鄭振鐸）：《處女與媒婆》，《文學旬刊》1921 年 6 月 10 日第 4 期。

的旨趣與態度》和《翻譯與創作》等文章中連續提到了「翻譯是媒婆」的說法，並對郭沫若的翻譯觀提出了批評。「翻譯者在一國的文學史變化更急驟的時代，常是一個最需要的人。雖然翻譯的事業不僅僅是做什麼『媒婆』，但是翻譯者的工作的重要卻進一步而有類於『奶娘』。」〔註5〕「奶娘」是鄭振鐸找到的自以為更為恰當的比喻。當時，鄭振鐸正力圖招攬郭沫若參加文學研究會。在那種情形下，依然連續不斷地批評郭沫若的媒婆說。由此可見，起碼在當事人那裡，「翻譯是媒婆」與否的問題並不簡單，值得深入探討一番。

　　批評郭沫若「媒婆說」的第二個重量級人物是茅盾。1921 年 12 月 10 日，茅盾在《小說月報》上發表了《一年來的感想與明年的計劃》，認為郭沫若將翻譯比作花園中的盆花不妥。「翻譯文學作品和創作一般地重要⋯⋯我國舊文人頗以為文學僅供欣賞興感而已，此歷史的負擔，似乎至今尚有餘威；一般人的觀念，頗以為談外國文學猶之看一盆外國花，嘗一種外國肴饌，所以要注意去種自己的花，做自己的肴饌。」〔註6〕另一個批評「翻譯是媒婆」的重量級人物是魯迅。1922 年 11 月 9 日發表的《對於批評家的希望》，1924 年 1 月 17 日在北京師範大學附屬中學校友會作的《未有天才之前》的演講，魯迅都對崇創作而輕翻譯的觀念提出了批評。由於魯迅並沒有明確地點名批評郭沫若，而且崇創作而輕翻譯的觀念也不能直接歸於郭沫若，所以魯迅的批評對象是否可以直接劃定為郭沫若，尚值得商榷。《魯迅全集・未有天才之前》「崇拜創作」的注釋如下：「根據作者後來寫的《祝中俄文字之交》（《南腔北調集》），這裡所說似因郭沫若的意見而引起的。」〔註7〕只說「似因」，並沒有將兩者間的關聯確定下來。畢竟，崇創作而輕翻譯的，並非郭沫若一家。習慣於類型批評的魯迅，在批評這一傾向時不可能忽略郭沫若的觀點。不過，在 1929 年 2 月發表的《致〈近代美術史潮論〉的讀者諸君》一文中，魯迅明白地表達了自己的意見。「從前創造社所區分的『創作是處女，翻譯是媒婆』之說，我是見過的，但意見不能相同，總以為處女不妨去做媒婆——後來他們居然也兼做了，——倘不過是一個媒婆，更無須硬作處女。我終於並不藐視翻譯。」〔註8〕到了《上海文藝之一瞥》，魯迅的說法更為簡單明瞭。「創造

〔註5〕 西諦（鄭振鐸）：《翻譯與創作》，《文學旬刊》1923 年 7 月 2 日第 78 期。

〔註6〕 沈雁冰：《一年來的感想與明年的計劃》，《小說月報》1921 年第 12 卷第 12 期。

〔註7〕 魯迅：《魯迅全集》第 1 卷，北京：人民文學出版社，2005 年，第 178 頁。

〔註8〕 魯迅：《致〈近代美術史潮論〉的讀者諸君》，《魯迅全集》第 7 卷，北京：人

社是尊貴天才的，為藝術而藝術的，專重自我的，崇創作，惡**翻譯**，尤其憎惡重**譯**的。」〔註9〕重視**翻譯**與不重視**翻譯**，這是魯迅劃分出來的兩個對立的陣營。魯迅等人文字中的創造社，幾乎就可以用郭沫若三個字來代替的。茅盾和魯迅兩個人都對「**翻譯**是媒婆」的說法提出了異議，認為郭沫若有貶低**翻譯**的嫌疑。

二、郭沫若對「翻譯是媒婆」批評文字的回應

　　郭沫若談論翻譯問題的文字雖然很多，直接回應「**翻譯**是媒婆」批評文字的卻並不多。有些談論翻譯的文字，只能說可能涉及「**翻譯**是媒婆」的問題。比如《創造十年‧發端》，其中有這樣一段文字：「『恨**翻譯**』？『尤憎恨重**譯**』？我自己似乎也是創造社裏面的一個人，我自己便『**翻譯**』過不少的東西，並也『重**譯**』過不少的東西啦！是的，哪些東西怕沒有值得我們魯迅先生的大眼之『一瞥』。不過不負責任的翻譯和重譯，似乎是在可『恨』、可『憎恨』之例。」〔註10〕郭沫若有時候是將「反對翻譯」和「**翻譯**是媒婆」直接掛鉤的，而且認為別人批評他「反對翻譯」便是因「**翻譯**是媒婆」而來。

　　從《創造十年‧發端》中的這段文字看，郭沫若並沒有將重心放在「**翻譯**是媒婆」的問題上，強調的是「不負責任的翻譯和重譯」。像這樣的文字，我們不宜將其作為郭沫若對「**翻譯**是媒婆」批評的回應文字。如此一來，除了致李石岑的信外，郭沫若只有兩篇文字明確敘及「**翻譯**是媒婆」事件，即《我的作詩的經過》和《魯迅與王國維》。在這兩篇文章中，郭沫若都詳細敘述了致李石岑信的緣起。前一篇發表於 1936 年 11 月 10 日，魯迅剛剛逝世；後一篇發表於 1946 年 10 月，正值魯迅逝世十週年，此篇文章是為紀念魯迅而寫。在《我的作詩的經過》一文中，郭沫若指出，自己提出「**翻譯**是媒婆」後，便被一些翻譯家和非翻譯家「惱恨至今」。郭沫若很早就清楚在這個問題上受到的批評。1936 年魯迅逝世之前，我們看不到郭沫若在「**翻譯**是媒婆」問題上做出過什麼明確的反應。面對「**翻譯**是媒婆」引來的各種批評聲音，郭沫若的回應來得特別遲緩。

　　　　民文學出版社，2005 年，第 534 頁。

〔註9〕魯迅：《上海文藝之一瞥》，《魯迅全集》第 4 卷，北京：人民文學出版社，2005年，第 232 頁。

〔註10〕郭沫若：《創造十年》，《郭沫若全集》文學編第 12 卷，北京：人民文學出版社，1992 年，第 26 頁。

為了論述的方便,現將部分文字摘錄如下:

「李石岑編《學燈》,在有一次的雙十增刊上登了文藝作品四
篇。第一篇是周作人譯的日本短篇小說,第二篇是魯迅的《頭髮的
故事》,第三篇是我的《棠棣之花》,第四篇是茅盾譯的愛爾蘭的獨
幕劇。我很欣賞《頭髮的故事》,而不知道魯迅是誰。但把《頭髮的
故事》排在譯文後邊,使我感到不平。因而便激起了我說『翻譯是
媒婆,創作是處女,處女應該加以尊重』的話。這話再經腰斬便成
為『翻譯是媒婆』。這使一些翻譯家和非翻譯家惱恨至今,一提起這
句話來,就像有點咬牙切齒的痛恨。」〔註11〕

「我第一次接觸魯迅先生的著作是在一九二〇年《時事新報‧
學燈》的《雙十節增刊》上。文藝欄裏面收了四篇東西,第一篇是
周作人譯的日本小說,作者和作品的題目都不記得了。第二篇是魯
迅的《頭髮的故事》。第三篇是我的《棠棣之花》(第一幕)。第四篇
是沈雁冰(那時候雁冰先生還沒有用茅盾的筆名)譯的愛爾蘭作家
的獨幕劇。《頭髮的故事》給予我的銘感很深。那時候我是日本九州
帝國大學的醫科二年生,我還不知道魯迅是誰,我只是為作品抱了
不平。為什麼好的創作反屈居在日本小說的譯文的次位去了?那時
候編《學燈》欄的是李石岑,我為此曾寫信給他,說創作是處女,
應該尊重,翻譯是媒婆,應該客氣一點。這信在他所主編的《民鐸
雜誌》發表了。我卻沒有料到,這幾句話反而惹起了魯迅先生和其
他朋友們的不愉快,屢次被引用來作為我乃至創造社同人們藐視翻
譯的罪狀。」〔註12〕

在「翻譯是媒婆」事件的外在起因方面,兩段文字的敘述基本相同,都
是因為魯迅作品被排在翻譯的後面而感到「不平」,只是後來的文字多了少
許細節上的說明。在敘述因此而引起的反響時,所用文字卻出現了比較大的
變化。前一段文字只是說自己的觀點是為魯迅抱打不平而起,遂「使一些翻
譯家和非翻譯家惱恨至今」,那些「翻譯家和非翻譯家」到底都是誰,卻沒

〔註11〕 郭沫若:《我的作詩的經過》,《郭沫若全集》文學編第 16 卷,北京:人民文
學出版社,1989 年,第 218～219 頁。

〔註12〕 郭沫若:《魯迅與王國維》,《郭沫若全集》文學編第 20 卷,北京:人民文學
出版社,1992 年,第 301～302 頁。

有明確地點出來；後一段文字以「惹起了魯迅先生和其他朋友們的不愉快」
替代「使一些翻譯家和非翻譯家惱恨至今」。在我個人看來，郭沫若文中所
說「使一些翻譯家和非翻譯家惱恨至今」的「一些翻譯家和非翻譯家」，其
實就是或者主要就是指「魯迅先生和其他朋友們」。從第一次敘述「翻譯是
媒婆」問題的緣起問題時，郭沫若的真實意圖便指向了魯迅。首先，在翻譯
方面，郭沫若為首的創造社與新月社、文學研究會和魯迅等都曾發生過碰撞。
胡適為首的新月社與郭沫若為首的創造社爭吵後很快便講和了，新月社裏的
成員也沒有就「翻譯是媒婆」和「反對翻譯」問題批評過郭沫若。總而言之，
兩者間交惡是有的，若說因翻譯問題對郭沫若「惱恨至今」，也找不到切實
的依據。至於文學研究會，倒是被郭沫若視為魯迅的「朋友們」的。在《創
造十年》裏，郭沫若回應《上海文藝之一瞥》對創造社的批評時說：「特別
是祖護文學研究會的我們魯迅先生」。很明顯將魯迅和文學研究會歸為一個
陣營。魯迅和文學研究會成員都曾在「翻譯是媒婆」和「反對翻譯」問題上
持續嚴厲地批評了郭沫若和創造社，甚或在 20 世紀 30 年代，他們都還曾撰
寫過相關的批評文字。持續十多年的批評，在郭沫若看來，的確可以算是「使
一些翻譯家和非翻譯家惱恨至今」了。其次，正如前面我們分析的那樣，魯
迅雖然在很多批評翻譯的文字中，都沒有點出郭沫若的名字，也沒有提及「翻
譯是媒婆」的字眼，批評的重點是「反對翻譯」的思想傾向。郭沫若在敘述
「翻譯是媒婆」的緣起時，委屈地說：「拿著半句話便說我在反對翻譯，或
創造社的人反對翻譯，這種婆婆媽媽的邏輯，怕是我們中國文人的特產。」
〔註13〕起碼，在郭沫若眼裏，「翻譯是媒婆」與「反對翻譯」其實就是同一
個問題，起碼在這裡是如此。總而言之，對郭沫若來說，兩段文字的真實指
向其實都是很明確的，那就是魯迅，或者說是魯迅及被歸為魯迅一個陣營裏
的文學研究會。雖然真實指向相同，但是明確地指出與模糊化敘述給人的閱
讀感覺是很不相同的。對於不熟悉內幕的讀者來說，後一段文字的敘述裏，
事情的來龍去脈很容易讓人理解為：郭沫若為魯迅打抱不平，結果郭沫若自
己卻成了魯迅批評的對象。

〔註13〕郭沫若：《我的作詩的經過》，《郭沫若全集》文學編第 16 卷，北京：人民文
　　　　學出版社，1989 年，第 219 頁。

三、作為喻體的「媒婆」

以「媒婆」喻「翻譯」，發明權不在郭沫若。錢鍾書在《林紓的翻譯》中說：「『媒』和『誘』當然說明了翻譯在文化交流裏所起的作用。它是個居間者或聯絡員，介紹大家去認識外國作品，引誘大家去愛好外國作品，彷彿做媒似的，使國與國之間締結了『文學因緣』……歌德就有過這種看法，他很不禮貌地比翻譯家為下流的職業媒人（Uebelsetzer sind als geschaftige Kuppler anzusehen）──中國舊名『牽馬』，因為他們把原作半露半遮，使讀者想像它不知多少美麗，抬高了它的聲價。」〔註14〕錢鍾書提到的歌德的看法，原話見 Maximen und Reflexionen（《格言與思考集》）：「翻譯家可以視為職業媒人，他們把一個半遮半掩的美人誇得來可愛之極，使我們對原著生出按捺不住的興趣。」〔註15〕歌德同樣以媒婆喻翻譯，並不意味著輕視翻譯。那時正值歌德最喜歡談論「世界文學」這個話題的時期（1827 年前後），亦是他探討翻譯問題最多和最深入的時候。

1928 年《藝術與古代》雜誌第 6 卷第 2 期，歌德就寫過這樣一段話：「應該這樣看待每一位翻譯家，即他在努力充當具有普遍意義的精神交易的中介人，並以促進這一交流為己任。在廣泛的國際交往中，不管能講出文學翻譯的多少不足，他卻仍舊是，並將永遠是人類最重要和最高尚的事業之一。《可蘭經》道：『神給了每個民族一位講它自己語言的先知。』因此每一個翻譯家也是他的民族的先知。」〔註16〕與郭沫若「翻譯是媒婆」論中花園與花朵比喻更接近的，是歌德的另一段話語：「翻譯家作為中介者，我們理應對他懷著怎樣的崇敬啊！他們把那些珍寶帶到我們身邊，不是讓我們面對著這些外國產的稀罕物兒驚歎不止，而是供我們隨時使用和享受，就像家常的飲食一樣。」〔註17〕這簡直就是郭沫若「翻譯是媒婆」信中所談翻譯問題的最好的注解。郭沫若是 20 世紀初譯介歌德最用力的一個，還曾與宗白華、田漢商議：「一二年內，把 Goethe 的傑作及關於他的名家評傳都移植到中國

〔註14〕錢鍾書：《林紓的翻譯》，《翻譯研究論文集》，北京：外語教學與研究出版社，1984 年，第 268 頁。

〔註15〕 Maximen und Reflekxionen，見特龍次編漢堡版《歌德文集》第 12 卷，第 499 頁。

〔註16〕 German Romance，見漢堡版《歌德文集》第 12 卷，第 353 頁。

〔註17〕楊武能：《歌德與文學翻譯》，《三葉集：德語文學‧文學翻譯‧比較文學》，成都：巴蜀書社，2005 年，第 320 頁。

去」。〔註18〕這個偉大的計劃雖然未曾實現，但郭沫若翻譯歌德作品之多，在當時絕對是首屈一指。郭沫若是否從歌德那裡受到啟發，故而使用了「翻譯是媒婆」這一說法？可惜的是，郭沫若自己沒有留下相關說明，我們也找不到確切的文獻資料證明郭沫若的說法的確來自歌德。在沒有確切資料佐證兩者之間存在影響關係之前，我們只能說兩位大家相似的表述，雖時空相隔甚遠，卻心有靈犀。至於一些學者非要以歌德為例，證明郭沫若其實並不輕視翻譯，竊以為實無必要。以一時一地所說的某幾句話便判定人的思想傾向，本為不智。另外，歌德和郭沫若兩人在使用「媒婆」之喻的時候，喻體雖同，著眼點卻迥然相異。歌德用意所在，是媒婆抬高了原作的「聲價」；郭沫若的用意，主要在創作和翻譯的相互關係定位上。簡單地將二者的說法混為一談，顯然不妥。

　　郭沫若是如何給創作和翻譯定位的？幾十年前，在很多人眼裏，這個問題的答案是沒有什麼疑問的，就是「崇創作而輕翻譯」，至於判斷的依據，便是「媒婆」之喻。但這到底是不是郭沫若自己真實的意思？郭沫若承不承認自己「崇創作而輕翻譯」？在郭沫若留下的文字材料中，還有一個地方使用了「媒婆」比喻翻譯。郭沫若在他的自傳體小說《歧路》中寫道：「自己做的東西究竟有甚麼存在的價值呢？一知半解的評論，媒婆根性的翻譯，這有甚麼！這有甚麼！同情我的人雖說我有『天才』，痛罵我的人雖也罵我是『天才』，但是我有甚麼天才在那兒呢？」〔註19〕這裡使用「媒婆根性的翻譯」，顯然是表達對自己成績的不滿意。創造社同人創作的自傳式小說，往往都有這種自我貶斥的言辭，對於自己的翻譯成績不滿，不能直接等同於作者本人輕視翻譯。在其他一些文字中，郭沫若明確表示自己並不輕視翻譯。《我的作詩的經過》一文中，郭沫若駁斥外界對自己「崇創作而輕翻譯」的批評，並以自身的翻譯實踐為例說明自己並不輕視翻譯。「單說翻譯，拿字數的多寡來說，能夠超過了我的翻譯家，我不相信有好幾個。」〔註20〕除此之外，在郭沫若留下的文字材料中，可以輕易地找到很多郭沫若重視

〔註18〕田漢致郭沫若信，《郭沫若全集》文學編第 15 卷，北京：人民文學出版社，1990 年，第 95 頁。

〔註19〕郭沫若：《歧路》，《郭沫若全集》文學編第 9 卷，北京：人民文學出版社，1985 年，249 頁。

〔註20〕郭沫若：《我的作詩的經過》，《郭沫若全集》文學編第 16 卷，北京：人民文學出版社，1989 年，第 219 頁。

翻譯的佐證。比如，郭沫若在《談文學翻譯工作》中說：「翻譯是一種創作性的工作，好的翻譯等於創作，甚至還可能超過創作。這不是一件平庸的工作，有時候翻譯比創作還要困難。創作要有生活體驗，翻譯卻要體驗別人所體驗的生活。翻譯工作者要精通本國的語文，而且要有很好的外文基礎，所以它並不比創作容易。」〔註21〕因此，輕易地將郭沫若視為「崇創作而輕翻譯」的代表，顯然不妥。

日後談及「翻譯是媒婆」時，郭沫若憤憤不平地說：「這話再經腰斬便成為『翻譯是媒婆』」。由此可見，郭沫若也意識到，若只是簡單地說「翻譯是媒婆」，很有些不妥當，所以才使用了「腰斬」一詞。言下之意，自是別人對自己的表述斷章取義了。在《我的作詩的經過》一文中，郭沫若說：「恨這句話的人有好些自然知道是出於我，但有大多數我相信並不明白這句話的來源，只是人云亦云罷了……其實『翻譯』依然是『媒婆』，這沒有過分的『捧』，也沒有過分的『罵』。『媒婆』有好的有不好的。要說『媒婆』二字太大眾化了有損翻譯家的尊嚴，那就美化一點，改為『紅葉』，為『賽修』，或新式一點，為『媒介』，想來是可以相安無事的。」〔註22〕郭沫若的這段話，有兩點值得注意。首先，郭沫若認為喻體「媒婆」的使用並無不妥。「媒婆」之喻，連接的是男女兩性，用現代的觀念看，男女都是平等的，經過「媒婆」努力而走到一起的男女能否幸福要看兩者共同生活中能相互接納包容，而男女共同生活的最好結果不是誰壓倒誰成全誰，而是能夠生育理想的孩子，即促成新的生命的孕育和誕生。其次，郭沫若認為「媒婆」之喻之所以被揪住不放，乃是因為「恨這句話的人有好些自然知道是出於我」。言下之意，別人的批評乃是因人生事，「翻譯是媒婆」只是被別人用來批評的一個口實罷了。將文藝觀念或翻譯觀念的分歧，歸結為「文人相輕」「行幫意識的表現」〔註23〕，這也是郭沫若敘述與自己有關的一些論爭時的常見思路。

〔註21〕 郭沫若：《談文學翻譯工作》，《郭沫若全集》文學編第 17 卷，北京：人民文學出版社，1989 年，第 73 頁。

〔註22〕 郭沫若：《我的作詩的經過》，《郭沫若全集》文學編第 16 卷，北京：人民文學出版社，1989 年，第 219 頁。

〔註23〕 郭沫若：《創造十年》，《郭沫若全集》文學編第 12 卷，北京：人民文學出版社，1992 年，第 140 頁。

四、世界性因素研究視野下的「翻譯是媒婆」

　　20 世紀初葉，翻譯在中國備受推崇，承擔著很多沉甸甸的希望與責任。就文學翻譯而言，則被賦予了創造國語、傳播新思想等諸多重任。蔣百里（文學研究會發起人之一）認為：「翻譯事業與國語運動互為表裏」；「國語運動則藉翻譯事業而成功」，「今日之翻譯，負有創造國語之責任」。〔註 24〕瞿秋白認為：「翻譯——除出能夠介紹原本的內容給中國讀者之外——還有一個很重要的作用：就是幫助我們創造出新的中國的現代言語。……翻譯，的確可以幫助我們造出許多新的字眼，新的句法，豐富的字彙和細膩的精密的正確的表現。」〔註 25〕胡適在《建設的文學革命論》中明確地指出：「創造新文學的第一步是工具，第二步是方法。方法的大致，我剛才說了。如今且問，怎樣預備方才可得著一些高明的文學方法？我仔細想來，只有一條法子：就是趕緊多多的翻譯西洋的文學名著做我們的模範。」〔註 26〕傅斯年說：「要是想成獨到的白話文，超於說話的白話文，有創造精神的白話文，與西洋文同流的白話文，還要在乞靈說話以外，再找出一宗高等憑藉物。這高等憑藉物是什麼，照我回答，就是直用西洋文的款式，文法，詞法，句法，章法，詞枝……。一切修辭學上的方法，造成一種超於現在的國語，歐化的國語，因而成就一種歐化國語的文學。」〔註 27〕隨著嚴復譯的《天演論》風行於中國現代知識界，進化論也造就了人們對中西社會、文化乃至文學等級序列的體認。在這個體認序列中，凡是中國的，傳統的，都成了有待改造完善的對象，而西方的、新的事物卻成了「高等憑藉物」。

　　翻譯備受推崇的背後，顯露出來的是中國知識分子們走向現代旅程中沉重的焦慮感。在諸多現代中國知識分子們的眼裏，翻譯猶如一座橋樑，成為走向世界，與現代社會接軌的不可或缺的途徑。郭沫若認為翻譯的功用是告訴人們：「世界花園中已經有了這朵花，或又開了一朵花了」〔註 28〕，鄭振鐸

〔註 24〕蔣百里：《歐洲文藝復興時代翻譯事業之先例》，《改造》1921 年第 3 期，第 71 頁。

〔註 25〕瞿秋白：《論翻譯》，《瞿秋白文集》第 1 卷，北京：人民文學出版社，1988 年，第 505 頁。

〔註 26〕胡適：《建設的文學革命論》，《新青年》1918 年 4 月第 4 卷第 4 號。

〔註 27〕傅斯年：《怎樣做白話文》，胡適編：《中國新文學大系‧建設理論集》，上海：良友圖書印刷公司，1935 年，第 223 頁。

〔註 28〕郭沫若致李石岑信，《郭沫若書信集（上）》，北京：中國社會科學出版社，1992 年，第 87 頁。

和茅盾認為這種觀點「未免縮小了文學對於人生的使命。」〔註 29〕這可以視為創造社與文學研究會在翻譯究竟是「為人生」還是「為藝術」問題上的碰撞。在主張「為人生」的茅盾等人看來,文學翻譯與文學創作一樣,都應該對於社會人生有著切實的作用,應該是「啟蒙的」文學。鄭振鐸在《處女與媒婆》中說:「沒有翻譯的人,那麼除了原地方的人以外,這種作品的和融的光明,就不能照臨於別的地方了。」在英語裏面,啟蒙就是 enlighten,「使……照亮」的意思,光明照亮黑暗就是啟蒙。鄭振鐸和茅盾談論翻譯,其實就是從啟蒙的角度,將翻譯視為啟蒙之光,通過翻譯,讓那「和融的光明」「照臨」古老的華夏文明。中國舊有的文化已經腐朽,現代性的質素需要借助於西方文明的輸入才能獲得。通過西方文明,啟蒙中國,改變愚昧麻木落後狀態,從而獲得現代性,這是鄭振鐸和茅盾等人開出的藥方。學習西方,實現啟蒙的途徑和手段之一,便是翻譯。翻譯被賦予了創造之能,地位如此重要,豈容玩忽?如果像郭沫若那般將翻譯視為「媒婆」,就無法體現翻譯被賦予的重大的啟蒙的歷史責任。正因如此,他們才會對「翻譯是媒婆」的說法如此耿耿於懷,幾十年來持續不斷地批評。

「翻譯是媒婆」觀的擁護者與反對者,其實都承認翻譯的創造性及其引入現代性因素的作用,兩者間的分歧主要在於對創造性及現代性的體認不同。將現代性視為線性的發展,歐美發達國家是目標和模板,中國發展的「創造性」就是沿著前者的道路進行「創造」。就像現代國語,作為歐化的國語,開始的時候國人大都覺得生澀難解,時間久了,慢慢也就習慣了,曾經的硬譯也變得不那麼生硬,有些早已習慣成自然,不那麼表達反而讓人覺得不習慣了。郭沫若對於現代性的理解應是多樣化的,他的翻譯中有歐化的成分。從《魯拜集》到《浮士德》,郭沫若譯文的語言表達都是以中文固有的表達法作為基礎的。換言之,從現代性的角度審視郭沫若的「翻譯是媒婆」,這一說法表現出來的是生長性的現代性思想,而不是移植性的現代性思想。

郭沫若對現代性問題也很關注,他對中西文化關係的思考顯然與茅盾和鄭振鐸等人有所不同。20 世紀初發生的那場新文化運動中,「打倒孔家店」、批判中國傳統文化成為時代共名主題,作為時代歌者的郭沫若在面對

〔註 29〕沈雁冰:《一年來的感想與明年的計劃》,《小說月報》1921 年第 12 卷第 12 期。

中國傳統文化與文學時，卻有著不同的思考，為孔子和老子大唱讚歌，反對將中國傳統文化視為「靜觀」的代表。在《論中德文化書》中，郭沫若說：「假使靜指出世而言，動指入世而言，則中國的固有精神當為動態而非靜觀。」在本質上，中國傳統文化與「希臘文明之起源正是兩相契合」。只不過佛教思想傳入以後，中國「固有的文化久受蒙蔽，民族的精神已經沉潛了幾千年」。要改變這種局面，就需要把「動的文化精神恢復轉來，以謀積極的人生之圓滿」，「我們要喚醒我們固有的文化精神，而吸吮西的純粹科學的甘乳。」〔註30〕和其他啟蒙者一樣，郭沫若也在思考著如何改變中國的「沉痼」。郭沫若並不排斥「吸吮西的純粹科學的甘乳」，相反地，正如他自己所說，他以自己少有人能及的大量的翻譯實踐，將西方的甘乳奉獻於國人面前。與主張全盤西化，以「洋」為「新」為「現代」的做法不同，郭沫若固然看重外來文化與文學的影響，也同樣側重中國固有精神的內在的挖掘。「我想我們要宣傳民眾藝術，要建設新文化，不先以國民情調為基點，只圖介紹些外人言論，或發表些小己底玄思，終竟是鑿柄不相容的。」〔註31〕發掘「固有的文化精神」，創造自己的精神產品，重視「處女」的產生，在郭沫若看來，這才是建設新文化的正當途徑。

走向現代的途徑，並非只有狹隘的一條道路。在思考中外文化與文學關係的時候，郭沫若固然也希冀借助於外來文化與文學的衝擊，實現中國文化與文學的轉型，卻沒有簡單地將兩者間的關係定位為啟蒙與被啟蒙的關係。在郭沫若看來，中國文化與文學本身，便包含有世界性因素。只是這些世界性因素被遮蔽了，需要重新發掘整理罷了。「外之既不後於世界之思潮，內之仍弗失固有之血脈，取今復古，別立新宗。」〔註32〕魯迅懷抱的理想，郭沫若也有。當郭沫若等創造社同人在現代文壇上掀起新文學的狂飆時，一度也被視為「復古派」：「已經有許多的人，說我們是一些復古派或古典派了。」郭沫若和郁達夫並不理會外界的批評，成仿吾表面上批評他們為「大膽的狂徒們」，實則是肯定其獨立自由的創造精神，這樣的精神是不怕那些批評者們「請

〔註30〕郭沫若：《論中德文化書——致宗白華兄》，《郭沫若全集》文學編第 15 卷，
　　　　北京：人民文學出版社，1990 年，第 148～158 頁。
〔註31〕郭沫若致宗白華，《郭沫若全集》文學編第 15 卷，北京：人民文學出版社，
　　　　1990 年，第 20 頁。
〔註32〕魯迅：《文化偏至論》，《魯迅全集》第 1 卷，北京：人民文學出版社，2005 年，
　　　　第 56 頁。

『主義』先生來詛咒」的。〔註33〕成仿吾將批評者們據以批評的法寶稱為「主義」，也就是譏嘲那些堅持古與今、現代與傳統之間不相通的僵化思想。郭沫若將老莊與斯賓諾莎等的泛神論聯繫起來，視孔子與歌德為同類人物，將馬克思的共產主義與孔子的大同世界混而為一，郭沫若的言論或許並不是都能夠經得起推敲。在這言論的背後顯示出來的，是郭沫若看待世界的獨特的眼光，我將其稱為世界性因素視角。

「世界性」因素是陳思和教授在研究「20 世紀中外文學關係」的具體實踐當中逐漸形成並首先提出來的研究命題。陳思和教授在《20 世紀中外文學關係研究中的「世界性因素」的幾點思考》一文中說：「我覺得在考察 20 世紀中國文學現象時很難區別什麼具有『世界性』，什麼不具有『世界性』，因此本課題研究的『世界性』不反映對象的品質，只反映討論方法的視野。」〔註34〕世界性因素研究命題提出的一個重要意義在於它拆解了人們觀念中被認為是理所當然的「世界」概念，為將人們從強弱的思維定式考察中國／世界的關係模式中解放出來提供了一種可能。

在 20 世紀的中國，「世界」是被人們談論頻率最多的詞彙之一。「我們所說的這個貌似普適的『世界』，實際上是把黑非洲或澳洲土著、或美洲印第安人排除在外的，甚至地理上與我們山水相依的亞洲鄰邦，也常常在我們的『世界』之外。」〔註35〕現代的「世界」其實就是以西方視角建構起來的話語體系。許杰說：「其實，所謂中國文學，面向世界，走向世界，這只是中國現代文學發展的本然與必然。這不是什麼外鑠的外加的力量，強迫他承擔這個任務，走上這條道路的。這是『五四』以後中國文學運動，發展到這一階段的時代社會和歷史條件的影響，文學的內在發展規律，必然的配合著一切走向世界的和平、穩定與繁榮，配合著人類文化發展和精神文明的提高與享受，而後才出現的。」〔註36〕明明身處世界中，卻還非得要「走向世界」，走向的並非另一個世界，只不過是所在的「世界」被分了級，走向便是走向「世界」中比較高的等級行列而已。梁啟超等被「擠出世界」

〔註33〕成仿吾：《編輯縱談》，《創造》季刊 1923 年 2 月第 1 卷第 4 期，第 25 頁。
〔註34〕陳思和：《20 世紀中外文學關係研究中的「世界性因素」的幾點思考》，《中國比較文學》2000 年第 1 期，第 16 頁。
〔註35〕田全金：《超越實證　拯救關係》，《中國比較文學》2001 年第 2 期，第 32 頁。
〔註36〕許杰：《序言》，王錦厚著《五四新文學與外國文學》，成都：四川大學出版社，1989 年，第 9 頁。

的憂慮，便源於此。不是被擠出這個世界，而是從這個世界中的優勢「地位」行列中被排擠出來。在《隨感錄・三十六》裏，魯迅說：「許多人所怕的，是『中國人』這名目要消滅；我所怕的，是中國人要從『世界人』中擠出……想在現今的世界上，協同生長，掙一地位，即須有相當進步的智識，道德，品格，思想，才能夠站得住腳。」〔註37〕強烈的危機感，被排斥在現代化之迅速發展的軌道之外的失落感，催生了一代知識分子「在」而「不有」的恐懼，為了擺脫被「擠出」的命運，「擠進」世界格局佔據較好位置，發出「走向世界」的呼籲。

隨著線性時間發展觀念出現的優秀的序列或「先驗的樣板」，只是特定社會按照某種設定的規則標準罷了。隨著條件的變化，站立的位置的不同，優劣高低的評判結果往往就會大不相同。陳思和教授指出：「世界上本來就沒有一個統一的現代性，而今天之所以對現代性的趨同看法，正是全球性的強勢文化的『影響』所致。」「我們80年代一再討論的『偽現代派』等問題，不正是我們心目中始終承認西方有一個客觀的絕對的『現代』標準，而我們至今為止要走現代化的道路只有向這個標準靠攏和模仿嗎？世界性因素的研究正是要在心理上驅除這一先驗的樣板，每一種接受體經過主體的創造而再生的世界性因素，再還原到世界性譜系中去的話，都將是以新的面貌來豐富譜系的內涵，而不是多一個延續者或變種。」〔註38〕茅盾等人將西方模式作為客觀的絕對的「現代」標準，以此設計安排中國現代文學（包括翻譯文學）的發展路徑，批評郭沫若翻譯世界文學名著等行為「不經濟」。郭沫若留日學習期間一直浸潤於現代文明教育，並不認可西方文化可作中國學習的樣板，而是主張挖掘中國文化固有的動的精神。郭沫若和宗白華關於中德文化的通信所顯示出來的，便是一種內在的文化自信，正是根於對中國固有文化的自信，郭沫若才認為文學翻譯不過是向人報告「世界花園中已經有了這朵花，或又開了一朵花了」罷了。

〔註37〕魯迅：《隨感錄・三十六》，《魯迅全集》第1卷，北京：人民文學出版社，2005年，第307頁。
〔註38〕陳思和：《20世紀中外文學關係研究中的「世界性因素」的幾點思考》，《中國比較文學》2000年第1期，第32頁。

第二節　郭沫若翻譯文學的譯者主體觀

　　譯者郭沫若的生成，整體上來說無非兩大原因：第一是客觀環境的影響塑造；第二則是譯者主體的努力。幼時所受文學教育，西學東漸的時代大背景，十年留學日本的生涯，諸多不以譯者個人意志為轉移的外在因素影響作用於郭沫若，為譯者郭沫若的生成提供了客觀的便利條件。客觀環境畢竟只是外在的誘因，這些因素最終還是要通過作用於譯者主體才能產生真正的影響。除了客觀環境的影響塑造之外，是否只要譯者主體不斷努力，好的譯作就會出現？郭沫若雖然談及翻譯時不斷強調外在環境的影響，突出譯者主體努力的重要性，他顯然並不認為這就是早就好的翻譯的全部因素，甚或決定性因素。真正具有決定性作用的，是譯者的「天才」。

　　與「天才」譯者相對應，郭沫若提出了詩人譯詩的觀念。詩人譯詩，並非只有郭沫若一個人秉持這樣的翻譯理念，許多郭沫若的同時代人都有相似的觀點。張定璜在《創造》季刊「雪萊紀念」專欄發表的《SHELLEY》中說：「翻譯是沒有的事，除非有兩個完全相同，至少也差不多同樣的天才的藝術家。那時候已經不是一個藝術家翻譯別的一個藝術家，反是一個藝術家那瞬間和別的一個藝術家過同一個生活，用別一種形式，在那兒創造。」在本質上，張定璜認為翻譯即創造，「唯有曼殊可以創造拜輪詩」，〔註39〕也就是只有詩人才能翻譯詩人的詩。朱湘在《說譯詩》中說：「惟有詩人才能瞭解詩人，惟有詩人才能解釋詩人。他不單應該譯詩，並且只有他才能譯詩。」〔註40〕朱湘為譯詩設定了一個資格，即只有詩人才能譯詩，比郭沫若秉持的詩人譯詩的主張更為激進。

　　當郭沫若主張詩人譯詩的時候，譯者「詩人」之說中突顯的便是其「天才」的一面，也就是天才的創造性。郭沫若是這樣主張的，也是這樣實踐的。葉雋談到郭沫若翻譯的歌德詩篇時說：「見不出半點的翻譯斧鑿的痕跡，倒恰是渾然天成的自家創造。」〔註41〕從郭沫若的「天才」觀去看郭沫若翻譯方面主張的詩人譯詩，才能真正把握郭沫若在文學翻譯方面對譯者主體的認識。

〔註39〕張定璜：《SHELLEY》，《創造》季刊 1923 年第 1 卷第 4 期，第 1 頁。

〔註40〕朱湘：《說譯詩》，《文學週報》1928 年 11 月 13 日第 290 期。

〔註41〕葉雋：《德國精神的向度變型──以尼采、歌德、席勒的現代中國接受為中心》，北京：中央編譯出版社，2015 年，第 129 頁。

（一）譯者應有「天才」

郭沫若認為理想的翻譯應是「氣韻譯」，為了能夠實現氣韻譯，翻譯者的「先決條件」有四：第一，「譯者的語學智識要豐富」；第二，「對於原書要有理解」；第三，「對於作者要有研究」；第四，「對於本國文字要有自由操縱的能力」。郭沫若認為上述四個條件「不易具備」，「要靠窮年累月的研究」，「不僅當在語學上用功，凡是一國的風土人情都應在通曉之例，如原書中所有種種學識要有所涉獵，如須詳悉作者的內在生活與外在生活，如更難於例舉了。」如此一來，「翻譯終於是件難事」，也就是說，翻譯並非隨便什麼人都有資格做的事情。「如像我國的譯書家今天譯一部威鏗，明天譯一部羅素，今天譯一本太戈兒，明天又譯一本多時妥逸夫司克，即使他們是天生的異才，我也不相信他們有這麼速成的根本的研究。我只怕他們的工作多少帶些投機的性質，只看書名人名可受社會的歡迎，便急急忙忙抱著一本字典死翻，買本新書來濫譯。有的連字義的對針從字典上也還甄別不出來，這如何能望他們譯得不錯呢？」〔註42〕郁達夫指出日本文裏，「譯者與役者同音」，「譯者是譯書的人，役者是演戲的人。日本的役者，多是譯者，（因為日本的伶人多能翻譯外國文的劇本）中國的譯者，都是役者，（因為中國的譯者只能做手勢戲）這便是中日文化程度的差異。」〔註43〕郁達夫談日本的「役者」與「譯者」，目的還是批評中國濫竽充數的譯者，提出譯者的能力問題。

郭沫若在《反響之反響》中談到翻譯時說：「兩種國語中之絕對相同者既少，一種國語中之歧義語又多，對於原文的語神語勢既要顧及，對於譯文的語神語勢又要力求圓潤，譯書之所以困難，正在這些地方。」〔註44〕翻譯不容易，需要譯者具備種種條件，而具備了諸種條件的譯者，實際上也就超越了普通譯者，進入了「天才」譯者的行列。

真正有才華的譯者，大都持有天才論的觀念。余光中將翻譯比喻為「婚姻」，認為是「一種兩相妥協的藝術」。「譬如英文譯成中文，既不許西風壓倒東風，變成洋腔調的中文，也不許東風壓倒西風，變成油腔滑調的中文，

〔註42〕郭沫若：《討論注譯運動及其他》，《郭沫若全集》文學編第 16 卷，北京：人民文學出版社，1989 年，第 144 頁。

〔註43〕郁達夫：《藝術家的午睡》，《創造日彙刊》，上海：上海書店，1983 年影印版，第 80 頁。

〔註44〕郭沫若：《反響之反響》，《郭沫若全集》文學編第 16 卷，北京：人民文學出版社，1989 年，第 130 頁。

則東西之間勢必相互妥協，以求『兩全之計』。至於妥協到什麼程度，以及哪一方應該多讓一步，神而明之，變通之道，就要看每一位譯者自己的修養了。」〔註45〕看譯者自身的修養，也就是將最後能否「神而明之」寄望於譯者自身的才華。理論都能懂，將灰色的理論賦予生命，卻只有天才的譯者能夠做到。真正的譯者，決不是一般人能夠勝任的。郭沫若的翻譯思想首重的就是譯者的素質，在他看來理想的譯者就應該是天才譯者。何為「天才」譯者？解答這個問題，需要理清郭沫若的「天才」觀。

在現代文壇上曾風靡一時的《三葉集》，給人們閱讀《女神》提供了便利，讓人能深入地瞭解三位通信者豐富而痛苦的靈魂，也將他們對「天才」的期許和評判呈現在讀者們的面前。宗白華和田漢在通信中毫不吝嗇地稱許郭沫若為「天才」。宗白華在給郭沫若的信中說：「沫若，你有 Lyrical 的天才，我很願你一方面多與自然和哲理接近，養成完滿高尚的『詩人人格』，一方面多研究古昔天才詩中的自然音節，自然形式，以完滿『詩的構造』，則中國新文化中有了真詩人了。這是我很熱忱的希望，因你本負有這種天才，並不是我的客氣。」〔註46〕田漢也在給郭沫若的信中說：「你的詩——《獨遊太宰府》的詩，處處都見你 lyrical 的天才，可見白華的批評是不錯的。」〔註47〕郭沫若在給宗白華的回信中說：「你說我有 lyrical 的天才，我自己卻是不得而知。」〔註48〕「我常恨我莫有 Augustine，Rousseau，Tolstoi 的天才，我不能做出部赤裸裸的《懺悔錄》來，以宣告於世。」〔註49〕郭沫若不承認自己是天才，可是他用以自比的都是世界著名文人，這種對比本身也顯露了郭沫若的價值標杆。郭沫若在給宗白華的信中談到自己和田漢遊太宰府，田漢當時自比「傷麟的孔丘」，比郭沫若為「騎牛的李耳」。〔註50〕以孔

〔註45〕余光中：《變通的藝術》，思果著《翻譯研究》，桂林：廣西師範大學出版社，2017 年，第 1 頁。

〔註46〕宗白華致郭沫若，《郭沫若全集》文學編第 15 卷，北京：人民文學出版社，1990 年，第 10 頁。

〔註47〕田漢致郭沫若，《郭沫若全集》文學編第 15 卷，北京：人民文學出版社，1990 年，第 72 頁。

〔註48〕郭沫若致宗白華，《郭沫若全集》文學編第 15 卷，北京：人民文學出版社，1990 年，第 16 頁。

〔註49〕郭沫若致宗白華，《郭沫若全集》文學編第 15 卷，北京：人民文學出版社，1990 年，第 45 頁。

〔註50〕郭沫若致宗白華，《郭沫若全集》文學編第 15 卷，北京：人民文學出版社，1990 年，第 138 頁。

丘和李耳作比，不曾有人提出批評，但以歌德席勒作比，卻引來嘲諷，似乎中國的孔子和老子不如歌德席勒，這也是向西方學習時期特有的價值判斷的體現。

　　《三葉集》中對郭沫若「真詩人」「天才」的讚譽，引來另一位現代詩人的譏嘲。徐志摩在《努力週報》上撰文《壞詩・假詩・形似詩》，批評《淚浪》是「形似詩」「非好詩」。在那篇批評文章裏，徐志摩先談了作者的人格與詩歌創作之間的關係。他指出人有真好人、真壞人和假人，詩也有真好詩、壞詩、假詩和形似詩。認為「真好人」是「人格和諧了自然流露的品性」，而「真好詩」是「情緒和諧了（經過衝突以後）自然流露的產物。」然後談及郭沫若的《淚浪》。「我記得有一首新詩，題目好像是重訪他數月前的故居，那位詩人摩按他從前的臥榻書桌，看看窗外的雲光水色，不覺大大的動了傷感，他就禁不住『……淚浪滔滔』。固然做詩的人，多少不免感情作用，詩人的眼淚比女人的眼淚更不值錢些，但每次流淚至少總得有個相當的緣由。踹死了一個螞蟻，也不失為一個傷心的理由。現在我們這位詩人回到他三個月前的故寓，這三月內也不曾經過重大的變遷，他就使感情強烈，就使眼淚『富餘』，也何至於像海浪一樣的滔滔而來！我們固然不能斷定他當時究竟出了眼淚沒有，但我們敢說他即使流淚也不至於成浪而且滔滔──除非他的淚腺的組織是特異的。總之形容失實便是一種作偽，形容哭淚的字類盡有，比之泉湧，比之雨驟，都還在情理之中，但誰能想像個淚浪滔滔呢？」〔註51〕《三葉集》宣稱郭沫若是「真詩人」，徐志摩就弄出一個「假人」與之相對。

　　郭沫若等創造社同人與天才掛鉤，一方面源自別人的贊許，一方面也是因為他們毫不掩飾地向世人展示他們的才氣。在以謙虛為美德的社會裏，郭沫若等創造社同人因為天才問題，一直遭受著不公平的批評和嘲諷。郭沫若回憶說：「郁達夫在《藝文私見》（《創造》第一期）中，說了一句『文藝是天才的創作』，惹起『損』先生的一場熱罵，和許多人的暗暗的冷嘲。其實這句話並不是達夫的創見，據我所知道的，德國大哲學家康德早已說過。」〔註52〕魯迅談到創造社時說：「創造社是尊貴天才的，為藝術而藝術的，專重自我的，崇創作，惡翻譯，尤憎恨重譯的，與同時上海的文學研究

─────────────────

〔註51〕徐志摩：《壞詩・假詩・形似詩》，《努力週報》1923 年 5 月 6 日第 51 期。
〔註52〕郭沫若：《批評與夢》，《郭沫若全集》文學編第 15 卷，北京：人民文學出版
　　　　社，1990 年，第 240 頁。

會相對立。」〔註53〕謙虛是中華民族傳承幾千年的美德。現代文壇呼喚天才與真詩人,卻沒有人勇於自稱天才或真詩人。郭沫若自然也是如此。在《創造十年》中,郭沫若說:「我深切地感覺著我自己沒有創作的天才,住在國內也不能創作。」〔註54〕1928年12月12日,郭沫若在為《十年時代》撰寫的《前言》中寫道:「我的童年是封建社會向資本制度轉換的時代,我現在把它從黑暗的石炭的阬底挖出土來。我不是想學 Augustine 和 Rousseau 要表述甚麼懺悔,我也不是想學 Goethe 和 Tolstoy 要描寫甚麼天才。我寫的只是這樣的社會生出了這樣的一個人,或者也可以說有過這樣的人生在這樣的時代。」〔註55〕這些地方也就是在聲明自己並非天才。「文藝是對於既成道德、既成社會的一種革命的宣言。保持舊道德的因襲觀念以批評文藝,譬之乎持冰以入火。可憐持冰的人太多,而天才的火每每容易被人澆熄!啊!」〔註56〕文中又引用《少年維特之煩惱》中的話說:「天才的潮流何故如此罕出,如此罕以達到高潮,使你們瞠目而驚的靈魂們震撼喇!……居在潮流兩岸的沉靜夫子們在提防流水泛濫,淹沒了他們的亭園、花塢、菜畦,知道築堤以抵禦呢!」木秀於林風必摧之。天才是難得的,是需要珍惜的,然而正因為其是天才,所以也就容易引起「持冰的人」的摧殘。屢以無才自責,這是謙虛,與創造社同人開創的弱者敘事範式相符;不以天才自詡的郭沫若等人,實際上又常常給人以天才自居的感覺。骨子裏的傲氣及懷才不遇的情感,使創造社的弱者敘事別開生面,從而區別於為弱者的敘事,也有別於失去了反抗精神的真正的弱者之敘事。

郭沫若在《少年維特之煩惱·序引》中說:「扛舉德意志文藝勃興之職命於兩肩之青年歌德,如朝日之初升,光熊熊而氣沸沸。高舉決勝之歌,以趨循其天定之軌轍。」〔註57〕「天定」一詞,也就顯示出郭沫若對歌德之

〔註53〕魯迅:《上海文藝之一瞥》,《魯迅全集》第4卷,北京:人民文學出版社,2005年,第302頁。

〔註54〕郭沫若:《創造十年》,《郭沫若全集》文學編第12卷,北京:人民文學出版社,1992年,第127頁。

〔註55〕郭沫若:《序》,《郭沫若全集》文學編第11卷,北京:人民文學出版社,1992年,第7頁。

〔註56〕郭沫若:《序引》,《少年維特之煩惱》,上海:創造社出版部,1928年,第3頁。

〔註57〕郭沫若:《序引》,《少年維特之煩惱》,上海:創造社出版部,1928年,第9頁。

天才的推崇。郭沫若在《發端》中說:「『創造社尊重天才,專重自我,崇創作』,這倒不是什麼罪惡。無論在怎樣的社會裏天才是不能否認的,不同的只是天才的解釋罷了。馬克思、恩格斯、列寧不是絕大的天才嗎?我們魯迅先生不也是一位文學上的天才嗎?」〔註58〕郭沫若眼中的「天才」,並非神秘虛幻不可捉摸,他將魯迅也視為「一位文學上的天才」。郭沫若的這個表述很有意思。如果將郭沫若對魯迅是「一位文學上的天才」與其他幾篇文字放在一起看,郭沫若思想中的一些邏輯思路就會清晰地顯現出來。郭沫若在《天才與教育》一文中說:「天才這一個名詞,用得比我們中國再濫的國家,恐怕沒有了。譬如把中國的新興文藝來說,我們的喊聲雖然很高,但是究竟有甚麼作家在那裡?我記得前兩月在《覺悟》上看見有人說魯迅說過中國還沒有一個作家。我承認魯迅這句話決不是目空一切的傲語。」〔註59〕天才、作家與創作在郭沫若那裡就是三位一體的關係,不可割裂。

　　郭沫若在《批評與夢》一文中談到作家、文藝與天才的關係時說:「本來文藝是甚麼人都可以做的,但是我們不能說甚麼人做的都是文藝。在這漫無標準的文藝界中要求真的文藝,在這漫無限制的文藝作家中要求真的天才,這正是批評家的任務。要完成這種任務,這也是甚麼人都可以做,但也卻不是甚麼人都可以做得到的。換句話說,便是『批評也是天才的創作』。」〔註60〕在郭沫若看來,只有天才作家才創作出「真的文藝」。誰是文藝作家中「真的天才」?在《批評與夢》一文中,郭沫若沒有說,只是強調批評家的任務是「在這漫無限制的文藝作家中要求真的天才」。然而,在《文學革命之回顧》一文中,郭沫若卻說:「總之,文學革命是《新青年》替我們發了難,是陳、胡諸人替我們發了難。陳、胡而外,如錢玄同、劉半農、魯迅、周作人,都是當時的急先鋒,然而奇妙的是除魯迅一人而外都不是作家。」〔註61〕也就是說,郭沫若只承認魯迅一個人是作家,《新青年》陣營中的其他人都不能算是作家。在《發端》和《天才與教育》等文中,郭沫若又說魯

〔註58〕郭沫若:《發端》,《郭沫若全集》文學編第 12 卷,北京:人民文學出版社,1992 年,第 26 頁。

〔註59〕郭沫若:《天才與教育》,《郭沫若全集》文學編第 15 卷,北京:人民文學出版社,1990 年,第 172 頁。

〔註60〕郭沫若:《批評與夢》,《郭沫若全集》文學編第 15 卷,北京:人民文學出版社,1990 年,第 240 頁。

〔註61〕郭沫若:《文學革命之回顧》,《郭沫若全集》文學編第 16 卷,北京:人民文學出版社,1989 年,第 94 頁。

迅是「天才」。合起來，郭沫若也就是在承認魯迅是天才作家，或者說是作家中「真的天才」。這是對魯迅的肯定，這肯定的背後，蘊涵著郭沫若對創造社同人自身的肯定。郭沫若認為，創造社的同人才是真正的作家，按照這個邏輯推導下去，自然也就可以得出郭沫若等創造社同人也都可以算是作家中「真的天才」。郭沫若認為翻譯同屬創作，翻譯者在翻譯時要進入原作者的語境，使得翻譯如同在創作一般。郭沫若以創作的標準要求翻譯。真正的創作來自於作家中「真的天才」，真正的翻譯自然同樣需要作家中「真的天才」來完成。因此，從譯者主體的角度看郭沫若的翻譯觀，郭沫若倡揚和肯定的便是天才譯者。對於天才譯者的強調，表明郭沫若認為文學翻譯有只能意會不能言傳的因素在。郭沫若等創造社同人推崇的譯者的天才能力，「只能求之於內而不能求之於外，最終還是歸結到譯者個體素質上。」〔註 62〕個體素質可以分為兩個方面，一個方面是先天的素質，一個方面是後天的素質；先天的素質就是天賦、天才，不以譯者個人的意志為轉譯，後天的素質則可以憑譯者的努力而獲得。郭沫若固然重視後天的素質，更加推崇的還是先天的素質。

《三葉集》中，郭沫若在和田漢、宗白華的通信中屢屢談及自己的「過錯」，人格的缺陷，懺悔自己的家庭婚姻生活。「我自己底人格，確是太壞透了。我覺得比 Goldsmith 還墮落，比 Heine 還懊惱，比 Baudelaire 還頹廢。」〔註 63〕田漢給郭沫若回信說：「一個人總是在 Good and Evil 中間交戰的。戰勝得罪惡的便為君子，便算是個人；戰不勝罪惡的人，便為小人：便算是個獸！」「想要努必死之力以攀登高山的，是『懺悔的人格』。世間天成的人格者很少，所以『懺悔的人格者』乃為可貴。」〔註 64〕田漢的回信充分肯定了郭沫若懺悔的意義，認為這樣做的郭沫若就已經擁有了高貴的人格。有過錯不可怕，墮落也不可怕，只要能夠懺悔改過，真誠地敞開自己的胸懷，就依然是一個「純真的人性」，是一個有高貴的人格的人，而擁有「純真的人性」也必然是屬於「真的人」；唯有「真的人」有真性情，能夠抒發

〔註 62〕咸立強：《譯壇異軍：創造社翻譯研究》，北京：人民出版社，2010 年，第 181 頁。

〔註 63〕郭沫若致宗白華，《郭沫若全集》文學編第 15 卷，北京：人民文學出版社，1990 年，第 16 頁。

〔註 64〕田漢致郭沫若，《郭沫若全集》文學編第 15 卷，北京：人民文學出版社，1990 年，第 56～57 頁。

真感情，能夠做出真正的新詩，自然也就能夠成其為真正的翻譯者。在給宗白華的回信中，郭沫若認為詩便是 Inhalt＋Form，又說：「詩底內涵便生出人底問題與藝底問題來。Inhalt 便是人底問題，Form 便是藝底問題。」〔註65〕這裡的「人底問題」主要談的還是詩人（譯者）的人格修養，或者說真的詩人（譯者）的問題。說到底是接受了文如其人的思想，關於人格問題的討論，其實也就是討論詩人（譯者），而結論便是先有真詩人然後有真的詩，先有真正的譯者然後才會有真正好的翻譯。

（二）惟天才譯者能創造

　　與創作相比，翻譯對於主體創造性的要求更高。如果說創作是努力地想要在白紙上進行創造，翻譯就是要在原語文本的基礎上進行加工處理。新的創造雖然艱難，但是一旦創造成功，創造主體的創造性赫然在目，誰都無法否認。翻譯則因為有原語文本的存在和制約，再優秀的翻譯文學似乎也只能是原語文本的影子，難以取得與原語文學同等的地位。當人們探討翻譯者的創造性時，注意的焦點往往就是譯者如何創造性地呈現原語文本的神韻。這是一種依附的創造性。依附的創造性不必和原語文學的創造性比拼優劣，因為這本就是兩種不同性質的工作。但依附的創造性的實現難度一點都不比原語文學的創造性的難度低，因為這是帶著鐐銬跳舞，要想使舞蹈跳得美麗動人，首先要熟悉加在自身之上的種種束縛，在此基礎上發揮創造性。就此而言，希冀天才的譯者，就是希望看到譯者在翻譯過程中自由地發揮創造，使文學翻譯造就真正優秀的翻譯文學。

　　郭沫若指出，翻譯不能夠像「對翻電報號碼」，不能夠「一字一句的逐譯」，「詩的翻譯應得是譯者在原詩中所感得的情緒的復現。」〔註66〕郭沫若將翻譯和「對翻電報號碼」相比，表露出來的是兩個意思：首先，翻譯如「對翻電報號碼」，有藍本，不能隨心所欲亂翻亂譯，是受到限制的活動；其次，翻譯不能像「對翻電報號碼」，對著密碼本的「對翻」是沒有創造性的勞動。在這裡，郭沫若用的詞是「對翻」密碼，而不是「破譯」密碼。「破譯」密碼是天才的富有創造性的勞動，而「對翻」密碼則是一般的熟練技術

〔註65〕郭沫若致宗白華，《郭沫若全集》文學編第 15 卷，北京：人民文學出版社，1990 年，第 16 頁。

〔註66〕郭沫若：《古書今譯的問題》，《郭沫若全集》文學編第 15 卷，北京：人民文學出版社，1990 年，第 166 頁。

人員都能夠做到的普通工作，將電碼和密碼本對照著「一字一句的逐譯」。「一字一句的逐譯」也就是譯字，以為將句子中的每個部分都譯出來，就等於把句子都譯過來了，這就是死譯，表面上精確的翻譯因為束縛太多反而容易使句子失掉活力。郭沫若就批評過現代文壇上一些外語不好的人拿著字典進行對譯的現象，就是因為這種類型的翻譯見字不見句。真正的文學翻譯是要探求「譯者在原詩中所感得的情緒的復現」，這就需要真正的天才發揮自己的創造性。然而，真正的天才也並不一定就會成為優秀的作家或翻譯家。許多內在外在的因素都會對譯者構成限制，成為天才譯者舞蹈跳舞時無法拋卻的「鐐銬」。

天才並非天生完美，可以不受任何限制，在翻譯過程中實現自由創作。再天才的譯者，也只能生活在具體的社會時代之中，必然受到社會、時代、自身生活等諸多方面的限制，所謂「真的天才」永遠只能是相對意義上的「天才」。郭沫若在給成仿吾的信中談到天才的自由創作時說：「在社會主義實現後的那時，文藝上的偉大的天才們得遂其自由全面的發展，那時的社會一切階級都沒有，一切生活的煩悶除去自然的生理的之外都沒有了，那時人才能還其本來，文藝才能以純真的人性為其對象，這才有真正的純文藝出現。」〔註67〕郭沫若談到天才與教育的關係時說：「天才所得於自然的是『天賦獨厚』，然而自然對於天才的恩惠也只有這麼一點。專靠天賦厚是不能成功為天才的。譬如同樣的兩粒種子，一個落在沃土，一個落在沙磧，它們的發育如何，我們可以不待實驗而前定了。」〔註68〕落在沙磧上的種子，自然發育不好。郭沫若1947年3月13日撰寫的《少年時代·序》中寫道：「自己也沒有什麼天才。大體上是一個中等的資質，並不怎麼聰明，也並不怎麼愚蠢，只是時代是一個天才的時代，讓我們這些平常人四處碰壁。」〔註69〕天才遇到的問題，中等資質的人也會碰到。「四處碰壁」的天才或平常人在人生的境遇上沒有根本的區別。田漢和郭沫若推崇的是人的自我超越和突破，而恰恰是能夠認清自我且能夠做到自我突破和超越的，在某種程度上都可以算作

〔註67〕郭沫若：《創造十年》，《郭沫若全集》文學編第12卷，北京：人民文學出版社，1992年，第207頁。

〔註68〕郭沫若：《天才與教育》，《郭沫若全集》文學編第15卷，北京：人民文學出版社，1990年，第174頁。

〔註69〕郭沫若：《序》，《郭沫若全集》文學編第11卷，北京：人民文學出版社，1992年，第3頁。

是「真的天才」。

　　真的天才的譯者在翻譯中的表現，正如在自己生活中的表現一樣，既能夠認清翻譯所面臨的種種難題，同時又能夠不斷地實現自我的突破和超越，進而實現翻譯過程中的自由創造。在《批判意門湖譯本及其他》一文中，郭沫若談到英國翻譯家兼詩人 Fitzgerald 譯的 Rubaiyat 時說：「斐池的英譯是讀了原詩所得的感興用自己的文字寫出來的。原文的一節有時分譯成三四節，原文的三四節又有時合譯成一節的。」既然是有時候「三四節又有時合譯成一節」，「字義」就沒有辦法保證不出現「有失」，然而郭沫若仍將其視為「完美的譯品」，而不僅僅是「佳品」。〔註70〕在這篇文章中，郭沫若將 Fitzgerald 音譯為「斐池杰羅德」，這應該是郭沫若對 Fitzgerald 音譯之始。相比於這個音譯名，郭沫若似乎更喜歡用 Fitzgerald 這個英文名。中華人民共和國成立後，隨著漢語規範化的要求，郭沫若一些文字中的 Fitzgerald 被代之以新的音譯名，如「費茲吉拉德」，這個新的音譯名是郭沫若自己所改，還是編輯所改，暫時未知。

　　從邏輯表述上來說，翻譯者從原語文本的閱讀中把握了原語文本的風韻之後，在具體翻譯的過程中，就需要調動譯入語的語言文化資源，再現自己把握到的原文風韻。翻譯的主導者就是譯者，譯者總是需要按照自身的理解進行翻譯。郭沫若引用魯那查理斯基的話說：「天才的小說作品，如其政治主張與我們相反，我們只好揮淚而抹殺之；如尚不至相反，只是冷淡或者無關心，我們還可以容恕。」〔註71〕魯那查理斯基談的不是文學翻譯，卻也可以用來說明譯者的翻譯創造問題。天才譯者把握到的文本神韻是譯語選擇的內在標準，與之「相反」的都應「揮淚而抹殺之」。

　　不同的譯者對原語文本神韻的把握自然也會各有不同。有不同就可以進行對照，有對比就存在優劣。優劣何來？來自譯者對原語文本的理解，這理解的差異自然深深植根於譯者自身。換言之，譯者自身的素質高低也就決定了理解方面的優劣。瞿秋白曾較為詳細地談到過譯詩的「神韻」問題：「翻譯不是件容易事，譯詩則更是難事了。對兩國的語文僅僅通曉是不夠的，必須

<hr>

〔註70〕郭沫若：《批判意門湖譯本及其他》，《創造》季刊 1922 年第 1 卷第 2 期，第28 頁。
〔註71〕郭沫若：《創造十年》，《郭沫若全集》文學編第 13 卷，北京：人民文學出版社，1992 年，第 277～278 頁。

精通爛熟才行。然後才能體會原作的神韻。『神韻』，決不是字句表面上的解釋，你必須對那個民族的風俗、歷史和性格有充分的瞭解，更要把握住詩人特殊的個性和語言風格才能體會到它神韻的所在；你又必須有堅實的中文根底，對中國舊詩和新詩有較全面的涉獵，你才能夠找到體現這種神韻的最合適的形式（詩體、格律、用韻等等），你既欽羨於原作的神韻，又得意於譯文的形式，你就會不自覺地與原詩人取得心靈上的共鳴，或許就是我們所說的『心有靈犀一點通』吧，保持在這種狀態下，你就可以施展你文辭的技巧，用探索和聯想去字斟句酌──但不可以鬆懈、草率，否則神韻立刻會從你的筆下溜走。」〔註72〕瞿秋白在這裡描述的翻譯行為，近似於創作上表現出來的迷狂，能夠進入到這般翻譯境界的譯者都是「真的天才」。

有天才譯者而後有非凡的譯作，只有天才譯者才能在種種的束縛中帶著鐐銬跳舞。茅盾說：「翻譯本來全隨譯者手段的高低而分優劣，什麼方法，什麼原則，都是無用的廢話；而且即使有了，在低手段的譯者是知而不能，在天才的譯者反成了桎梏。」〔註73〕林語堂在《論翻譯》一文的開篇提出：「談翻譯的人首先要覺悟的事件，就是翻譯是一種藝術。凡藝術的成功，必賴個人相當之藝才。」「個人相當之藝才」其實便是對天才的較為謙虛的說法。林語堂引用 Croce 翻譯即創作的說法 not reproduction，but production，認為譯者無一定之規，「至於臨時譯書字句之去取，須由譯者自己之抉擇，或妙文妙句天生巧合，足與原文媲美的，亦必由譯者之自出心裁。」〔註74〕翻譯是藝術，也是譯者的創作，好的譯文有待好的譯者，在這些方面，瞿秋白、林語堂等人對翻譯所持觀念和郭沫若頗有相通之處。郭沫若的譯者天才觀，包含著對理想譯作的期待、對天才譯者的希冀，並非只是譯者孤高自傲思想的表現。

天才譯者如何能夠在翻譯過程中實現其自由的創造？就是因為天才譯者是天才？郭沫若固然推崇天才，推崇天才的創造力，卻也並沒有將天才譯者推高到無所不能的地步。實際上，郭沫若對天才譯者的推崇，對於譯者創造性翻譯的要求，還根源於他對詩歌本質的認知。何為詩？這向來是見仁見智

〔註72〕彭玲：《難忘的星期三──回憶秋白、之華夫婦》，丁景唐、丁言模編，《瞿秋白印象》，上海：學林出版社，1997 年，第 192～193 頁。

〔註73〕玄珠（沈雁冰）：《譯詩的一些意見》，《文學旬刊》1922 年 10 月 10 日第 52 期。

〔註74〕林語堂：《論翻譯》，《翻譯論》，上海：光華書局，1933 年，第 1～11 頁。

難定一端的問題，但若要談論郭沫若的詩歌觀，卻可以從其文字著述中稍窺端倪。在《論節奏》一文中，郭沫若說：「一切感情，加上時間的要素，便要成為情緒的。所以情緒自身，便成為節奏的表現。我們在情緒的氛氳中的時候，聲音是要戰慄的，身體是要搖動的，觀念是要推移的。由聲音的戰顫，演化而為音樂。由身體的動搖，演化而為舞蹈。由觀念的推移，表現而為詩歌。所以這三者，都以節奏為其生命。舊體的詩歌，是在詩之外，更加了一層音樂的效果。詩的外形，採用韻語，便是把詩歌和音樂結合了的。我相信有裸體的詩，便是不藉重於音樂的韻語，而直抒情緒中的觀念之推移，這便是所謂散文詩，所謂自由詩。這兒雖沒有一定的外形的韻律，但在自體，是有節奏的。就譬如一張裸體畫的美人，她雖然沒有種種裝飾的美，但自己的肉體，本是美的。」〔註75〕郭沫若的詩歌觀，將聲音與情緒分離開來，韻語是外形，如果不考慮外形的東西，音樂的東西，在情緒的層面上，詩當然是可譯的，因為人類的情緒是相通的。這就與林語堂、朱光潛等人在語言的層面上提出詩不可譯的觀念有了差異，或者說這正是郭沫若譯詩觀之所以成立的獨特的基點。既然存在裸體的詩，單純的情緒本身就是詩，那麼譯詩只要能呈現出原詩的那種情緒的律呂，使人感覺到那種詩意的流淌，也就可以了，就可以成其為完美的譯詩。至於字句是否完全能夠與原詩對應，自然也就不在郭沫若譯詩關注的範圍，或者說只是處於附屬的位置。

能夠抓住單純的情緒成其為詩的，並不是普通詩人或普通譯者。人的情感雖然帶有普遍性，卻也帶有不相通性。都是悲傷或快樂，卻各有各的悲傷或快樂，你的悲傷或快樂並不等同於他人的悲傷或快樂。就此而言，裸體的詩同樣不可譯，或者說是詩真正不可譯的地方。本雅明說：「在所有語言和語言創造中，除了可傳達的東西外，還有不可能交流的東西，根據它所出現的語境，這可以是象徵其他事物的東西，也可以是被象徵的東西。前者只能在語言的有限產品之內；後者則在語言自身的進化之中。而在語言的進化中試圖再現，實際上是生產自身的東西就是純語言的內核；然而，這個內核仍然作為本身被象徵的東西而出現的生活之中，即便是隱藏的和破碎的，但它卻只以其象徵能力在語言創造中持存。在不同的語言中，那種終極本質即純語言只與語言因素及其變化相關，而在語言創造中，它卻背負沉重的陌生的意

〔註75〕郭沫若：《論節奏》，《創造月刊》1926 年 3 月 16 日第 1 卷第 1 期。

義負荷。要解脫這一重負，把象徵變成被象徵，從語言流動中重新獲得圓滿的純語言，則是翻譯的巨大和惟一的功能。」〔註76〕「純語言」如何尋求？「終極本質」如何實現？這些只能由天才才能夠把握。唯真詩人能夠把握「終極本質」，郭沫若倡導「詩人譯詩」，所謂「詩人」者，也就是能夠掌握「純語言」的譯者。徐志摩說：「我們至少要承認：詩人是天生的而非人為的（Poet is born not Made ），所以真的詩人極少極少。」〔註77〕好的詩由「真的詩人」創作，「真的詩人」是「天生」的，自然也就是天才；對「真的詩人」創作出來的原語詩歌文本的情緒把握，自然也需要對等的天才。因此，好的翻譯應該是天才的翻譯者與天才的原作者（「真的詩人」）靈魂的遇合與碰撞，是一種神秘的不可言說的精神交流，唯有如此才能將情感中微妙不可言的風韻再現出來。

第三節　郭沫若翻譯文學的譯文創造觀

　　作為一個翻譯大家，郭沫若的翻譯並不侷限於詩，郭沫若影響最為深遠的譯作，除詩歌之外，還有小說和戲劇。詩是文學中的明珠，也是一切翻譯工作中最困難的部分。美國詩人惠特曼在《美國今天的詩歌——莎士比亞——未來》中說：「看來似乎奇怪，一個民族的最高檢驗竟是自己所生產的詩歌。有沒有這種詩歌，都是有來由的。像盛開的玫瑰或百合花，像樹上成熟了的果實如蘋果、桃子，不管樹幹有多壯，枝葉有多繁茂，這些終歸是必不可少的。對於任何一個國家其中包括美國來說，只有當它把自己所代表的一切體現在創造性的詩歌中，它的完整性與偉大成就的標誌才顯示出來。而模仿是沒有用的。」智利詩人聶魯達在自己的《詩與晦澀》一文中引用了惠特曼的這段話，他的譯文似乎更有詩意。「看來好像奇怪，每一個民族的最高憑證，是它自己產生的詩歌。有詩或沒有詩，都說明了問題。有如盛開的玫瑰或者百合，有如成熟的果子之於樹木，不管是蘋果還是桃子，不管樹幹多麼好，枝葉多麼茂盛，畢竟還得看它是否具有這一不可缺少的條件。對於任何國家的偉大性的最後總估計……必須嚴格地等到它能夠相稱地在它特

〔註76〕〔德〕瓦爾特·本雅明：《翻譯者的任務》，《本雅明文選》，陳永國譯，北京：中國社會科學出版社，1999 年，第 288～289 頁。
〔註77〕徐志摩：《詩人與詩》，《新民意報·朝霞》1923 年 6 月第 6 期。

有的、第一流的詩歌之花中表現出來的時候。任何贗品都不行。」〔註78〕詩人郭沫若如何看待及進行詩歌**翻譯**，是探究郭沫若文學翻譯世界最為重要的一個切入點。

（一）譯詩：不可譯之譯

文學是語言文字的藝術，真正偉大的文學都深深地植根於自己的民族語言中。文學翻譯就是要將一種語言文字的作品翻譯成另外一種語言文字，文字變了，作品的味也就變了。但丁在《饗宴》中說：「任何富於音樂、和諧感的作品都不可能譯成另一種語言而不破壞其全部優美和諧感。正因如此，荷馬的史詩遂未譯成拉丁語；同樣，《聖經·詩篇》的韻文之所以沒有優美的音樂和諧感，就是因為這些韻文先從希伯來語譯成希臘語，再從希臘語譯成拉丁語，而在最初的**翻譯**中其優美感便完全消失了。」〔註79〕雪萊在《為詩辯護》中說：「聲音和思想不但彼此之間有關係，而且對於它們所表現的對象也有關係；能理解這些關係的規律，也就能理解思想本身的關係的規律，這兩者往往有聯繫。因此，詩人的語言總是含有某種劃一而和諧的聲音之重現，沒有這重現，就不成其為詩，而且，故不論它的特殊格調如何，這重現對於傳達詩的感染力，正如詩中的文字一樣，是決不可缺少的。所以，譯詩是徒勞無功的；要把一個詩人的創作從一種語言譯成另一種語言，其為不智，無異於把一朵紫羅蘭投入熔爐中，以為就可以發現它的色和香的構造原理。」〔註80〕周作人在《〈陀螺〉序》中說：「詩是不可譯的，只有原本一首是詩，其他的任何譯文都是塾師講唐詩的解釋罷了。」〔註81〕「翻譯的時候，文中的意思的原來生就的，容不得我們改變，而現有的文句又總配合不好，不能傳達原有的趣味，困難便發生了。原作倘是散文，還可勉強敷衍過去，倘是詩歌，他的價值不全在於思想，還與調子及氣韻很有關

〔註78〕〔美〕瓦爾特·惠特曼（Walt Whitman）：《美國今天的詩歌——莎士比亞——未來（1881）》，《西方現代詩論》，楊匡漢、劉福春編，廣州：花城出版社，第 481 頁。

〔註79〕〔意〕但丁：《饗宴》，轉引自譚載喜：《西方翻譯簡史》，北京：商務印書館，2000 年，第 53 頁。

〔註80〕〔英〕雪萊：《為詩辯護》，伍蠡甫、胡經之主編《西方文論選（中）》，北京：北京大學出版社，1986 年，第 70 頁。

〔註81〕周作人：《〈陀螺〉序》，《周作人自編集·自己的園地》，北京：十月文藝出版社，2011 年，第 34 頁。

係的，那便實在沒有法子。要尊重原作的價值，只有不譯這一法。」〔註 82〕梁宗岱說：「詩，在一定意義上，是不可譯的。」〔註 83〕林語堂說：「詩為文學品類中之最純粹之藝術最為文字之精英所寄託的，而詩乃最不可譯的東西。無論古今中外，最好的詩（尤其是抒情詩）都是不可譯的。因為其為文字之精英所寄託，因為作者之思想與作者之文字在最好作品中若有完全天然之融合，故一離其固有文字則不啻失其精神軀殼，此一點之文字精英遂岌岌不能自存。」〔註 84〕朱光潛說：「有些文學作品根本不可翻譯，尤其是詩（說詩可翻譯的人大概都不懂得詩）。……文字傳神，大半要靠聲音節奏。聲音節奏是情感風趣最直接的表現。對於文學作品無論是閱讀或是翻譯，如果沒有抓住它的聲音節奏，就不免把它的精華完全失去。但是抓住聲音節奏是一件極難的事。」〔註 85〕

　　詩可譯與不可譯這個問題是從原語文本和譯語文本兩者難以完全實現對等的角度做出的判斷。當然，這種觀念首先源於對原語創作經典性的推崇。對於從開始著手翻譯就聚焦在世界著名作品上的郭沫若來說，推崇原作感慨原作之偉大，也是常見的事情。1920 年 3 月 30 日，郭沫若在致宗白華的信中譯了立體派詩人 Max Weber 的 The Eye Moment（瞬間）一詩，隨即說「最後一句借河流自然音律表示全宇宙之無時無刻無晝無夜都在流徙創化，最妙，最妙，不可譯，不可譯。」接著，在翻譯了一段雪誄（即雪萊）的詩之後又說：「詩不能譯，勉強譯了出來，減香減色，簡直不成個東西，我要向雪誄告罪，也要向你告罪了：你讀了我這不通的譯品，恐怕茫不得其解，枉自費了你可寶貴的時間。你還是讀原作的好。」〔註 86〕在《〈木犀〉附白》中談到陶晶孫《木犀》日文中譯時，郭沫若說：「一國的文字，有它特別地美妙的地方，不能由第二國的文字表現得出來的。此篇譯文比原文遜色多了，但他根本的美幸還不大損失。」〔註 87〕郭沫若一方面認同不可

〔註 82〕周作人：《譯詩的困難》，《周作人自編集·自己的園地》，北京：十月文藝出版社，2011 年，第 19～20 頁。

〔註 83〕梁宗岱：《附錄》，《梁宗岱譯詩集》，長沙：湖南人民出版社，1983 年，第 203 頁。

〔註 84〕林語堂：《論翻譯》，吳曙天編《翻譯論》，上海：光華書局，1937 年，第 23 頁。

〔註 85〕朱光潛：《談翻譯》，《華聲》1944 年第 1 卷第 4 期。

〔註 86〕郭沫若致宗白華信，《郭沫若全集》文學編第 15 卷，北京：人民文學出版社，1990 年，第 121 頁、第 134 頁。

〔註 87〕郭沫若：《〈木犀〉附白》，《創造》季刊 1922 年第 1 卷第 3 期，第 69 頁。

譯，一方面又堅持翻譯，在最不可譯的詩歌譯介方面從不落人後。郭沫若精通德、日、英等國文字，在長達幾十年的文學著譯生涯中，曾譯過海涅、泰戈爾、歌德、雪萊、莪默、惠特曼等幾十位外國詩人的詩 200 餘首，留給我們的譯詩集有：《魯拜集》（1924 年 1 月上海泰東圖書局初版）、《雪萊詩選》（1926 年 3 月上海泰東圖書局初版）、《德國詩選》（1927 年 10 月上海創造社出版部初版）、《沫若譯詩集》《新俄詩選》（與李一氓合譯，1929 年 10 月上海光華書局初版）、《赫曼與竇綠苔》（1942 年 4 月重慶文林出版社初版）、《英詩譯稿》（1981 年 5 月上海譯文出版社初版），另外還可以加上《浮士德》（第一部於 1928 年 2 月由上海創造社出版部出版，全譯本於 1947 年 11 月上海群益出版社出版）。

　　一方面說著詩不可譯，一方面又在譯詩方面取得驕人的成就。不獨郭沫若如此，其他感慨詩不可譯的人們，往往也有著較為豐富的翻譯成果。甚或有譯者覺得自己的翻譯並沒有辜負原作。梁啟超談到《十五小豪傑》的翻譯時說：「此書為法國人焦士威爾奴所著，原名《兩年間學校暑假》。英人某譯為英文，日本大文家森田思軒，又由英文譯為日本文，名曰《十五少年》，此編由日本文重譯者也。英譯序云：用英人體裁，譯意不譯詞，惟自信於原文無毫釐之誤。日本森田氏自序亦云：易以日本格調，然絲毫不失原意，今吾此譯，又純以中國說部體段代之，然自信不負森田。」〔註88〕英譯之時就已經「譯意不譯詞」，從英語到日語，再從日語到漢語，譯者都覺得自己對得起原文，若是從動態的對等審視翻譯的這段旅程，那麼，所謂的不可譯就是從原作看，一切的翻譯都是改變，然而，若是從譯作向後追溯，所有的譯作都承認自己忠實於原作，起碼對於譯者來說是真誠相信如此。當人們承認一千個讀者就有一千個哈姆萊特的時候，又怎麼能夠否認真誠的譯者對於原作可能會有各種不同的理解和把握呢？

　　可譯與不可譯之間看似矛盾的表現，皆源於譯者對原語文本和譯語文本兩者之間關係的理解。說不可譯，這是從原語文本的整體性來說的。一個作品完成之後就有了自己的生命，改變一部作品的語言，也就改變了這部作品的完整性，改變了它原有的生命，就這個層面來說，不可譯。不可譯不等於不能譯。郭沫若在《古書今譯的問題》中說：「詩的翻譯，假使只是如像對翻

〔註88〕少年中國之少年（梁啟超）：《〈十五小豪傑〉譯後語》，《新民叢報》1902 年第 6 期。

電報號碼一樣，定要一字一句的逐譯，這原是不可能的事：因為這樣逐譯了出來，而譯文又要完全是詩，這除非是兩種絕對相同的語言不行。兩種絕對相同的語言沒有，有時亦無須乎翻譯了。隨你如何說，詩的翻譯，絕不是那麼一回事！詩的翻譯應得是譯者在原詩中所感得的情緒的復現。」〔註89〕郭沫若強調了翻譯所涉兩種語言的問題。語言不同，所以譯語文本要成其為詩就不能和原語文本一樣。在致孫銘傳的信中，郭沫若說：「譯詩不是件容易的事。把原文看懂了，還要譯出來的是『詩』才行。」〔註90〕原語文本是詩，譯語文本也應該是詩，而且應該「要完全是詩」。〔註91〕譯詩也「要完全是詩」，這是郭沫若找到的譯詩的方式和途徑。

郭沫若既說過譯詩「要完全是詩」，也說過「譯詩得像詩」〔註92〕，前者是郭沫若早期從事譯詩活動時提出的主張，後者是郭沫若在建國後提出來的主張。從「是詩」到「像詩」，郭沫若的譯詩思想出現了某些內在的變化，簡單地說便是從詩之內在律的追求逐漸轉向了外在律，對詩歌外在的表現形式越來越重視。這種變化，與詩人所處社會環境的變化有關，也與詩人自身詩歌觀念的某些變化有關。竊以為最能代表郭沫若譯詩思想的，是「要完全是詩」的思想，秉持這一思想時期的郭沫若，譯詩成績也最為豐碩。轉向「像詩」之後，郭沫若留下的譯詩成績主要是《英詩譯稿》，更多地是自娛自樂式的翻譯，「像詩」的譯詩已經失掉了早期譯詩帶給讀者的強大衝擊力。

有「完全是詩」的譯詩，就有不完全是詩的譯詩。完全是詩與不完全是詩，其中需要謹慎對待的便是何為詩？只有譯者主體抱有明確的詩的概念，才能依據這個概念對譯作進行判斷，分別是「完全是詩」，還是不完全的詩。穆木天提出「詩的思維術」，區分散文與詩歌，結果卻還是如朱湘所說：「詩與散文的區別究竟何在，無人能夠解答。」〔註93〕郭沫若強調詩「沒有一定的外形的韻律」，特別突出的是詩「自體」的節奏，實際上是將詩（尤其是散文詩）與散文的劃分界限神秘化了。於是，我們由此見出了郭沫若譯詩的推

〔註89〕郭沫若：《古書今譯的問題》，《創造週報》1924 年 1 月 20 日第 37 號，第 8 頁。

〔註90〕郭沫若致孫銘傳信，《創造日》1923 年 8 月 31 日。

〔註91〕郭沫若：《古書今譯的問題》，《創造週報》1924 年 1 月 20 日第 37 號，第 8 頁。

〔註92〕郭沫若：《談文學翻譯工作》，《人民日報》1954 年 8 月 29 日。

〔註93〕朱湘：《寄趙景深（十七）》，羅念生編《朱湘書信集》，上海：上海書店，1983 年，第 89 頁。

論方式：譯詩也須是詩，而詩與散文的分別源於「自體」而非韻律等外在的因素，故而譯詩要成為詩，就不能過多地拘泥於原詩的形式，或過多地考慮譯詩的形式建構問題，而是要譯出原詩的那種「自體」的東西，而這種「自體」的東西在郭沫若看來便是「風韻」。

當郭沫若談譯詩也要是詩的時候，他是從譯作的角度談論詩歌翻譯的。在《〈卷耳集〉序》中，郭沫若贊許泰戈爾詩歌自譯的成就時說：「太戈爾把他自己的詩從本加兒語譯成英文，在他《園丁集》的短序上說過：『這些譯品不必是字字直譯——原文有時有被省略處，有時有被義釋處』。他這種譯法，我覺得是譯詩的正宗。」〔註94〕所謂「譯詩的正宗」，具體來說，便是不能以原作拘囿譯作，原作有自身的生命，譯作也有自己獨立的生命。兩個有著獨立生命的文本之間，真正一致的是詩之所以成其為詩的內在特徵，即譯詩和原詩「內容幾乎完全不同，但是那詩中所流的精神，是沒有甚麼走轉。」〔註95〕如何保證「詩中所流的精神」「沒有甚麼走轉」？郭沫若撚出來的方式和途徑是「風韻譯」。

（二）「風韻譯」的提出及闡釋

郭沫若是「風韻譯」的首倡者。凡關注中國現代文學翻譯問題的，都無法忽視郭沫若的「風韻譯」。1920 年 3 月 15 日，田漢在《少年中國》月刊上發表《歌德詩中所表現的思想》，文後有「沫若附白」：「詩的生命，全在他那種不可把捉之風韻，所以我想譯詩的手腕於直譯意譯之外，當得有種『風韻譯』。顧謭陋如余，讀歌德詩，於文辭意義已苦難索解；說到他的風韻，對於我更是不可把捉中之不可把捉的了。」〔註96〕在為田漢文章所寫的「附白」中，郭沫若第一次明確地提出了「風韻譯」這個概念。這段「附白」類似《創造》季刊上填補空白位置的「曼衍言」，屬於感興類的文字，而不是闡發類的文字，全文只有兩句話 80 餘字，這麼簡短文字根本沒有闡釋「風韻譯」思想的餘地。

1922 年郭沫若在《批判意門湖譯本及其他》一文中再次重申：「我始終相

〔註94〕郭沫若：《〈卷耳集〉序》，《郭沫若全集》文學編第 5 卷，北京：人民文學出版社，1984 年，第 157～158 頁。

〔註95〕郭沫若：《波斯詩人莪默伽亞謨》，《創造》季刊 1922 年第 1 卷第 3 期，第 11頁。

〔註96〕郭沫若：《〈歌德詩中所表現的思想〉「沫若附白」》，《少年中國》1920 年 3 月 15 日第 1 卷第 9 期。

信，譯詩於直譯，意譯之外，還有一種風韻譯。」〔註97〕有時郭沫若也說「氣韻」:「我們相信理想的翻譯對於原文的字句，對於原文的意義，自然不許走轉，而對於原文的氣韻尤其不許走轉。原文中的字句應該應有盡有，然不必逐字逐句的呆譯，或先或後，或綜或析，在不損及意義的範圍以內，為氣韻起見可以自由移易。」〔註98〕劉半農早在 1921 年就提出:「直譯（literal translation）並不就是字譯（transliteration）。」〔註99〕林語堂將「逐字逐句的呆譯」稱為「字譯」:「按譯者對於文字的解法與譯法不外兩種，就是以字為主體，與以句為主體。前者可稱為『字譯』，後者可稱為『句譯』。」〔註100〕「句譯」不是「逐句的呆譯」，而是把握原句意蘊的基礎上以動態對等的方式進行翻譯，注重的是譯出風韻。風韻，「多指詩文書畫的風格、神韻。」氣韻，「（詩文或書畫的）意境和韻味。」風韻、氣韻說法雖異，但郭沫若用這些詞彙談及文學翻譯時所表達的內在思想是一致的，都是努力地想要呈現原作品「活的精靈」。〔註101〕

較為完整地闡述「風韻譯」思想，且配以翻譯批評實踐的文字是《批判意門湖譯本及其他》。《意門湖》（郭沫若與錢君胥合譯所用譯名為《茵夢湖》，後文敘及此書時統一使用漢譯名《茵夢湖》）的原作者是德國的特奧多·施托姆（1817～1888）。1921 年上海泰東圖書局出版了郭和錢的合譯本，後來又有唐性天、梁遇春、巴金等人的譯本問世。創造社小夥計周全平還曾模仿這部小說創作了《林中》。《茵夢湖》講述的是青梅竹馬的男女主人公萊茵哈德和伊麗莎白之間的故事。長大後的萊茵哈德外出求學，而伊麗莎白則依從母親的心願嫁給了萊茵哈德的好友艾利希。多年之後，萊茵哈德應好友艾利希的邀請去作客。在茵夢湖畔艾利希的莊園裏，萊茵哈德和伊麗莎白重逢。餘情未了的兩人經歷了種種痛苦的煎熬之後，萊茵哈德遠走他鄉，孤獨終老。

〔註97〕郭沫若:《批判意門湖譯本及其他》,《創造》季刊 1922 年第 1 卷第 2 期，第 28 頁。
〔註98〕郭沫若:《討論注譯運動及其他》,《郭沫若全集》文學編第 16 卷，北京:人民文學出版社，1989 年，第 144 頁。
〔註99〕劉半農:《關於譯詩的一點意見》,海岸編《中西詩歌翻譯百年論集》,上海:上海外語教育出版社，2007 年，第 12 頁。
〔註100〕林語堂:《論翻譯（代序）》,《翻譯論》,上海:光華書局，1933 年，第 8 頁。
〔註101〕李行健主編:《現代漢語規範詞典》,北京:語文出版社，2004 年，第 393 頁、第 1029 頁。

在《批判意門湖譯本及其他》一文中，郭沫若將譯作分出了「上乘」「佳品」和「藝壇之外」三種。「字面，意義，風韻，三者均能兼顧，自是上乘。即使字義有失而風韻能傳，尚不失為佳品。若是純粹的直譯死譯，那只好屏諸藝壇之外了。」「字面」「意義」和「風韻」三者能兼顧的譯作為「上乘」，「字面」和「意義」有失而「風韻」能傳達出來的譯作為「佳品」。這兩種翻譯又被郭沫若視為「藝術家的譯品」。第三種「藝壇之外」的譯作又有兩類：一類是純粹的直譯死譯，一類則誤譯連綿的「夢夢然翻譯」。「字面」、「意義」和「風韻」三者，郭沫若首重「風韻」。「上乘」和「佳品」兩類的判斷基點都是「風韻」，有「風韻」自成藝術品。若無「風韻」，即便「字面」「意義」不錯，也被摒棄在「藝壇之外」，這是因為「譯詩的手腕決不是在替別人翻字典，決不是如像電報局生在替別人翻電文。」〔註102〕

譯者如何才能在翻譯過程中傳達出原作的「風韻」，使譯文超越「佳品」而成其為「完美的譯品」？郭沫若談到雪萊詩的翻譯時說：「譯雪萊的詩，是要使我成為雪萊，是要使雪萊成為我自己。譯詩不是鸚鵡學話，不是沐猴而冠。男女結婚是要先有戀愛，先有共鳴，先有心聲的交感。我愛雪萊，我能感聽得他的心聲，我能和他共鳴，我和他結婚了。——我和他合而為一了。他的詩便如像我自己的詩。我譯他的詩，便如像我自己在創作的一樣。」〔註103〕「使我成為雪萊」並非是譯者郭沫若自誇之語。郭沫若翻譯的《少年維特之煩惱》中有這樣一段話：「有種作家是我頂愛的，我能在他作品中發現我的世界來，如像我周圍的境地一樣，這種作品我是非常喜歡，非常合意，就如像我自己的家庭生活一樣，雖然不是個樂園，但是總是一個不可言說的幸福底源泉。」〔註104〕以維特書簡中的這段話反觀郭沫若的譯詩觀，可以發現「使我成為雪萊」至少包含有兩層意思：首先，便是譯者的天才觀、創作觀；其次，便是翻譯對象的選擇問題。譯者應該選擇那些「頂愛的」「非常合意」的翻譯對象，這樣才有可能在翻譯的過程中與原作者產生共鳴，最終達到「使我成為雪萊」的效果。

郭沫若對 Fitzgerald 的英文版 Rubaiyat 的推崇和「使我成為雪萊」的思

〔註102〕郭沫若：《批判意門湖譯本及其他》，《創造》季刊 1922 年第 1 卷第 2 期，第 28 頁。

〔註103〕郭沫若：《雪萊的詩》，《創造》季刊 1923 年第 1 卷第 4 期。

〔註104〕〔德〕歌德：《少年維特之煩惱》，郭沫若譯，上海：創造社出版部，1928 年，第 26 頁。

想，都曾遭到國內一些譯者的駁斥。范存忠指出：「嚴格地說，這（《魯拜集》譯文）實在不是翻譯，或並不完全是翻譯」，按照英國翻譯家德賴登的觀點，可以將其「歸入『擬作』一類」。〔註105〕將忠於原作視為譯者的第一責任，自然就不會像郭沫若那樣將 Fitzgerald 的英譯本《魯拜集》視為「完美的譯品」。徐志摩批評胡適譯莪默詩時說：「有專注重神情的，結果往往是另寫了一首詩，竟許與原作差太遠了，那就不能叫譯，例如適之那首莪默，未始不可上口，但那是胡適。不是莪默。」〔註106〕按照徐志摩的邏輯，Fitzgerald 的英譯本雖然精美，但那也只能是 Fitzgerald，而不是莪默，這樣的翻譯自然算不上「完美」。郭沫若提出的「風韻譯」思想，不是拋棄忠實，也不是削弱忠實在翻譯中所佔的分量，而是力圖從譯者主體的角度，探索譯作藝術性的構建與生成問題。

英國塞沃里（T.Savory）說：「譯者決不能忘記自己是個譯者，手中的作品並不是自己的作品……譯者必須毫不留情地『抹去』自己……儘管這種『抹去』有時是十分痛苦的。」〔註107〕「抹去」自己而忠於原作，這就不可能出現郭沫若所說的「使我成為雪萊」。郭沫若的「風韻譯」思想強調譯作應包含著譯者主體的「我」，原作的風韻通過譯者的風韻得以再現，「完美的譯品」應該是原作的風韻與譯者的風韻相互碰撞、搏擊，而後融合為一。郭沫若提出譯詩也「要完全是詩」，所強調的不僅僅是譯詩應該有詩意，還包含著對譯者在翻譯過程中的創造性工作的積極肯定，譯也就是作。

在《批判意門湖譯本及其他》一文中，郭沫若不僅從內容到形式明確了「風韻譯」的某些要求，同時還以《茵夢湖》中一首民謠（即《我的媽媽所主張》）的翻譯為例做了剖析。對郭沫若譯的這首民謠，國內也有學者曾從「風韻譯」的角度做過分析，可惜有些分析與郭沫若「風韻譯」的本意並不十分吻合，甚或背道而馳。因此，有必要重新從郭沫若自己作為「風韻譯」批評案例的譯文梳理和剖析郭沫若的「風韻譯」思想。下面是《我的媽媽所主張》的第三節：

〔註105〕范存忠：《英國詩人論詩的翻譯》，《翻譯通訊》1982 年第 4 期，第 18 頁。

〔註106〕徐志摩：《一個譯詩問題》，《現代評論》1925 年 8 月 29 日第 2 卷第 38 期。

〔註107〕轉引自軒然：《自然風格翻譯縱橫》，《外國語》1985 年第 5 期，第 13～14 頁。

	《我的媽媽所主張》德語原文	唐性天譯文	郭沫若、錢君胥譯文
1	Für all mein Stolz und Freud	代了我的一概驕氣和快樂	縱有矜榮和歡快,
2	Gewonnen hab ich geschehen,	就是一場痛苦。	徒教換得幽怨來。
3	Ach, wär das nicht geschehen	唉！但願不致發生這事,	若無這段錯姻緣,
4	Ach, könnt ich betteln gehen	唉！還是願意做乞丐	縱使乞食走荒隈,
5	Über die braune Heid！	在一片曠野地方！	我也心甘愛！

　　郭沫若談到這首民謠的翻譯時說：「對於原文的音調如何，格律如何，我們姑且不論」，「單就譯字的當否來研究」〔註108〕，認為 Wollen、Entschluss 和 Verlangen 等詞的漢譯都出現了錯謬，進而判定唐性天的翻譯是「失敗」的。郭沫若在《論翻譯的標準》一文中說：「張東蓀氏說翻譯沒有一定的標準，這在文體上是可以說得過去：譬如你要用文言譯，我要用白話譯，你要用達意體譯，我要歐化體譯，這原可說沒有一定的標準。但是這些所爭的是在甚麼？一句話說盡：是在『不錯』！錯與不錯，這是有一定的標準的！」〔註109〕郭沫若承認翻譯批評在某些方面「沒有一定的標準」，「有一定的標準的」是在「錯與不錯」。《批判〈意門湖〉譯本及其他》在指謫了唐性天民謠翻譯的錯誤之外，郭沫若還特別撚出了《意門湖》譯本其他各處錯譯誤譯 42 項。「字面」「意義」和「風韻」三者中，郭沫若雖然首重「風韻」，批評實踐卻重在「字義有失」。除了批評策略的考量外，郭沫若應該是將「字義有失」與「風韻」關聯起來，即「字義有失」不是簡單的對譯錯誤，而是源於對原語文本理解和體味的錯訛。

　　批評錯譯和誤譯佔據了《批判意門湖譯本及其他》一文絕大部分篇幅，只有對上文所引《我的媽媽所主張》第三節的分析，筆鋒所向重在「氣韻」。郭沫若將自己的譯文、唐性天的譯文、德語原文都列出來，通過這種比照，意在表明唐性天的譯文是「在替別人翻電文」，屬於純粹的直譯，這樣的翻譯缺少譯者主體的創造，屬於「藝壇之外」的產物。相比較而言，郭沫若的譯文則是「讀了原詩所得的感興用自己的文字寫出來的」。所謂「寫出來」，首先表現在譯者主體對原語文本的主觀選擇上，如扔掉了原語文本中的感嘆詞（在唐性天譯文及後來譯者的譯文中，都有感嘆詞 Ach 的漢譯）。其次是

〔註108〕郭沫若：《批判意門湖譯本及其他》，《創造》季刊 1922 年第 1 卷第 2 期，第 26～28 頁。
〔註109〕郭沫若：《論翻譯的標準》，《創造週報》1923 年 7 月 23 日第 10 號，第 14 頁。

表現在揉入了譯者主體的「感興」。「縱有矜榮和歡快」這個詩句在郭沫若的行文中也有「所有的矜榮和歡快」這樣的表述，相比較之下，「所有的矜榮和歡快」顯然在字面和意義上更吻合原文，而郭沫若譯詩最終選擇的卻是「縱有矜榮和歡快」。郭沫若談到「縱有矜榮和歡快」這一詩句的翻譯時說：「我以為『所有的矜榮和歡快』是在說處子時代的，君胥以為不然，以為宜解作現時所有的物質上的。我以君胥的解釋更覺深永，所以我們譯詩時從了他。」翻譯其實也是一種閱讀，由原語詩句生發的「感興」，因譯者主體的差異而見仁見智，有種種的不同。諸多「感興」中，很多時候也能分出「深永」等差別。郭沫若覺得錢君胥的理解更為「深永」，說的就是這個問題。不同的譯者對原語作品的「感興」及傳達有優劣深淺，這些也就決定了譯作在藝壇內外的位置。翻譯的「創作」不是脫離原文的自由創作，而是植根於對原作的理解。理解愈深，「風韻」的傳達便愈妙，能愈好地傳達原作品「活的精靈」。

　　在白話新詩創作中展現了真正的詩體大解放的郭沫若，在詩歌翻譯中卻比較重視押韻等問題。郭沫若說：「詩的生命在它內容的一種音樂的精神。至於俗歌民謠，尤以聲律為重。翻譯散文詩、自由詩時自當別論，翻譯歌謠及格律嚴峻之作，也只是隨隨便便地直譯一番，這不是藝術家的譯品，這只是言語學家的解釋了。」〔註110〕在郭沫若看來，「風韻譯」需要考慮原語文本的體裁形式。何俊在《從郭沫若翻譯〈茵夢湖〉看其風韻譯》一文談到《我的媽媽所主張》第三節詩的翻譯時說：「郭沫若的譯詩完全遵循原詩的外在形式，但在韻腳上與原詩相比則隨意得多，比如譯詩每一小節的第三、四句都沒有押韻，而第三節的最後一句也沒有跟首二句押韻。」「完全遵循原詩的外在形式」這樣的評述完全不知所謂，也與郭沫若「風韻譯」的追求不相符。談到郭沫若這首譯詩的押韻問題，何俊的引文將「我也心甘愛」錯引成了「我也心甘受」，如此一來，郭沫若譯詩看起來就成了，「第三節的最後一句也沒有跟首二句押韻」。於是，在譯詩的押韻問題上，郭沫若的表現似乎就是自由隨意：「有時為了押韻而採用歸化的翻譯策略，有時為了保留原詩的『神韻』而捨棄韻腳」。〔註111〕從表達的邏輯上來說，這樣的結論很辯

〔註110〕郭沫若：《批判意門湖譯本及其他》，《創造》季刊1922年第1卷第2期，第28頁。

〔註111〕何俊：《從郭沫若翻譯〈茵夢湖〉看其風韻譯》，《郭沫若學刊》2014年第1

證。從《從郭沫若翻譯〈茵夢湖〉看其風韻譯》一文所分析的郭沫若三首譯詩來看，這樣的結論首先因為譯文本引用的錯誤而出現了分析上的偏差：郭沫若的三首譯詩都押韻，譯者並沒有「捨棄韻腳」，只是韻腳的處理方式與原詩稍有出入，相比之下更契合國人的韻律審美罷了。郭沫若《我的媽媽所主張》第三詩節最後一句跟首二句是押韻：首句尾字是「快」，第二句尾字是「來」，第三句尾字是「愛」，押 ai 韻。押韻但並不完全遵循原詩外在格律形式，這恰恰是郭沫若在《茵夢湖》譯詩中呈現其「風韻譯」的地方。「風韻譯」不是「替別人翻電文」，而是「在不損及意義的範圍以內，為氣韻起見可以自由移易。」〔註112〕而「自由移易」的前提便是對原語文本的理解和體味，對於中西詩學能夠入乎其內出乎其外。

　　郭沫若強調詩歌翻譯要譯出「詩中所流的精神」「活的精靈」，這才是譯詩也成其為詩的核心因素。郭沫若譯詩中表現出來的押韻、詩行的相對整齊等諸多特徵，也都頗為引人注意。同為詩人兼翻譯家的卞之琳就曾指出：「郭的第一部新詩集《女神》的出版（1921 年），特別以其中直接受惠特曼影響而寫的一些詩，終於和舊詩劃清了界線：它們既擺脫了舊詩傳統（特別是其中平直一路）構思的老套，又並不失諸平板、拖沓，語言節奏與語提散文有鮮明的不同，跨入了胡適等人還沒有登堂入室的道地自由詩的新領域。但是郭隨後一動手譯詩，卻來了一個反覆或轉折。因為他所譯的歌德、雪萊、海涅等人的原作主要是西方傳統的格律體，按照他日後所說『譯詩得像詩』的主張，也不得不注意一點音韻。這倒和胡適譯《關不住了！》一起，無意中為白話新詩節奏的規律化探索走出了一步，結果卻又和胡適那首譯詩差不多，開創了一種半格律體，只是較為鬆散，反而從舊詩襲用了濫調，連同陳舊的辭藻。這種詩體後來就成了新詩最流行模式的一個極端，到今日與同它對立、處在另一個極端的自由詩以至超自由詩的新模式，仍然分擔著主流地位。原來，郭自己日後所說的『譯詩得像詩』，實際上是要中國傳統詩化。」〔註113〕郭沫若從詩之所以為詩的內在本質著手提出的譯詩

期，第 51 頁。

〔註112〕郭沫若：《討論注譯運動及其他》，《創造》季刊 1923 年第 2 卷第 1 號，第 39 頁。

〔註113〕卞之琳：《翻譯對於中國現代詩的功過》，《人與詩：憶舊說新（增訂本）》，合肥：安徽教育出版社，2007 年，第 366～367 頁。

觀念，在實際的效驗上卻被人視為「新詩節奏的規律化探索」「中國傳統詩化」，這恐怕是郭沫若最初沒有想到的。

要求譯詩要像詩與詩歌創作追求的裸體詩並不是一回事。郭沫若主張：「詩是抒情的文字，真情流露的文字自然成詩。新詩便是不假修飾，隨情緒之純真的表現而表現以文字。打個比喻如像照相。舊詩是隨情緒之流露而加以雕琢，打個比喻如像畫畫。」〔註114〕「詩不是『做』出來的，只是『寫』出來的。」〔註115〕「做」就是有固定的模式可循，「寫」就傾向於裸體詩的創作。一旦譯者心中產生了「像詩」的想法，也就說明詩歌形式有了參照的規範，譯詩也就帶有了做詩的意味。卞之琳認為郭沫若譯詩中的格律緣於所翻譯的對象，這固然是一個重要的原因，卻也不能忽略譯詩與作詩的區別。郭沫若強調譯詩也是作詩，但翻譯畢竟不是創作，新詩如果說是「寫」出來的，譯詩就更像是「做」出來的。從「做」的角度審視譯詩時，就不能不正視這樣一個事實：郭沫若「從來沒有放棄過舊體詩的寫作；相反，在長達87年的人生中，他作了1500首以上的舊體詩。因此，我們在探討郭沫若現代詩歌的時候不能忽視他的古典詩涵養與舊體詩寫作。」〔註116〕不僅探討現代詩歌時不能忽略他的古典詩涵養與舊體詩創作，探討譯詩時更應如此。郭沫若譯詩所呈現出來的格律化色彩主要是中國傳統式的，而不是歐式的。

要求譯詩也是詩，「是詩」就意味著已經存在一個詩的概念及具體的模樣，這個概念和具體的模樣不是裸體的詩，因為裸體的詩本身沒有模樣，所以也就不存在像不像的問題。談到《浮士德》的翻譯時，郭沫若說：「譯文學上的作品不能只求達意，要求自己譯出來的結果成為一種藝術品。這是很緊要的關鍵。」〔註117〕郭沫若在給宗白華的信中說：「詩＝（直覺＋情調＋想像）＋（適當的文字）。」〔註118〕那時候強調的是「達意」，即「直覺＋

〔註114〕1921年給父母的書信，《櫻花書簡》，成都：四川人民出版社，1981年，第165頁。

〔註115〕郭沫若致宗白華，《郭沫若全集》文學編第15卷，北京：人民文學出版社，1990年，第14頁。

〔註116〕〔日〕藤田梨那：《郭沫若的異域體驗與創作》，北京：人民出版社，2019年，第44頁。

〔註117〕郭沫若：《第一部譯後記》，〔德〕歌德：《浮士德》，郭沫若譯，合肥：安徽人民出版社，2013年，第435頁。

〔註118〕郭沫若致宗白華，《郭沫若全集》文學編第15卷，北京：人民文學出版社，

情調＋想像」，文字的部分未被真正注意到。談及《浮士德》的翻譯時，郭沫若認為「不能只求達意」，追求「藝術品」完成的其他因素的共同作用。作詩與譯詩，從一開始在郭沫若那裡就有了觀念上的差異。和郭沫若自身詩歌創作相比，譯詩在詩形和語言方面的探索精神未免稍稍遜色，當郭沫若新詩創作語言和形式不斷創新的時候，詩歌翻譯卻呈現出相對保守的姿態。這種情況的存在，既是郭沫若詩歌（譯詩）理念包含著的內在矛盾的體現，也是新詩探索階段表現出來的內在張力。在既有的詩歌傳統和新的詩歌形體之間，如何能夠使得譯詩也是詩，對於郭沫若及其他現代詩人兼詩歌翻譯者來說，始終都是在兩個「我」兩種觀念的矛盾和衝突中不斷探索著前進的艱難旅程。

1990 年，第 16 頁。

第三章　卅載年華鑄精品：《浮士德》翻譯研究

　　郭沫若曾被視為「東方歌德」〔註1〕，是歌德最為重要的漢語譯介者。漢學家高利克認為：「如果說中國文學中出現過一部《浮士德》，那麼也只可能是翻譯文學的《浮士德》，而郭沫若的譯本可能是其中最有趣的一部。」〔註2〕上海新詩社出版部於 1920 年 1 月初版的《新詩集》，收有孫祖宏翻譯的《窮人的怨恨》、郭沫若翻譯的《從那滾滾大洋的群眾裏》，王統照翻譯的《蔭》。胡適的《嘗試集》裏也收入譯詩《老洛伯》《關不住了》《希望》和《哀希臘歌》《墓門行》，胡適還將《關不住了》這一首詩視為「我的『新詩』成立的紀元。」〔註3〕另外，許德鄰編《分類白話詩選》共收譯詩 14 首，計郭沫若譯歌德兩首，劉半農譯泰戈爾一首，田漢譯呂斯璧三首，SZ 譯三首，胡適譯三首，蔚南譯泰戈爾一首，黃仲蘇譯太戈爾十六首。詩歌選「卷一」為「寫景類」，所選第一首便是郭沫若譯歌德的詩《暮色垂空》（自然也是整部詩選的第一首）：

　　　暮色自垂空，
　　　近景以迢遞；
　　　隱約耀霞輝，

〔註1〕桑逢康：《郭沫若和他的三位夫人》，海口：海南出版社，2001 年，第 56 頁。
〔註2〕〔斯洛伐克〕馬利安・高利克：《歌德〈浮士德〉在郭沫若寫作與翻譯中的接受與復興（1919～1922）》，《漢語言文學研究》2012 年第 3 期，第 17 頁。
〔註3〕胡適：《再版自序》，《嘗試集・附去國集》，合肥：安徽教育出版社，2006 年，第 27 頁。

明星初上時！

萬象在暗裏浮沉，

薄霧在空際淒迷；

反映著暗影陰森，

湖水靜來無語。

俄見東邊天際，

彷彿月明如火；

纖柳細細如絲，

絲枝弄湖波。

坦娥的靈光委佗，

涓涓的夜景清和，

清和的情趣由眼到心窩。〔註4〕

郭沫若譯的另一首詩仍然是歌德的，題目是《感情之萬能》：

你若於此感情之中全然覺著榮幸，

你可任意地命他一個名，

名他是幸福！名他是心！名他是愛，名他是神！

我看他是名不可名！

感情便是一切；

名號只是虛聲，

只是迷繞著天光的一抹煙雲。〔註5〕

1919年，接近而立之年的郭沫若開始翻譯《浮士德》。這一譯，前後斷斷續續用去了三十年。郭沫若在《浮士德》第二部「譯後記」中說：「開始翻譯《浮士德》已經是一九一九年的事了」，「第一部的開始翻譯到出版，中間還經歷過一些挫折，足足相隔了十年。」又隔了二十年後，「又把這第二部翻譯了出來」，整個譯本「前前後後綿亙了差不多三十年」。〔註6〕

人生能有幾個三十年？

三十年的時間裏，郭沫若的主要精力並沒有放在《浮士德》的漢譯工作

〔註4〕 許德鄰編：《分類白話詩選》，北京：人民文學出版社，1988年，第3頁。

〔註5〕 許德鄰編：《分類白話詩選》，北京：人民文學出版社，1988年，第207頁。

〔註6〕 郭沫若：《第二部譯後記》，〔德〕歌德：《浮士德》，郭沫若譯，合肥：安徽人民出版社，2013年，第437頁。

上。這三十年是郭沫若一生最為忙碌的時間段之一，從事文學創作、翻譯、史學研究、甲骨文研究、抗戰文協的工作等。與辛克萊、沁孤、高爾斯華綏等的漢譯工作相比，與對歌德其他著作的翻譯相比，郭沫若對《浮士德》的關注及翻譯在時間跨度上的確無與倫比。造成《浮士德》翻譯時間跨度如此長的原因有很多，其中最重要的自然應該是郭沫若對《浮士德》的喜愛。《浮士德》是郭沫若談論最多的外國文學巨著，有讚美也有批評，說明對郭沫若產生的影響深遠又複雜。

唐弢在其主編的《中國現代文學史》「緒論」中寫道：「『五四』文學革命時期，為了反對封建文學並使文學適應於新的社會現實，曾經著重介紹和學習了西方近代文學。這是一個前進的與運動。當時的新文學，從思想傾向到形式、結構、表現方法，都曾廣泛接受了外國文學尤其是俄國文學的積極影響。歐洲進步文學，從歌德、易卜生、托爾斯泰、契訶夫到高爾基，可以說哺育了我國新文學的最初一代作家。」其中，歐洲進步文學部分被放在首位的就是歌德。在第一章「『五四』文學革命及其發展」中，再次敘述外國文學的大量介紹時，歌德等的名字不見了，俄國文學成了主流，「俄國以及其他歐洲各國、日本、印度的一些文學名著，從這時起較有系統地陸續被介紹給中國讀者。」〔註7〕從緒論到第一章，有關歌德的微妙敘述顯示了這位德國巨匠在中國接受的複雜性。歌德在「五四」文學革命期間對中國新文學的影響，主要就是《浮士德》和《少年維特之煩惱》兩部著作的譯介。這兩部巨著最早的全譯者，都是郭沫若。

1878年（光緒四年）11月29日，李鳳苞在《使德日記》中寫道：「果次為德國學士巨擘，生於乾隆十四年。十五歲入來伯吸士書院，未能卒業。往士他拉白希習律，兼習化學、骨骼學三年。考充律師。著《完舍》書。」〔註8〕「果次」就是歌德，《完舍》就是《少年維特之煩惱》。錢鍾書在《七綴集》中談到李鳳苞的日記，並評價說：「歷來中國著作提起歌德，這是第一次。」〔註9〕

〔註7〕唐弢主編：《中國現代文學史》第1卷，北京：人民文學出版社，1979年，第20～45頁。

〔註8〕李鳳苞：《使德日記》，王雲五編《叢書集成（初編）》，上海：商務印書館，1936年，第37頁、第38頁。

〔註9〕錢鍾書：《漢譯第一首英語詩〈人生頌〉及有關二三事》，《七綴集》，上海：上海古籍出版社，1985年，第156頁。

　　最早提及《浮士德》且給予恰當評價的是王國維。1904 年王國維在《紅樓夢評論》中說:「夫歐洲近世之文學中,所以推格代之《法斯德》為第一者,以其描寫博士法斯德之痛苦及其解脫之途徑最為精切故也。」〔註10〕「格代」即歌德,《法斯德》即《浮士德》。1907 年,魯迅撰寫了《人之歷史》和《摩羅詩力說》。《人之歷史》側重介紹了作為進化論先驅者的歌德。「不變之說,遂不足久饜學者之心也,十八世紀後葉,已多欲以自然釋其疑問,於是有瞿提(W. von Goethe)起,建『形脫論』。⋯⋯從自然哲學深入官品構造及變成之因,雖謂為蘭麻克達爾文之先驅,蔑不可也。」〔註11〕瞿提即歌德。魯迅從文學的角度談到《浮士德》的是《摩羅詩力說》。文中談到拜倫作品中的人物時,以浮士德相比,云:「己有善惡,則褒貶賞罰,亦悉在己,神天魔龍,無以相凌,況其他乎?曼弗列特意志之強如是,裴倫亦如是。論者或以擬瞿提之傳奇《法斯忒》(Faust)云。」〔註12〕不過,歌德並沒有被魯迅列為惡魔詩人的行列。1908 年(光緒三十四年),仲遙在《學報》雜誌第 10 期發表《百年來西洋學術之回顧》一文,簡要介紹了歌德,提到了《浮士德》。

　　上述各家,都還只是停留在簡單介紹的層面。最早專文較為全面地評析《浮士德》的,是張聞天的《歌德的〈浮士德〉》一文。1922 年 8 月 10 日,張聞天撰寫了《歌德的〈浮士德〉》。全文分為兩個部分,第一部分是「歌德與《浮士德》」,第二部分是「《浮士德》中所包含的根本思想」。第一部分主要篇幅都在介紹歌德,最後兩段文字才談到《浮士德》,認為「《浮士德》是歌德一生的經驗的反映和思想的結晶」。第二部分談到了《浮士德》的感情主義和活動主義。「自然界是永久的在活動,人生也永遠是在活動」,「世界上一切複雜的樣式都是拿這些努力為經緯而織成的。」但是,「世界不是盲目的亂動的。它也有一定的目的;那就是進步,就是向善,就是向圓滿。」浮士德最後的得救則是「由於他自己的努力」,「一個人除了努力自救之外,是沒有別的道路的。」〔註13〕張聞天的文章連載於 1922 年《東方雜誌》第 19 卷第 15 期、

〔註10〕王國維:《紅樓夢評論》,《王國維全集》第 1 卷,杭州:浙江教育出版社,2009 年,第 64 頁。

〔註11〕魯迅:《人之歷史》,《魯迅全集》第 1 卷,北京:人民文學出版社,2005 年,第 11〜12 頁。

〔註12〕魯迅:《摩羅詩力說》,《魯迅全集》第 1 卷,北京:人民文學出版社,2005 年,第 79 頁。

〔註13〕張聞天:《歌德的〈浮士德〉》,《張聞天文集》第 1 卷,北京:中共黨史資料出版社,1990 年,第 46〜51 頁。

第 17 期和第 18 期，是國人撰寫的最早的歌德與《浮士德》的專論。張聞天論歌德及《浮士德》的關鍵詞：「活動」與自救之「得救」，固然精彩，但在郭沫若談歌德及《浮士德》的零散文字中都可以尋到痕跡。這樣說並非有意抹殺張聞天此文的價值，而是想要點明對歌德及《浮士德》的理解有社會時代性。

葉雋談到張聞天的《哥德的浮士德》時，特別指出張聞天行文中的文學研究會立場。「無論是『執著人生』，還是『充分地發展人生』，其實就是『為人生』，不過是『借他人酒杯澆自家心中塊壘』，回應的仍是文學研究會的基本立場『為人生』。」撚出張聞天文字中「為人生」的氣息，這自然是不容否認的事實，然而郭沫若也並沒有站在「為藝術而藝術」的立場上談論和翻譯《浮士德》，確認了郭沫若「對浮士德的漸行漸近，乃是發自詩人心性的一種心神契合」，〔註14〕就應該意識到這種「心神契合」絕不是「為藝術」層面上的契合，而是與張聞天強調的那樣「執著人生」、「充分地發展人生」。

1923 年 6 月 15 日，《新青年》季刊創刊號（「共產國際」號）出版，瞿秋白擔任主編。瞿秋白在發刊宣言《〈新青年〉之新宣言》中引用了歌德（瞿秋白譯為葛德）《浮士德》的一段詩句作為題引：

> 我將創造成整個兒的世界，
>
> 又廣大，又簇新；請幾萬萬人
>
> 終身同居住，免得橫受危害，
>
> 只希望我自己的自由勞動……
>
> 我終看得見奇偉的光輝內
>
> 那自由的平民，自由的世界。
>
> 那時我才說：唉，「一瞬」，
>
> 你真佳妙！且廣延，且相繼！
>
> 我所留的痕跡，必定
>
> 幾千百年，永久也不磨滅。

張聞天和瞿秋白等共產黨人譯介歌德的《浮士德》，就是因為在浮士德身上看到了「泰初有為」的精神，瞿秋白並不忠實的譯筆，卻很有感人的力量，其中所寄寓的正是共產黨人為美好的共產主義新世界努力奮鬥的精神。

歌德《浮士德》的第一個漢譯者和漢語全譯者都是郭沫若。1919 年郭沫

〔註14〕葉雋：《德國精神的向度變型——以尼采、歌德、席勒的現代中國接受為中心》，北京：中央編譯出版社，2015 年，第 127 頁、第 128 頁。

若翻譯了《浮士德》第一部，幾經磨折後終於 1928 年由上海創造社出版部出版。1929 年 12 月 15 日，《南國週刊》第 12 期出版，刊登了田漢的《歌德與現代中國》。田漢在文章中寫道：「在廣州的朋友寄來《戲劇》週刊第十二期，擱在案頭幾天了，無意中看見一個引人注意的標題——《浮士德禁演了！》這自然是指德文豪歌德（Goethe）的傑作《浮士德》（Faust）了，那樣號稱世界五大詩人之一底最大傑作卻為什麼會禁演呢？許是因為譯者×××君的名字在廣州正甚為忌諱罷。」「×××君」指的就是郭沫若。當時翻譯《浮士德》且出版了的，且為廣州所忌諱的，只有郭沫若。

此後，又不斷有其他譯者出現，張蔭麟（1932 年）、伍蠡甫（1934 年）、周學普（1935 年）、莫素（1936 年）、錢春綺（1982 年）、董問樵（1983 年）、樊修章（1993 年）、綠原（1994 年）、楊武能（1996 年）、陸鈺明（2011 年）等。柳無忌在《少年歌德與新中國》一文中說：「在近二十年來，沒有任何一位西洋作家，能像歌德這樣有力地影響中國的青年。」〔註15〕2009 年 12 月，人民文學出版社將外國文學獎頒發給了德國當代作家馬丁·瓦爾澤，其獲獎作品是《戀愛中的男人》，這部小說寫的是晚年歌德那年輕的靈魂與日漸衰老的肉體之間的衝突，由此引發的種種痛苦、掙扎及其影響下的藝術昇華。莫言在頒獎典禮上說：「我們從馬丁·瓦爾澤的歌德身上看到了我們自己。儘管我們不可能借助一次荒唐的戀愛使自己成為偉大作家，但我們可以從這樣的人物身上，看到人性的奧秘，看到人通過什麼樣的方式，可以把荒唐變為不朽。」〔註16〕《戀愛中的男人》的獲獎，既是馬丁·瓦爾澤的勝利，也是歌德在當下中國影響依然深遠的明證。莫言對小說意義的闡發，從現實的角度來說，有些針對中國當代文壇出現的「中年危機」的意味。賈平凹在《五十大話》中敘及自己老了的感覺，由此寫到身體和靈魂的分離：「人在身體好的時候，身體和靈魂是統一的，也可以說靈魂是安詳的，從不理會身體的各個部位，等到靈魂清楚身體的各個部位，這些部位肯定是出了毛病，靈魂就與身體分裂，出現煩躁，時不時準備著離開了。」〔註17〕賈平凹寫的是自己的感

〔註15〕〔美〕柳無忌：《少年歌德與新中國》，《西洋文學研究》，北京：中國友誼出版公司，1985 年，第 191 頁。

〔註16〕莫言：《小說的功能大於社會批判——2009 年 12 月在外國文學獎頒獎典禮上的講演》，《莫言講演新篇》，北京：文化藝術出版社，2010 年，第 371 頁。

〔註17〕賈平凹：《五十大話》，《中國文學最佳排行榜（上）》，北京：藍天出版社，2003 年，第 265 頁。

覺，這感覺的表述是否與《浮士德》有關，暫不可知，其間的相似性卻毋庸置疑。與馬丁・瓦爾澤相似，賈平凹在自己的文字中也敘述了年輕的靈魂與日漸衰老的肉體之間的衝突。如果將《五十大話》這類的文字也視為《浮士德》或歌德的中國影響，歌德與《浮士德》之於中國文壇的影響何其深遠也。晚年歌德的戀愛問題或者說對身體與靈魂關係的表述，在現代中國與當代中國都受到了關注，引發的因由及關注點儘管大不相同，卻皆是歌德的中國接受不可或缺的一環。

　　作為《浮士德》漢語譯介的先鋒，郭沫若的譯文是難以超越的高峰，影響至為深遠。當然，這種影響也是雙向的。郭沫若影響了其他後來翻譯者，有些後來翻譯者反過來也影響了郭沫若。郭沫若曾在「譯後記」中說：「我在翻譯時曾經參考過兩種日文譯本：一本是森歐外的，另一本是櫻井政隆的。這些在瞭解上都很幫助了我。還有泰洛的英譯本，林林兄由菲律賓購寄了來，雖在已經譯完之後，但我在校對時卻得到了參考。中文譯本有周學普氏的一種，我更徹底地利用過。」〔註 18〕後來譯者如何影響到先譯者？這種顛倒性的影響與郭沫若翻譯《浮士德》的時間跨度超長有關。在郭沫若斷斷續續地堅持《浮士德》翻譯的時候，其他的一些漢譯文本紛紛問世，如郭沫若自己所說，有些漢譯本他看了，也受到了某些影響。此外，超長的翻譯時間跨度裏，郭沫若譯《浮士德》除了以著作的形式出版之外，譯文中的部分章節曾以各種形式印刷出版過。在現代文壇上曾風行一時的《三葉集》，裏面就有郭沫若翻譯的《浮士德》中的文字。

　　郭沫若數十年如一日翻譯《浮士德》，談論《浮士德》，摘引自己所譯《浮士德》的文字或《浮士德》德語原文，郭沫若的各種努力都在推動著《浮士德》在中國的傳播和接受。《浮士德》對中國現代知識分子和現代文學有著深遠的影響，造成這一現象的原因很多，但是誰都不能否認其中郭沫若居功至偉。在某種程度上，郭沫若譯歌德的功績也正如顧彬所言：「郭沫若翻譯的歌德作品是非常有影響的，如果沒有郭沫若的歌德翻譯，中國的現代文學可能走的是另外一條道路。五四運動以後，不少作品都受到郭沫若翻譯的影響。」〔註 19〕

〔註 18〕郭沫若：《第二部譯後記》，〔德〕歌德：《浮士德》，郭沫若譯，合肥：安徽人民出版社，2013 年，第 439 頁。

〔註 19〕〔德〕顧彬：《郭沫若與翻譯的現代性》，《中國圖書評論》，2008 年第 1 期，

第一節 《三葉集》與《浮士德》翻譯關係梳考

　　《三葉集》是宗白華、田漢、郭沫若三人的通信集。這部通信集共收錄三個人 1920 年 1 月至 3 月間的通信共計 20 封，其中宗白華 8 封（致田漢 1 封、致郭沫若 7 封）、田漢 5 封（致宗白華 2 封、致郭沫若 3 封）、郭沫若 7 封（致宗白華 4 封、致田漢 3 封）。1920 年 5 月，《三葉集》由上海亞東圖書館初版發行，卷首有三篇序言：田漢、宗白華兩人各自撰寫的序，以及郭沫若翻譯的《浮士德》詩歌片段。截至 1941 年 5 月，《三葉集》已經印了 15 版。

　　信件的輯錄是在 1920 年 3 月，田漢在春假時於 3 月 19 日乘坐火車到福岡拜訪郭沫若，兩人一起遊覽太宰府、西公園等，在通遊共玩的幾天裏，田漢整理了三個人的通信，編輯成書。其實，輯錄三人通信的意願，早在 2 月 29 日田漢寫給郭沫若的信中就有所表示。「你前給白華的信，及白華給你的信，我給你的三封信，你回我的二封信，或你再回我一封信，可不可以集在一塊兒發表？如可以，請都寄給我（我自己的信是沒有存稿的），我寄往《少年中國》去飼真生活的愛好者去。」〔註 20〕從這段話可以知道：第一，三個人的通信本來是要編輯好了想要發表於《少年中國》的；第二，搜集三人的通信發表出來是田漢的想法，且在田漢乘坐火車去福岡拜訪郭沫若之前就已經有了；第三，郭沫若寫信有自留底稿的習慣，田漢沒有，三人信件只有郭沫若手中最為齊全，而田漢去福岡拜訪郭沫若的目的之一，便是搜集整理這些信。

　　田漢將三個人的通信整理完畢，請郭沫若起個名字，郭沫若想到他和田漢昨天在路旁曾看到一堆三葉草，便提議將通信集命名為《三葉集》。田漢說：「Kleeblatt，拉丁文作 Trifolium，係一種三葉叢生的植物，普通用為三人友情的結合之象徵。我們三人的友情，便由這部 Kleeblatt 結合了。」《三葉集》中的信件，談論的話題「大體以歌德為中心」〔註 21〕，焦點是「婚姻問題」：「（一）自由戀愛問題；（二）父母代定婚姻制問題；（三）在這父母代定婚姻制下底自由戀愛問題；（四）從這父母代定婚姻制和自由戀愛兩種衝

第 118 頁。

〔註 20〕田漢致郭沫若，《郭沫若全集》文學編第 15 卷，北京：人民文學出版社，1990 年，第 97 頁。

〔註 21〕田序，《郭沫若全集》文學編第 15 卷，北京：人民文學出版社，1990 年，第 3 頁。

突產生的惡果，誰負其責的問題。」〔註22〕因此，田漢稱《三葉集》「如一卷 Werther's Leiden」，即「維特的煩惱」，指的就是歌德所著《少年維特之煩惱》。小說《少年維特之煩惱》中的主人公維特和夏綠蒂，他們所痛苦的便是戀愛和婚姻。從這個角度來說，三個年輕人聚焦於「婚姻問題」的通信，自然可以看作是「一卷 Werther's Leiden」。

以少年維特自許，這只是《三葉集》所呈現的歌德影響的一部分。除此之外，歌德自身的戀愛婚姻，他們對歌德的翻譯選擇，以及郭沫若自身對《浮士德》詩篇的選譯，都使得《三葉集》成了《浮士德》漢譯實踐、在中國的接受與傳播的前奏。田漢在為《三葉集》撰寫的序中說：「Kleeblatt 出後，吾國青年中，必有 Kleeblatt fieber 大興哩！」〔註23〕Kleeblatt fieber 就是「《三葉集》熱」。田漢的期許很快便成為了現實，《三葉集》出版之後，風靡一時。這本薄薄的通信集子在 20 世紀中國文化與文學發展史上產生了深遠的影響。《三葉集》的傳播與接受熱潮，讓田漢有了想要繼續編輯通信集的意願。總的來說，《三葉集》讓郭沫若對歌德和《浮士德》的喜愛成為眾所周知的事情，郭沫若也以自身優美的譯筆，在國人面前充分展示自己翻譯《浮士德》的實力。

（一）《三葉集》中的《浮士德》

《三葉集》問世之前，郭沫若就已經發表過一些歌德的譯詩，並切實地從事於《浮士德》的翻譯工作。1919 年 10 月 10 日上海《時事新報》副刊《學燈》發表了郭沫若翻譯的《夜》，即《浮士德》第一部的開場獨白。但郭沫若對歌德和《浮士德》的譯介真正為國人所知，成為東方的歌德，卻不能不說始於《三葉集》。談及《三葉集》和《浮士德》譯介之間關係的時候，必須要分清兩個意義上的《三葉集》，即《三葉集》首先是三位好友之間在實際社會空間裏用於相互交流的通信，其次才是作為將通信輯錄成冊的《三葉集》。作為三位好友之間相互交流的通信，意味著每一封信的往來都會對當事人產生影響，通信主體也正是在信與信的交流中得以呈現。作為《三葉集》出版的通信集子，其交流作用已經轉向了《三葉集》文本和大眾讀者，

〔註22〕宗序，《郭沫若全集》文學編第 15 卷，北京：人民文學出版社，1990 年，第 4 頁。

〔註23〕田序，《郭沫若全集》文學編第 15 卷，北京：人民文學出版社，1990 年，第 3 頁。

即從少數幾個人的私密空間轉向了可以被廣泛討論和閱讀的大眾的社會公共空間。

1920 年 3 月 15 日《少年中國》第 1 卷第 9 期「詩學研究號」刊發了田漢所譯《歌德詩中所表現的思想》，原文副標題為：「SHOKAMA 氏《歌德詩的研究》之一章」。田漢在「譯者敬告」中說：「篇中所引各詩，盡多金玉之句，譯者筆拙學淺，不能譯出，以呈白華。白華解人，固不必譯出，而一般讀者殊不利，茲委託郭沫若兄譯出，特對沫若致感謝。」篇中引譯歌德詩有（片段）：《一即全》《東西詩集》《遺言》（分開兩處）、《湖上》《浮士德》（分開三處）、《暮垂天空》《神性》《Ganymed》《神與巴亞迭呂》《神性》《掘寶者》《藝術家的夕暮之歌》《寄厚意之人》《藝術家之歌》等。

《少年中國》第 1 卷第 8 期和第 9 期連續兩期都是「詩學研究號」。第 8 期目錄如下：

詩人與勞動問題（田漢）

詩的將來（周無）

英國詩人勃來克的思想（周作人）

太戈爾的詩十七首（黃仲蘇）

難道這也應該學父親嗎（易家鉞）

詩（社員）

新詩略談（宗白華）

第 9 期目錄如下：

新詩底我見（康白情）

詩人與勞動問題（續，田漢）

法比六大詩人（吳弱男女士）

俄國詩豪朴思經傳（西曼）

太戈爾傳（黃仲蘇）

謌德詩中所表現的思想（田漢）

詩（社員）

通信（社員）

英國、印度、法國、比利時、俄國、德國，詩學專號覆蓋面相當廣泛，郭沫若不是少年中國學會的成員，雖然田漢邀請過郭沫若。「我預備做一篇《哥德與雪勒》，述他二人的生涯交誼與著述梗概。這是我過上海時和白華

兄約定的。請你也做一長篇關於 Goethe 的感想，批評或翻譯，合起白華兄的《哥德的宇宙觀與人生觀》，便大可成一種《哥德研究》書。」〔註24〕郭沫若在回信中說：「關於哥德，我是莫有甚麼具體的研究的。翻譯一層還可以做到，至於感想批評，我卻不敢冒昧了。」看郭沫若話語中的意思，並沒有拒絕，雖然說自己做不了感想批評，卻也說了可以承擔翻譯工作，而且還倡議成立「哥德研究會」，將歌德「所有的一切名著傑作」和「關於他的名家研究」，〔註25〕全都翻譯介紹出來。不知什麼原因，郭沫若終究沒有專門撰寫稿件。第 9 期田漢文章中的譯詩和通信中最後的兩封信（郭沫若寫給宗白華的 1920 年 1 月 18 日、2 月 16 日）均顯示了郭沫若不可或缺的地位，《少年中國》「詩學專號」以郭沫若談詩的通信結束，田漢在文後對郭沫若譯詩的推崇及郭沫若緊隨其後的「附白」（提出了著名的「風韻譯」），使得這一期《少年中國》幾乎成了推出郭沫若的專刊。當然，這種信件的發表和為田漢譯文幫忙的發表，都不是出於郭沫若自己主動的選擇，但這也正說明了郭沫若是一個情感中人，容易受到身邊親朋們的影響。如果不是宗白華匆匆離開上海，赴德留學，郭沫若與少年中國學會及《少年中國》的關係，應該也會是另外一副模樣。

　　郭沫若自言對歌德沒有什麼具體的研究，這個說法既是謙虛，也道出了郭沫若對歌德的閱讀、接受與研究有一個逐步深化的過程。為什麼郭沫若越來越喜歡歌德，從片段的翻譯到試圖整體譯介，從沒有什麼具體的研究到越來越深入地研究歌德？郭沫若喜歡歌德、翻譯歌德的原因有很多，比如宗白華、田漢等友人的推動，出版社的邀約等。當然，最重要的是郭沫若發現他與歌德著作精神上的契合。郭沫若在《〈少年維特之煩惱〉序引》輕鬆地指出自己和歌德著作的五點共鳴。除了這五點之外，其實還可以找出其他許多的共鳴點，如郭沫若稱歌德為「球形天才」〔註26〕，而郭沫若也被後來的研究者們視為「球形天才」。此外，陶晶孫在《學醫的幾個文人》中就曾將歌德與郭沫若都作為學醫的文人，證據便是《浮士德》中浮士德的

〔註24〕田漢致郭沫若，《郭沫若全集》文學編第 15 卷，北京：人民文學出版社，1990年，第 58 頁。

〔註25〕郭沫若致田漢，《郭沫若全集》文學編第 15 卷，北京：人民文學出版社，1990年，第 68 頁。

〔註26〕郭沫若致宗白華，《郭沫若全集》文學編第 15 卷，北京：人民文學出版社，1990 年，第 19 頁。

自述：「哲理呀，法律呀，醫典，／甚至於神學的一切簡篇，／我如今，啊！都已努力鑽研遍。」〔註27〕這是《浮士德》「夜」的開篇，陶晶孫自言「找不到郭譯，暫譯意」：「唉，我把哲學，／連法學和神學，／可憐，再加上醫學，／都用切實的熱心讀過了。」〔註28〕找不到郭譯，可能只是手頭沒有，手頭應該有《浮士德》的原本，所以自己逕直動手翻譯了。陶晶孫從學醫的角度將郭沫若和歌德歸為相似的文人，這個相似點在郭沫若的歌德譯介中有著怎樣的影響，尚需依據譯文等諸多材料進一步探討。

　　田漢談到自己翻譯的緣起時說：「譯此文的動機，是因為去年十月過滬時，與摯友宗白華兄談，曾及歌德研究事。白華已稱擬作《歌德的世界觀及人生觀》。譯者亦謂回東後，亦當於歌德有所介紹。今年新友郭沫若兄與白華書札往還，又及此事。」〔註29〕今年即1920年，「郭沫若兄與白華書札」後都收入《三葉集》。《三葉集》第三信是宗白華寫給郭沫若的回信，沒有落款日期。第二信為宗白華寫給郭沫若的信，落款日期為「九，一，三日」；第四封信為郭沫若給宗白華的信，落款日期為「九，一，一八」。按照收錄順序推斷，第三信的寫作日期當在三日到十七日之間。在這封信中，宗白華首次向郭沫若提及自己擬作《德國詩人歌德（Goethe）的人生觀與世界觀》，請郭沫若幫忙供給材料，並要郭沫若做幾首詩「說明詩人與 Pantheism」。〔註30〕2月7日〔註31〕宗白華在致郭沫若的信中說：「今天又偶然翻 Faust 來瀏覽，他那 Prolog im Himmel 真好極了。你願意把他譯出來麼？」〔註32〕結果，郭沫若在2月15日給宗白華的回信中就表示已經翻譯完畢。「我譯就了 Prolog im Himmel 之後，我順便也把 Zueignung（題辭）譯了出來。」

〔註27〕〔德〕歌德：《浮士德》，郭沫若譯，合肥：安徽人民出版社，2013年，第19頁。

〔註28〕陶晶孫：《學醫的幾個人》，《天地》，1944年第5期，第17頁。

〔註29〕田漢：《歌德詩中所表現的思想》，1920年3月15日《少年中國》第1卷第9期「詩學研究號」，第161頁。

〔註30〕宗白華致郭沫若，《郭沫若全集》文學編第15卷，北京：人民文學出版社，1990年，第12頁。

〔註31〕原信落款是「九，一，七」，考慮到信中開篇說：「你的鳳凰還在翱翔天際，你的天狗又奔騰而至了。」《天狗》的落款日期是1920年1月30日。由《天狗》的創作日期推斷，宗白華信的落款有誤，似應為「九，二，七」才較為合理。

〔註32〕宗白華致郭沫若，《郭沫若全集》文學編第15卷，北京：人民文學出版社，1990年，第29～30頁。

〔註33〕對於郭沫若快速的回應，宗白華也是在 23 日就寫了回信且不嗇讚譽：「你的《天上曲》同 Zueignung 都翻譯得很不壞，很不容易，哥德文藝之入中國當算從你起了。」〔註34〕從田漢的文字和《三葉集》通信顯露的消息來看，宗白華和田漢在 1919 年就已經討論過歌德的介紹，相關介紹文字真正的撰寫工作卻與《三葉集》展示出來的三個人之間的通信交流密切相關。正是郭沫若的參與，使得宗白華和田漢擬議的歌德介紹真正付諸實踐。宗白華和田漢對郭沫若的希冀和催促，也重新喚起了郭沫若歌德譯介的興趣。《三葉集》的作用，就是公開了三個人之間的交流，使得郭沫若對歌德所持的態度及譯介方面所作的努力從個人的私好走出來，走進了公眾的視野。同時，《三葉集》中郭沫若所談的自己的思想，以及他對歌德及歌德詩作等的看法，自然也為讀者們理解郭沫若的譯詩以及歌德提供了切入的角度和良好的交流平臺。

　　1920 年 3 月 6 日，郭沫若寫信給田漢，結尾處說：「如今且借首歌德的詩《寄語素心人》An die Günstigen 來做我的話。」然後引用了歌德的原詩：

> Was ich irrte,was ich strebte,
>
> Was ich litt und was ich lebte,
>
> Sind hier Blumen nur im Strauss;
>
> Und das Alter wie die Jugend,
>
> Und der Fehler wie die Tugend
>
> Nimmt sich gut in Liedern aus. 〔註35〕

　　郭沫若致田漢的信中只有原文，沒有譯文。田漢所譯《謌德詩中所表現的思想》一文也有這首詩，郭沫若應田漢之邀做了翻譯，譯名改為《寄厚意之人》，譯文如下：

> 我之迷惘，我之努力，
>
> 我之煩惱，我之生存，
>
> 都是我這花團中的一些花朵；

〔註33〕郭沫若致宗白華，《郭沫若全集》文學編第 15 卷，北京：人民文學出版社，1990 年，第 51 頁。

〔註34〕宗白華致郭沫若，《郭沫若全集》文學編第 15 卷，北京：人民文學出版社，1990 年，第 70 頁。

〔註35〕郭沫若致田漢，《郭沫若全集》文學編第 15 卷，北京：人民文學出版社，1990 年，第 105～106 頁。

　　　我之晚年，我之少時，

　　　我之錯犯，我之道義，

　　　都美好地表現在我的詩歌。〔註36〕

　　這首詩的意思很明確，寫的就是自我的反思與懺悔。由人生而文學，種種經歷呈現於詩歌時卻又成其為「美好」。「美好」可以理解為是詩歌表現之「美好」，也可以理解為事情過後，以文學的方式敘述（也即回憶）時，一切幸與不幸（即所有過往的經歷）都變得「美好」。郭沫若的這封信在《三葉集》中雖然被編排在倒數第三的位置，然而在寫作日期上，卻是《三葉集》中最後寫出來的一封信，信末所屬日期是「九，三，六」。三個人20封談論「婚姻問題」的通信，種種坦承的交流，也盡可以用歌德的這首詩做一個收束，也都成其為「美好」的經驗或詩歌表現的題材。在郭沫若的這封信中，提及他接到了田漢寄來「《歌德研究》譯稿」，即田漢所譯《謌德詩中所表現的思想》。田漢譯文刊發於1920年3月15日《少年中國》第1卷第9期「詩學研究號」。也就是說，郭沫若最多只用了一星期不到的時間便幫田漢翻譯完了歌德的十多首詩（包括詩的片段），這充分顯示出了郭沫若迅捷的翻譯才華。

　　通信集《三葉集》與《少年中國》上發表的上述文字構成互文，或者說宗白華、田漢和郭沫若遙相呼應，他們相互激發，共同營造了歌德在中國的對話平臺。在這個對話平臺上，他們談論的不僅僅是歌德，也是在借歌德談論自己。他們談論的話題，是人生的「努力」與「煩惱」，是青春的流逝，以及「錯犯」。由「錯犯」進而「懺悔」，所談的是私生活，意義卻並不侷限於暴露個人的私生活，而是從中生發開去，將其變成了對於詩人（作家）人格（修養）的討論。田漢在給郭沫若的信中說：「現在的什麼新運動，新人物，有許多不真面目的地方，使人覺得中國還未易樂觀的。」「新人物」與「真面目」相連，將真誠的新人視為中國未來的希望，以此肯定郭沫若懺悔的意義：「你說你現在恨想能如鳳凰一般，把你現有的形骸燒毀了去，唱著哀哀切切的輓歌，燒毀了去，從冷淨的灰裏，再生出個『你』來嗎？好極了，這決不會是幻想。因為無論何人，只要他發了一個『更生』自己的宏願，造

〔註36〕田漢：《歌德詩中所表現的思想》，《少年中國》1920年3月15日第1卷第9
　　　　期「詩學研究號」，第161頁。

物是不能不答應他的。」〔註37〕郭沫若則說：「我今後要努力造『人』，不再亂做詩了。人之不成，詩於何有？」〔註38〕

（二）東方的歌德

郭沫若喜歡歌德，翻譯歌德，介紹歌德，也被稱為東方的歌德。

誰最先將郭沫若和歌德放在一起作比？在《郭沫若和他的三位夫人》一文中，桑逢康敘及田漢從東京到福岡拜訪郭沫若時說：「兩個都是自命不凡的人，郭沫若自比歌德，田漢自比席勒。」〔註39〕「自比」之說從何而來？對此，桑逢康的著作並未加以說明。李斌在《女神之光·郭沫若傳》中說：「在《三葉集》中，郭沫若也以中國的歌德自我期許。」〔註40〕不像桑逢康說得那般確鑿直白，而是用了「自我期許」這樣一個較為靈活的詞。正如人人皆可成為堯舜一樣，泛化了的「期許」實際上取消了桑逢康帶有判斷性的描述。當人們說郭沫若「自比」歌德時，含有可以比肩的意思。當用泛化的「期許」時，希望自己成為像歌德那樣的人，就像希望自己成為堯舜那樣的人一樣，只是一種期盼而不帶相提並論的意思。李斌用的詞是「期許」，表達的意思和桑逢康一樣。可與歌德比肩的東方歌德，這是兩位論者心裏早就存在的結論，且從他們的行文可知判斷依據皆為《三葉集》。

劉半農在《罵瞎了眼的文學史家》中說：「聽說上海灘上，出了一個大詩人，可比之德國的 Goethe 而無愧。」這裡的「可比」是「自比」還是他人讚譽，劉半農沒有明確說出。劉半農的文章後面附有《劉博士訂正中國現代文學史冤獄圖表》，郭沫若條目後面寫著「自擬（？）」〔註41〕，似乎又暗示讀者前文中的「可比」其實就是「自比」，括弧裏的問號，應表示不確定，與其他條目裏出現的「公擬」相對應，同時又以這種方式表明不認可郭沫若「可比之德國的 Goethe」。無論如何，劉半農的話證實了這樣一件事，即 1920 年代中期，郭沫若與歌德兩人之「比」就已經頗為人知了。對於劉半農的「嘲罵」，郭沫若感到很委屈，在《創造十年》中特別寫了一段，聲明「沒有自稱

〔註37〕田漢致郭沫若，《郭沫若全集》文學編第 15 卷，北京：人民文學出版社，1990
　　　年，第 35 頁。
〔註38〕郭沫若致宗白華，《郭沫若全集》文學編第 15 卷，北京：人民文學出版社，
　　　1990 年，第 50 頁。
〔註39〕桑逢康：《郭沫若和他的三位夫人》，海口：海南出版社，2001 年，第 56 頁。
〔註40〕李斌：《女神之光·郭沫若傳》，北京：作家出版社，2018 年，第 73 頁。
〔註41〕劉復（劉半農）：《罵瞎了眼的文學史家》，《語絲》1926 年 1 月 26 日第 63 期。

過我是歌德」，只和博士先生一樣委實是崇拜過歌德的人。同時又將歌德和馬克思相比，認為歌德「成績也實在有限」，「簡直可以說是太陽光中的一個螢火蟲！」隨後再次強調自己「不曾自比過歌德」。〔註42〕桑逢康和李斌從《三葉集》中讀出郭沫若「自比」歌德或以歌德「期許」，為何郭沫若強調不曾「自比」？難道郭沫若忘記了《三葉集》裏的文字？要解決上述問題，除了參照郭沫若自己的聲明，尚需進一步翻閱郭沫若留下的相關文獻資料。

從郭沫若自己留下的文字看，明確自比為歌德的，的確沒有。自稱歌德雖然查無實據，暗含有自比意味的地方倒是存在，且別人將郭沫若與歌德作比的事也確實有。《三葉集》中，郭沫若在給宗白華的信中記載了田漢來訪一事。田漢在郭沫若居處整理他們之間的通信稿，「把我們的信稿與哥德底文字相提並論。我自家底心中卻感受看一種僭越底感覺呀！」明確點出是田漢將他們的信稿與歌德的文字相提並論，這是他比而非自比。後來，兩人結伴遊太宰府，興酣之時，兩個朋友「想替 Goethe 與 Schiller 鑄銅像，出廟尋寫真師」，結果是茶店主人替他們尋來攝影師。郭沫若回憶說：「攝影時相館主人教我們一坐一立，我們偏要並立而照，他說道：『會照來同銅像一樣呢！』我們只相視而笑。」「相視而笑」者，就是要「同銅像一樣」。然而，照相擺出某個崇拜的人的姿勢，這恐怕和自比、他比也沒有什麼直接的關係，否則的話，旅遊時人人都樂意在名人雕塑前留影的舉動豈不都是有自比之意？在郭沫若的敘述中，即便是含有自比的意思，這自比也不是志得意滿的自比，而是對於自身的一種期許。有志則學歌德，雖不能至，心嚮往之，以此看待郭沫若敘述出來的照相事件，從中見出的不是青年人的不自知，而恰恰是青年人不可缺少的豪情壯志。

田漢和郭沫若從太宰府遊玩之後，於黃昏時分趕回郭沫若家，途中田漢對郭沫若說：「其實你很像許雷」，原因則是兩人都曾學醫。接著又說郭沫若「有種關係又像哥德」，即「婦女底關係」。〔註43〕田漢在這裡明確地說郭沫若像歌德，這樣的對比不為郭沫若所喜。當下有些學人斷章取義，拿著田漢的某句話攻擊郭沫若，以男女關係嘲諷郭沫若，殊不知這種行為正如《浮士

〔註42〕郭沫若：《創造十年》，《郭沫若全集》文學編第 12 卷，北京：人民文學出版社，1992 年，第 78～79 頁。

〔註43〕郭沫若致宗白華，《郭沫若全集》文學編第 15 卷，北京：人民文學出版社，1990 年，第 137～138 頁。

德》中靡非斯特所說：「好像是長足的阜螽一樣，／永遠飛，永遠飛著跳，／跳進草堆中唱著古式的音調；／常藏在草堆中也還無妨，／卻愛把鼻尖兒在糞坑裏亂搞！」〔註 44〕在田漢到福岡拜訪郭沫若之前，兩人就曾在通信中談及個人的戀愛婚姻等事情，郭沫若懺悔自己破壞了聖潔的安娜，是一個壞了的人格。田漢則在回信中說自己剛讀完歌德傳，認為歌德「一生戀人過十九個，偶有誤解，便不告而去，十年情交以色衰而見棄，若講罪惡，那麼哥德的晚年更是『罪惡的精髓』了。」信中，田漢沒有直言郭沫若像歌德，而是說：「我並非要引 Goethe 事來曲諒你的罪，總之覺得這是人生一件很難解決的問題罷！若照我徹底的主張，這件事是很自然的，即算從前結了婚——照你說是你父母給你結的婚——到了你 Fall in love with aother woman 的時候，對於前此結婚的女人，總算沒有戀愛，至少也得說是戀愛稀薄了，於是結婚的意義便不完全，否！便不算是結婚了，於是乎盡可以『You go your way, we go ours』。」〔註 45〕郭沫若和田漢談論的並不是結了婚想要離婚的問題，而是郭沫若和安娜自由戀愛而同居而結婚的事情，這裡不存在始亂終棄的問題。田漢談論歌德與女性之間的關係，乃是因為他覺得郭沫若和歌德在「婦女底關係」上有點兒像。

田漢想要做郭沫若戀愛的「辯護士」，郭沫若卻說自己「被壽昌這一句話喝醒了轉來。我心中只是說不出來的苦。我想我今後也不學許雷，也不學哥德，我只忠於我自己的良心罷」〔註 46〕。郭沫若似乎很受傷，不贊同田漢的比照。這個不贊成並不代表郭沫若覺得田漢嘲諷了自己，雖然在《創造十年》中，郭沫若的回憶對來訪的田漢似乎有所芥蒂，但那是事後的追憶，與當時交往的情感體驗已經有所不同。《三葉集》通信時期的郭沫若和田漢，雖在個性和日常生活方面存在差異，但都抵不過互為知音帶給他們的興奮與快感。郭沫若信中所說的苦，不是抱怨田漢的不理解，而是在懺悔，或者說是田漢的話讓郭沫若想起了家中剛剛生完孩子的還正在受難的安娜。郭沫若是一個敏感的人，這顆敏感的心靈在當時產生的是懺悔，而不是遷怒。和田

〔註 44〕〔德〕歌德：《浮士德》，郭沫若譯，合肥：安徽人民出版社，2013 年，第 14 頁。

〔註 45〕田漢致郭沫若，《郭沫若全集》文學編第 15 卷，北京：人民文學出版社，1990 年，第 57～58 頁。

〔註 46〕郭沫若致宗白華，《郭沫若全集》文學編第 15 卷，北京：人民文學出版社，1990 年，第 138～139 頁。

漢出遊的郭沫若，自言「忘了一天的我」，結果卻被田漢的一句對比的話，
「喝醒了轉來」。郭沫若這裡敘述的，是自身兩個分裂的「自我」，正如《浮
士德》中浮士德所痛苦的：「有兩種精神居住在我們心胸，一個要想同別一
個分離！」〔註47〕兩種精神的衝突，自我的分離，浮士德的痛苦引起了郭沫
若的共鳴，這是郭沫若喜歡《浮士德》的重要原因。

　　郭沫若在致宗白華的信中說：「Den Drang nach Wahrheit und die Lust am
Trug.哥德這句話，我看是說盡了我們青年人的矛盾心理的。真理要探討，
夢境也要追尋。理智要擴充，直覺也不忍放棄。」〔註48〕「我的靈魂久困
在自由與責任兩者中間，有時歌頌海洋，有時又讚美大地；我的 Ideal 與
Reality 久未尋出個調和的路徑來。」〔註49〕渴望浪漫與飛翔的郭沫若，卻
被沉重的肉身牽絆住了，這是郭沫若的痛苦。郭沫若感覺更痛苦的，是兩者
都不能捨棄。郭沫若並沒有因為浪漫的夢想而厭棄沉重的肉身，兩者的衝
突矛盾傷害了自己的同時也給身邊的親人帶來傷害。田漢在給宗白華的信
中說：「飛耳聽著嬰孩兒呱呱的哭。你若問這嬰孩他是誰？嚇！白華啊！他
是沫若兄第二回的『藝術的產物』！（？）或者是，第二回『罪惡的產生』。」
〔註50〕「罪惡的產生」本是郭沫若自己寫給田漢信中所用詞彙。將孩子同
時視為「罪惡的產生」與「藝術的產物」，也表現了郭沫若複雜的人生體驗。

　　郭沫若敘述自己與田漢同讀《浮士德》：「壽昌喜歡從 Strasse 至 Marthens
Garten 諸幕，我喜歡的是自 Am Brunnen 以後。我看我們倆人嗜好不同，也
是我們倆人境遇不同的地方。我讀 Zwinger 一節，我莫有不流淚的時候。」
Strasse 指的是「街道」一幕，Marthens Garten 指的是「瑪爾特之花園」一幕，
中間尚有「花園」、「園亭」、「林窟」和「甘淚卿之居室」諸幕。田漢所喜歡
看的這幾幕是浮士德追求甘淚卿及兩人熱戀的場景。田漢是昂頭天外的詩
人，對這樣浪漫而美好的愛情故事似有特別的興趣，他早期創作的一些話劇
也都是浪漫的愛情故事。郭沫若喜歡的 Am Brunnen 以後，即「井畔」以後

〔註47〕〔德〕歌德：《浮士德》，郭沫若譯，合肥：安徽人民出版社，2013 年，第 39 頁。
〔註48〕郭沫若致宗白華，《郭沫若全集》文學編第 15 卷，北京：人民文學出版社，
　　　　1990 年，第 46 頁。
〔註49〕郭沫若致田漢，《郭沫若全集》文學編第 15 卷，北京：人民文學出版社，1990
　　　　年，第 66 頁。
〔註50〕田漢致宗白華，《郭沫若全集》文學編第 15 卷，北京：人民文學出版社，1990
　　　　年，第 107 頁。

諸幕，「井畔」一幕講述稽碧葉熱戀一個男子被拋棄的故事，接下來「城曲」一幕講述瑪甘淚向聖母懺悔，「夜，甘淚卿門前之街道」講述浮士德在靡非斯特的引誘下殺了瑪甘淚的哥哥，甜美的愛情驀然變得苦澀，而且再也無法逆轉過來。後悔與失落，亦或者說是浪漫之後的苦澀，這是郭沫若喜歡的章節所表現的主題。此時的郭沫若，如瑪甘淚一般，陷入了人生的困境，不免有些左右難為。彌漫著懺悔的情思，不斷地努力掙扎，意圖揚棄自我，渴盼新生，這應該是郭沫若那時候的心靈狀態，正如《鳳凰涅槃》中「凰歌」所吟唱的：「啊啊！／我們年青時候的新鮮哪兒去了？／我們年青時候的甘美哪兒去了？／我們年青時候的光華哪兒去了？／我們年青時候的歡愛哪兒去了？」〔註51〕就是在這個時期，郭沫若翻譯了《浮士德》中的 Prolog im Himmel（天上序曲）和 Zueignung（題辭）。郭沫若很喜歡這篇「題辭」，並說其中的文字「最足以表示我現在這一俄頃的心理」。「題辭」感慨逝去的青春，懷念往日的歡樂，這是引發郭沫若共鳴的地方。所以郭沫若接著說：「我所忘不了的便是過去，我日前有首《嘆逝》一詩」。〔註52〕《歎逝》共有四首，第四首如下：

> 他不恨冬日要別離，
> 他不恨青陽久不至，
> 他只恨錯誤了的青春，
> 永遠歸了過去！

什麼是詩中所說「錯誤了的青春」？安娜？孩子？各種瑣屑的家務？直言這些未免有些皮相，然而若是從詩人對自身「錯誤了的青春」之認識出發，卻正有益於對這一時期郭沫若翻譯選材的認識。對於逝去的青春的懷思，對於當下「錯誤了的青春」的恨，以及不可避免地對於將來之新生的渴望，所有這些不正是能夠從《浮士德》中的浮士德身上看到的具體影像嗎？年暮的浮士德厭惡了灰色的書齋生活，走出書齋，走向廣闊的社會生活，浪漫的愛情，新奇的探險，此後的諸種經歷，其實也就是青春的動的生活。從自我內心的主體需要出發選擇翻譯對象，進行翻譯，這在某種程度上也決

〔註51〕郭沫若：《鳳凰涅槃》，《郭沫若全集》文學編第 1 卷，北京：人民文學出版社，1982 年，第 40 頁。
〔註52〕郭沫若致宗白華，《郭沫若全集》文學編第 15 卷，北京：人民文學出版社，1990 年，第 51 頁。

定了郭沫若翻譯的藝術特色。漢學家高利克談到《浮士德》對郭沫若的影響時說：「這種影響與詩人郭沫若（1892～1978）的生平與作品有著千絲萬縷的聯繫……總而言之，郭沫若認為自己與浮士德同病相憐，明白自己無法獲知一切，棄絕所有的快樂，而且精神空虛、身無分文，過著豬狗不如的生活。」〔註 53〕高利克指出的，也就是郭沫若譯介和接受《浮士德》的主體因由。

陳銓在審視浮士德精神時，認為中國人在「樂天安命知足不辱」思想的影響下形成了遇事不積極的人生態度，這種態度不利於中國的發展，所以陳銓極力主張中國人取浮士德式的人生觀：「浮士德的精神是動的，中國人的精神是靜的，浮士德的精神是前進的，中國人的精神是保守的。假如中國人不採取這一個新的人生觀，不改變從前滿足、懶惰、懦弱、虛偽、安靜的習慣，就把全盤的西洋物質建設，政治組織，軍事訓練搬過來，前途怕也屬有限。況且缺乏這個內心的新精神，想要搬過西洋外表的一切，終究搬也不過來。」〔註 54〕陳銓與宗白華都以動、靜區分中西文明，郭沫若卻不然，他將中國文明的本質也視為動的、前進的，而後以恢復中國文明的本質面目為己任。郭沫若獨特的中西文化觀，使他將自己放在了與歌德同為動的、前進的平臺之上，這種平等的對話，表現出郭沫若主體精神的世界性因素，而不是被動的學習與接受，我以為應該在這個層面上理解郭沫若之為東方歌德的意義。

田漢和劉半農的言語文字，都談及郭沫若比作歌德事，郭沫若的反映大不相同，談論的方式、作比的角度，種種因素都會使兩個國家兩個作家之間的對比出現不同的效果。周揚在《悲痛的懷念》中說：「我們在談話中，偶然談到了哥德。我想起恩格斯曾經把哥德比喻為奧林普斯之神，我面前的這位老人不也可以比作泰山之神嗎？兩個文化巨人確有相似之處。文思的敏捷和藝術的天才，百科全書式的淵博知識，對自然科學的高度熱愛，都是相似的。郭老在這次談話中，特別表示他要好好學習自然科學。他對華主席和鄧副主席在全國科學大會上的講話，是十分擁護的。但是比擬總是不能完全切

〔註 53〕〔斯洛伐克〕馬利安·高利克：《歌德〈浮士德〉在郭沫若寫作與翻譯中的接受與復興（1919～1922）》，《漢語言文學研究》2012 年第 3 期，第 4～5 頁。
〔註 54〕陳銓：《浮士德精神》，轉引自溫儒敏編《時代之波》，北京：中國廣播電視出版社 1995 年，第 367 頁。

合的，郭老和哥德到底不同。我對郭老說，您是哥德，但您是社會主義時代的新中國的哥德。這位《浮士德》的譯者，聽了我的話微笑了。郭老和哥德一樣是文化巨人，是自己民族的驕傲，就這一點上也是相似的。」〔註55〕周揚文字中，郭沫若「微笑」了，當年在日本太宰山，郭沫若和田漢也微笑了，郭沫若的這兩次微笑相隔半個多世紀，隨著時間的流逝，郭沫若無可否認地成了「新中國的哥德」。無論怎樣貶褒，郭沫若都成了中國人談論歌德時無法忽略的里程碑式的人物。

（三）郭沫若其他文字中的《浮士德》

《三葉集》只是郭沫若等三人 1920 年 1 月至 3 月撰寫的通信，郭沫若對歌德和《浮士德》的情感卻是長達幾十年的事情。除了《三葉集》之外，郭沫若在其他許多文字中都談及了歌德和《浮士德》。這些文字和《三葉集》一起，共同為人們勾勒出了較為完整的郭沫若與歌德的關係路線圖。

1919 年暑假，郭沫若因學醫枯燥無味，又兩耳重聽，想改入文科，在這個過程中，他對歌德的《浮士德》產生了濃厚的興趣。郭沫若在《創造十年》中回憶說：「一九一九年的暑假，我早就想改入文科，但反對最激烈的便是我自己的老婆。在她的想法又不同，她是和我同受著生活上的壓迫的。她認定醫學可以作為將來的生活的保障。而我自己所身受的痛苦，她又並沒有身受。像那種眼睛所看不見的痛苦，你就訴說出來，別人也只把你當成神經過敏。因為有了她的反對，於是乎我的遷怒便是恨她，甚且唾棄一切的科學。歌德的《浮士德》投了我的嗜好，便是在這個時候。在一九一九年的夏天，我零碎地在開始作《浮士德》的翻譯，特別是那第一部開首浮士德咒罵學問的一段獨白，就好像出自我自己的心境。我翻譯它，也就好像我自己在做文章。那場獨白的譯文在那年《學燈》的雙十節增刊上發表過。第二年春間經宗白華的勸誘，我又曾把那《天上序曲》和第二部的開首一場《風光明媚的地方》譯了出來，也在《學燈》上發表過。」〔註56〕這裡說得很明確，學業上的痛苦，身體的折磨和生活的迫壓，使得郭沫若和書齋中騷動不安的浮士德產生了共鳴，翻譯也就好像是「自己在做文章」。

〔註55〕周揚：《悲痛的懷念》，《周揚文集》第 5 卷，北京：人民文學出版社，1994 年，第 36～37 頁。

〔註56〕郭沫若：《創造十年》，《郭沫若全集》文學編第 12 卷，北京：人民文學出版社，1992 年，第 73 頁。

在進行歷史研究的時候，郭沫若也喜歡用歌德《浮士德》作為例子。「歌德在《浮士德》詩劇中，對於煉丹術也有所吟詠。」〔註 57〕「屈原到了那樣大的年紀為什麼還有那樣的魄力，作得出《離騷》那樣的長詩？這個疑問，我們如想到德國的歌德在他八十歲前後把《浮士德》第二部分完成了的事例，是無須乎再費筆墨來解答的。」在談到屈原身上現實主義儒者和浪漫主義詩人間的矛盾時，郭沫若再次以歌德為例：「故如歌德儘管是泛神論者，而他的《浮士德》依然在描寫天堂、上帝、惡魔。」〔註 58〕談到整理國故問題時說：「研究沙士比亞與歌德的書車載斗量，但抵不上一篇《罕漠列特》和一部《浮士德》在文化史上所佔的地位。」〔註 59〕談到青年與老年和文化的問題時，郭沫若說：「有的人一直到死，都還是青年的；有些偉大的人物，如像德國的歌德便是一個。他在七十三歲的時候，還要和一位十七歲的姑娘戀愛。他的偉大的名著『Faust』（《浮士德》）是在八十二歲才完成的。」〔註 60〕

談到文學創作，郭沫若更喜歡用歌德《浮士德》作為例證。「就如歌德，他是德國近代文學的開山之一，他雖然假託『詩人』的口裏，說出了上面所揭舉的詆毀民眾的話，其實他是代表著德國由封建社會脫出漸就資本制化的一個階段的精神。他的詩在當時是最善於攝用民間情調和言語的。他的《浮士德》之所以成功，一多半也是靠在這個因素上。」〔註 61〕談到創作上的模仿這個問題時，郭沫若用歌德創作《浮士德》作為例子：「歌德的代表作《浮士德》有一段的構造就是出於耶穌教的《舊約》。」〔註 62〕在《「不要把自己的作品偶像化」》中，郭沫若說：「高爾基是十分敬仰歌德的，時時提說到他的《浮士德》。或許也就是因為《浮士德》中所包含的這裡主要是誡人別自滿

〔註 57〕郭沫若：《李白的道教迷信及其覺醒》，《郭沫若全集》歷史編第 4 卷，北京：人民出版社，1982 年，第 243 頁。

〔註 58〕郭沫若：《屈原研究》，《郭沫若全集》歷史編第 4 卷，北京：人民出版社，1982年，第 34 頁、第 80 頁。

〔註 59〕郭沫若：《整理國故的評價》，《郭沫若全集》文學編第 15 卷，北京：人民文學出版社，1990 年，第 162 頁。

〔註 60〕郭沫若：《青年與文化》，《郭沫若全集》文學編第 18 卷，北京：人民文學出版社，1992 年，第 105 頁。

〔註 61〕郭沫若：《文藝與民主》，《郭沫若全集》文學編第 19 卷，北京：人民文學出版社，1992 年，第 518 頁。

〔註 62〕郭沫若：《關於紅專問題及其他》，《郭沫若全集》文學編第 17 卷，北京：人民文學出版社，1989 年，第 275 頁。

自足吧。……要把自己的作品偶像化,那等於瞎了眼睛,歸順惡魔。」〔註63〕
在小說《萬引》中,主人公痛恨自己說:「你是惡魔,我好像浮士德一樣,把
一條魔犬引進家裏來了。」〔註64〕談論各種問題,郭沫若都可以用歌德及《浮
士德》作為印證的對象,幾十年的譯介經歷,歌德及《浮士德》已經化為了郭
沫若思想中的基本元素,成為建構郭沫若文學思想的有機組成部分。

第二節　《浮士德》人物姓名翻譯的詩意追求

　　命名,也就是創造。上帝說:Let there be light,and there was light（要有
光,於是就有了光）。隨著上帝的言說,世間萬物不斷地被創造出來。然而,
上帝的命名是創造,這個命名只是一個總名,具體的動植物的命名工作,被
交給了亞當。亞當的命名對象,命名時已然存在。但是亞當的命名仍然是創
造性的工作。隨著亞當的命名,世間萬物圍繞著亞當被建構起來。當亞當命
名時,世間萬物的顏色一下子鮮明起來。我在,萬物花開。對於已存在之物
的命名,其創造意義便是對於命名者而言,是一個屬於「我」之世界的創造。
文學創作,便是文學創作者創造出來的一個「我」的世界。

　　一個優秀的小說家戲劇家,必然會精心地打磨自己的創作,對於筆下人
物的名字,一般也是頗為用心,如曹雪芹著《紅樓夢》,小說中人物的名字
都別有一番情趣,甄士隱、賈雨村,不僅諧音,人名與故事情節的發展也密
切相關,一般熟悉中國文化的人讀來別有情趣。俄國小說家契訶夫的《套中
人》,主人公名叫別里科夫,在俄語中的意思是「不懂人情」。「別里科夫」實
為「漢語語音化了的外國語詞」,「本身並沒有翻譯的性質,不能叫做『譯』。
漢字在這種藉詞裏是當作記音符號來用的。」〔註65〕我贊成孫常敘的觀點,
不宜將其視為音譯,應視為藉詞。與「別里科夫」相比,「不懂人情」才是
譯。為了區別於用百家姓及其他中國化人名譯外國人名的方式,我仍將「別
里科夫」這種類型的藉詞視為音譯。像「別里科夫」這樣的音譯,除非加上
注釋,中國的讀者不會想到這名字背後別有意味。有一些歐洲古典小說,人

〔註63〕郭沫若:《「不要把自己的作品偶像化」》,《郭沫若論創作》,上海:上海文藝
　　　　出版社,1983年,第103頁。
〔註64〕郭沫若:《萬引》,《郭沫若全集》文學編第9卷,北京:人民文學出版社,1985
　　　　年,第196頁。
〔註65〕孫常敘:《漢語詞彙》,長春:吉林人民出版社,1956年,第315頁。

名往往是很長的一大串,這樣的人名有時包含著人物的背景信息,例如主人公屬於什麼家族什麼樣子的貴族及貴族幾世等等,這些也都需要熟悉文化背景的人才能讀出來。胡以魯談到人名的翻譯時說:「人名以稱號著,自以音為重;雖有因緣,不取義譯。如摩西以水得名,不能便取其義而名之曰水。」強調人名應該採取音譯的方式,指出「以漢音切西名,勢必不肖;不肖而猶強為之,無非便不解西文者略解西史耳。」〔註66〕也就是說,翻譯本來就是不得已而為之的事情,只求使人「略解」,不能如通西文的人那樣精通。人名背後的文化蘊涵,自然也就不能通過音譯傳遞出來。

翻譯,就是重新命名,是翻譯者按照自己的理解重新構建文學世界的努力。《浮士德》中的浮士德在翻譯《新約聖經》時,對於「泰初有道」、「泰初有心」、「泰初有力」和「泰初有為」等譯語的斟酌與選擇,既是對原語的揣摩與理解,更是浮士德自身理想色彩的呈現。通過譯語的選擇,浮士德創造了屬於自己的世界;同樣通過譯語的選擇,郭沫若在《浮士德》的翻譯中融入了自身的體驗。王璞談到《浮士德》的翻譯時說:「研究郭沫若從 1919 年到 1947 年的歷次《浮士德》翻譯文本,可以挖掘出新文學語言中曾經的一些形式樣態和新文化中的多次意識變遷,而它們也會包含著那些如同地層擠壓一般的痕跡,關乎現代革命的時間性。」王璞認為郭沫若創作的《戰取》一詩中的「萊茵河畔的葡萄」一語來自郭沫若對《浮士德》第一部中 Rheinwein 的翻譯,「『萊茵河畔的葡萄』／『Rheinwein』,作為一個《浮士德》譯文和政治抒情詩所分享的意象,它的寓意最終承載的,其實就是『革命頓挫』的體驗本身,以及作家在這一種歷史時間中的矛盾性存在。」〔註67〕《浮士德》的翻譯飽含譯者的主體經驗,郭沫若在自己的文字中也談到過,「(《浮士德》的)譯文相當滿意,而且把十年中的經驗和心境含孕在裏面,使譯文成長了起來。」〔註68〕對《浮士德》的翻譯及改譯,郭沫若使用了「成長」一詞,充分顯示了自我經驗的自覺滲透與相互印證關係。

郭沫若《浮士德》第一部譯文中出現的「萊茵河的葡萄」與「萊茵葡萄」,

〔註66〕胡以魯:《論譯名》,黃嘉德編《翻譯論集》,上海:西風社,1930 年,第 217
～218 頁。

〔註67〕王璞:《從「奧伏赫變」到「萊茵的葡萄」——「頓挫」中的革命與修辭》,
《現代中文學刊》2012 年第 5 期,第 32～34 頁。

〔註68〕郭沫若:《跨著東海》,《郭沫若全集》文學編第 13 卷,北京:人民文學出版
社,1992 年,第 306 頁。

究竟是早年譯稿就是如此，還是 1928 年改譯時所用，現已難以考證。郭沫若最初著手翻譯《浮士德》與 1928 年改譯時，譯詞的選擇及其理解顯然有所不同，這中間正如王璞所說，出現了「如同地層擠壓一般的痕跡」。

　　人物的名稱在小說戲劇作品的翻譯中非常重要，譯名是優秀的翻譯家必須謹慎對待的問題。文學作品中人物姓名的翻譯，從某種程度上來說，就是一個重新命名的過程。通過人名的翻譯，翻譯者部分掌握了著作者的權力，擁有了創造的權力，通過翻譯在某種程度上實現了小說人物的再創造。姓名的翻譯也有不同層面的再創造，淺層面的再創造如方言影響下的姓名翻譯，將 Edward 譯為「愛德華」，是吳方言譯者的創造。許多語言都有標準讀音和方言音，而所謂的標準讀音又具有時代性。因此，對於文學作品中人名的翻譯，即便是純粹的音譯，也會因社會時代與方言等諸多因素的影響而呈現出某些特別的創造性。真正的命名總是帶有特別的含義，擁有別樣的情趣，對於這類人物姓名的翻譯，最好不要採用音譯，否則會全然失掉了語言的樂趣，也就失去了由此呈現出來的審美世界。當然，這類蘊藉豐富的人物名稱，自然也就增添了翻譯的難度。

（一）如何翻譯姓名

　　香港翻譯家思果談到外國人名的漢譯時說：「從前的人老實，用沒有意義的字譯外國人姓名，如剎、陀、涅等，似乎最好，因為一望便知那些人不是中國人。英美人喜歡在『外國人』的姓前面用該國的稱呼，藉以表示他的國籍，如對法國人用 M.，對德國人用 Herr，對西班牙人用 Senor 等（這些字的意思都是『先生』）。我們當然可以用那些字來表示他們是外國人，而不必硬把他過繼給蕭家或杜家做乾孫子。」〔註69〕思果所說「從前的人」指的是中國古代的人，剎、陀等是佛經常用的翻譯詞。在中國古代，大漢族中心主義的文化傳統裏，國人很少用百家姓翻譯他國人的姓。用一些不常見的字譯外國人的姓，一方面可以清晰地表明他們是外國人，同時也含有輕視的意思。

　　鴉片戰爭後，中國的一些翻譯家通過刪減音節、修改讀音等方式，把一些外國人名譯成兩三個字，中國《百家姓》中的姓氏作為譯名的開頭，現在國人常見的一些譯名如詹明信、唐納德等都是。以中國傳統姓氏翻譯外國人

〔註69〕思果：《翻譯研究》，桂林：廣西師範大學出版社，2018 年，第 54 頁。

名，不僅僅是為了迎合中國讀者的審美情趣，推崇翻譯歸化，還帶著去漢族中心主義的意思。就人名的翻譯而言，去漢族中心主義的具體表現有兩個發展階段：第一個階段是譯語中大量使用漢姓，第二個階段才是淡化漢姓。在漢族中心主義的傳統文化中，漢族的姓氏帶有一種民族的優越感，將姓氏賦予一個外國（外族）人意味著對方受到尊重。考慮到中國傳統文化裏的姓氏本身也帶有權力層級，如皇家姓氏、名門望族的形式等等，只要看看用百家姓翻譯外國人名時，所用之姓往往都是傳統社會較好的姓氏，很少有譯者使用那些偏僻的念起來不怎麼好的姓氏，就可以明瞭這種翻譯方式是去中心化後才有的現象，因為傳統的漢族中心主義難以維持，需要吸收新鮮血液，這些新鮮的血液便以賦姓的形式進入文化的中心位置。當這種翻譯方式廣被接受後，也就意味著去中心化的工作已經逐漸被接受，這個時候才會出現第二個階段的問題，即淡化漢姓。在失掉了漢族文化中心思想後，西方文化成為現代化追逐的模板，這個時候重新審視外國人名翻譯的漢化問題，漢族姓氏就完全變成了翻譯上的歸化與順化問題，而歸化也就與拒絕現代化的僵化的保守思想掛上了鉤，以能夠彰顯人名外國色彩的翻譯卻成了睜眼看世界的應有的表現。

　　1922 年 11 月，魯迅在《不懂的音譯》中對翻譯外國人名的問題提出了自己的看法：「翻用外國人的姓名用音譯，原是一件極正當，極平常的事，倘不是毫無常識的人們，似乎決不至於還會說費話。」對於人名的音譯，魯迅認為：首先是最好用相吻合的中國字音進行翻譯，如以「克」譯 k，以「苦」譯 ku，這樣不至於混淆了 Kropotkin 和 Kuropotkin 兩個俄國人名；其次，不必「於外國人的氏姓上定要加一個《百家姓》裏所有的字」，如譯 k 時不必選用《百家姓》裏的「柯」，Go 不必譯為「郭」。〔註 70〕魯迅的弟弟周作人也持相似見解：「用字不故意地採取豔麗或古怪的字面，也不一定要把百家姓分配給外國人」，同時提出「英德法美西各國人地名的音悉照本國讀法」，「實行『名從主人』之例」。〔註 71〕然而，細究起來，選擇與原文相近的音並不是容易的事。英語中的 z，有人覺得像拼音裏的 s，有人卻覺得像拼音裏的 z，有的覺得都不像，具體如何選擇是頗費斟酌的事情。ri 和 li，b 和 p

---

〔註 70〕魯迅：《不懂的音譯》，《魯迅全集》第 1 卷，北京：人民文學出版社，2005 年，第 417 頁。

〔註 71〕凱明（周作人）：《希臘人名的譯音》，《語絲》1925 年 6 月 1 日第 29 期。

等音的翻譯都是如此。因此，在人名翻譯中，只能是在盡量相似的基礎上，盡可能地區分各個音節。

魯迅認為譯 k 不必選用《百家姓》裏的「柯」，但與「柯」讀音相似的字有很多，如「可課刻克客殼顆科棵咳珂苛岢坷」等，即便避開了《百家姓》裏的「柯」，在剩下的字裏到底選用哪一個，似乎也沒有必然的說法。有一些字詞的翻譯，從現在的標準讀音看，譯文和原文並不十分吻合，如譯 worth 為「沃思」，ton 為「頓」，Dante 為「但丁」，Holmes 為「福爾摩斯」等。然而，由於種種原因，一些明顯不符合翻譯標準的翻譯卻流行開來。翻譯時的選擇是一回事，而翻譯的接受和傳播是另外一回事。不能以接受和傳播的情況判斷翻譯的優劣，否定翻譯者最初選擇譯名的用心。當然，這裏所說的是那些譯者花了心思的譯名。用了心思的譯名並不一定就是好的譯名，因為這涉及到譯者自身的見解是否正確，以及所處社會時代的制約等問題。研究譯名，不能簡單地以優劣正確給予判斷，所有真正用了心思的譯名，都是譯者跨語際實踐的結晶，蘊藏著某種詩學追求。人名的翻譯，比譯本中絕大部分語句的翻譯更能彰顯翻譯者的某些人文選擇。

人名翻譯和其他一切事物的翻譯相似，無非是在歸化和順化兩條路徑上進行選擇，完全歸化還是在歸化和順化之間尋找合適的契合點。歸化論者往往是本土優越論者，順化論者往往是崇洋者。歸化論者未必就是真正的愛國者，順化論者也並不就是漢奸。在現代化的路途上，中國落後於西方發達國家，承認這個事實，學習借鑒西方發達國家的東西，這並不就意味著丟掉了傳統，傳統是為人的，是人自己創造的，人不是為傳統而存在的。洋化的人名，雖然叫起來未免有些拗口，有些看起來相當膚淺，然而向優秀者學習的氛圍正是這樣營造起來的。只要注意翻譯接受中去蕪存菁就好。何為人名翻譯中的糟粕？魯迅在《咬文嚼字》一文中談到人名的翻譯時說：「以擺脫傳統思想的束縛而來主張男女平等的男人，卻偏喜歡用輕靚豔麗字樣來譯外國女人的姓氏：加些草頭，女旁，絲旁。不是『思黛兒』，就是『雪琳娜』。西洋和我們雖然遠哉遙遙，但姓氏並無男女之別，卻和中國一樣的，——除掉斯拉夫民族在語尾上略有區別之外。所以如果我們周家的姑娘不另姓綢，陳府上的太太也不另姓蔯，則歐文的小姐正無須改作嫗紋，對於托爾斯泰夫人也不必格外費心，特別寫成妥鉏絲苔也。以擺脫傳統思想的束縛而來介紹世界文學的文人，卻偏喜歡使外國人姓中國姓：Gogol 姓郭；Wilde 姓王；D'An

—nunzio 姓段，一姓唐；Holz 姓何；Gorky 姓高；Galsworthy 也姓高，假使他談到 Gorky，大概是稱他『吾家 rky』的了。我真萬料不到一本《百家姓》，到現在還有這般偉力。」〔註72〕魯迅在這裡談到人名翻譯中難以避免的兩種思想糾纏，第一種是男女平等的觀念，第二種則是傳統思想的拘囿。當人們糾結於本土意識和西方化問題的時候，人名翻譯與《百家姓》的關係也就擺上了討論的桌面。字詞所具有的思想意義，有時候並不完全與詞源有關，更與具體的社會時代的需要有關。換言之，人名翻譯不僅僅是一個簡單的符號，更是一個被譯者和譯者所處時代賦予了特別審美意蘊的對象。

翻譯者除了需要斟酌思考原作者取名的審美蘊涵之外，自身的譯名選擇本身就會賦予某種審美蘊涵。法國作家小仲馬《茶花女》中的男主角 Armand Duval，如今一般譯為阿爾芒·杜瓦爾，林紓（琴南）在《茶花女遺事》將其譯為亞猛，給人猛漢似的感覺。女主人公 Marguerite Gautier，如今一般譯為瑪格麗特，林紓將其譯為馬克。馬克現在一般是用於翻譯男性的名字，瑪格麗特用於翻譯女性。此外，林紓譯亞蒙妹妹為博浪，聽起來和她的兄長一樣勇猛，實際上小說中這樣描寫博浪：「二目明澈，聰穎絕倫，而出言婉淑無俗狀。」〔註73〕博浪是一個淑女，名字卻被林紓翻譯得富有陽剛之氣。《茶花女》中的幾個主要人物，姓名翻譯都出現了陽剛化的傾向，這是林紓翻譯自身審美選擇的結果。《摩羅詩力說》一文中，魯迅將雨果 Hugo 譯為「囂俄」，將尼采譯為「尼佉」，歌德譯為「瞿提」。「佉」者祛也，有驅逐的意思，至於「瞿」，不提倡姓氏翻譯用《百家姓》的魯迅，此處所用之「瞿」不知用的是《百家姓》裏的姓，還是取「瞿」字為猛禽的意思。翻譯人名時，《摩羅詩力說》明顯傾向於選擇那些騷動的、抗爭意味的語詞。

（二）歸化還是順化：郭沫若姓名翻譯中的搖擺姿態

郭沫若從事翻譯的時間非常長，譯著眾多，單將其中人名的翻譯撿出來，名單的長度也非常驚人。眾多的人名翻譯中，郭沫若總是在歸化與順化之間搖擺，既沒有將外國的人名翻譯得怪裏怪氣，一看就不是中國人的姓名，也沒有一定要用中國人的姓名去翻譯外國人的姓名，搞得好像是中國人生活在

〔註72〕魯迅：《咬文嚼字》，《魯迅全集》第3卷，北京：人民文學出版社，2005年，第9頁。
〔註73〕〔法〕小仲馬：《巴黎茶花女遺事》，林紓、王壽昌譯，北京：商務印書館，1981年，第84頁。

國外似的。郭沫若人名翻譯方面的搖擺不定，還表現在對同一人物採用不同的譯名，如「哥德」與「歌德」、「瑪殊玲」與「馬殊玲」。整體而言，郭沫若極少翻譯同一人物時採用不同譯名，在這方面與郁達夫的表現大相徑庭。郁達夫譯英國詩人 Shelley，在各種文字中先後用過「舍萊」、〔註74〕「雪萊」、〔註75〕「塞理」〔註76〕、「雪勒」〔註77〕等，郁達夫在自己的文字中使用上述各種譯名時，《創造》季刊「雪萊紀念號」早已出版，郁達夫不可能不知道郭沫若所用譯名，可是當郁達夫較為頻繁地提及 Shelley 時，自身所用譯名也各不相同，只有一篇文章中的譯名與郭沫若一致。這表明郭沫若對創造社同人的影響並沒有人們想像中的大，同時也說明郁達夫生性不拘一格，憑著自身外語好隨時用音近的漢字譯名。郭沫若與郁達夫都是浪漫主義文學創作和翻譯的代表人物，在自身所用譯名的一致性方面，郭沫若相對來說較為嚴謹。郭沫若在人名翻譯一致性方面表現出來的嚴謹性，即便是與周作人等相比也毫不遜色，如周作人曾用「席烈」〔註78〕、「謝勒」〔註79〕等譯 Shelley，現代作家兼翻譯家們很多時候似乎都懶得翻查自己用過的譯名，於是也就留下了各種不同的譯名。

　　《新時代》是俄羅斯作家伊凡・謝爾蓋耶維奇・屠格涅夫（1818 年 11 月 9 日～1883 年 9 月 3 日）創作的長篇小說，描述了以俄國民粹主義者「到民間去」運動為背景的故事，1925 年 6 月由上海商務印書館作為「世界文學名著」叢書初版，譯者署名郭鼎堂（郭沫若）。《新時代》現在一般譯為《處女地》，郭沫若卻屢屢稱之為《新的一代》：「《新的一代》係根據德文譯名『Die Neue Genenation』。俄文原名為《處女地》。……我此次到日本來的時候只帶了三部書來，一部是《歌德全集》，一部是河上肇的《社會組織與社會革命》，

〔註74〕郁達夫：《介紹一個文學的公式》，《郁達夫全集》第 10 卷，杭州：浙江大學出版社，2007 年，第 106 頁。

〔註75〕郁達夫：《〈古代的人〉序》，《郁達夫全集》第 10 卷，杭州：浙江大學出版社，2007 年，第 307 頁。

〔註76〕郁達夫：《文學概說》，《郁達夫全集》第 10 卷，杭州：浙江大學出版社，2007 年，第 327 頁。

〔註77〕郁達夫：《致趙家璧》，《郁達夫全集》第 6 卷，杭州：浙江大學出版社，2007 年，第 238 頁。

〔註78〕仲密（周作人）：《詩人席烈的百年忌》，《晨報副鐫》1922 年 7 月 18 日。

〔註79〕周作人：《鳥聲》，《周作人自編集・雨天的書》，北京：十月文藝出版社，2011 年，第 10 頁。

還有一部便是屠格涅甫的《新的一代》了。」為何郭沫若不用自己明明知道的俄語原名《處女地》，而是用《新時代》的譯名？既然譯本使用了《新時代》的譯名，為何在隨後的一些文字中又將其稱為《新的一代》？選擇《新時代》作為譯名，而不是《處女地》，和這一時期郭沫若對社會現實的關注及其思想轉型有關，《新時代》這個譯名蘊藉著郭沫若對於社會時代新的期盼。「我現在所深受的印象，不是它情文的流麗（其實是過於流麗了，事件的展開和人物的進出是過於和電影類似了），也不是其中主要人物的性格，卻是這裡面所流動著的社會革命的思潮。」革命的思潮，而且是列寧式的革命的思潮，是那時的郭沫若所渴盼的，這種革命在屠格涅夫的作品中是隱藏著的，郭沫若對小說中表現革命的方式並不滿意，選擇《新時代》而不是選擇《處女地》，反映出來的正是譯者主體郭沫若的思想情趣。另外，在《新時代》出版之後，郭沫若屢屢以《新的一代》稱呼這部譯作，而不使用《新時代》，表明了譯者郭沫若感興趣的是小說中對人物形象的塑造，而且在人物形象的塑造中，又渴求著新的一代人物形象的產生。「我們不是時常說：我們的性格有點像這書裏的主人公涅暑大諾夫嗎？我們的確是有些相像：我們都嗜好文學，但我們又都輕視文學；我們都想親近民眾，但我們又都有些高蹈的精神；我們倦怠，我們懷疑，我們都缺少執行的勇氣。我們都是些中國的『罕牟雷特』。我愛讀《新的一代》這書，便是因為這個原故。」「涅暑大諾夫的懷疑，馬克羅夫的躁進，梭羅明的精明，瑪麗亞娜的強毅，好的壞的都雜呈在我們青年男女的性格中。我們中國式的涅暑大諾夫，中國式的馬克羅夫，中國式的梭羅明，中國式的瑪麗亞娜，單就我們認識的朋友中找尋，也能舉出不少的豪俊了。我喜歡這本書，我決心譯這本書的另一原因，大約也就在這兒。」「《新的一代》中的女性我比較的喜歡瑪殊玲，我覺得這人寫得最好。」郭沫若的上述評語，不是單純的文學評價，而是滲透了自己對於偉大女性的尊崇。郭沫若在寫下上述評語之前，在信中對成仿吾敘說的是妻子安娜陪著孩子們在睡覺，枕頭邊放著一本翻開著的《產科教科書》，郭沫若將安娜比作瑪殊玲：「可憐的『淺克拉·瑪殊玲』喲！」〔註80〕當然，這裡的「可憐」包含著憐愛的意思，同時也對妻子的勤勞辛苦帶有歉意。這個比喻讓我們明白，郭沫若翻譯《新的一代》，在女主人公瑪殊玲的身上看到了安娜的身影，而在現實中的安

〔註80〕郭沫若：《孤鴻──致成仿吾的一封信》，《創造月刊》1926 年第 1 卷第 2 期。

娜身上則又照見了瑪殊玲。翻譯與生活，在郭沫若那裡就這樣緊密地被結合在一起。郭沫若私下裏喜歡使用《新的一代》這個譯名，實際上就是在這個譯名上像《鳳凰涅槃》那樣寄寓了涅槃和更生的希冀。

《新時代》上下兩冊中人名的翻譯並不完全相同，郭沫若在上冊中將和涅暑大諾夫相識的那位革命女性的名字譯為：淺克拉·馬殊玲；在下冊中則譯為：淺克拉·瑪殊玲。譯名共計 6 個字，只有一個字不同：馬和瑪。然而，在姓名的翻譯中，恰恰是這個字最為重要。因為小說譯文中，淺克拉·馬（瑪）殊玲經常被稱為馬（瑪）殊玲。作為音譯，到底是馬殊玲，還是瑪殊玲，似乎並無什麼大的差別。對於漢語讀者來說，感受卻大不相同。馬是《百家姓》中的姓氏，將女主人公譯為馬殊玲，給人造成的感覺似乎這個女孩子真的姓馬似的。

魯迅的《咬文爵字》發表於 1925 年 1 月 11 日北京《京報副刊》，隨即遭到廖仲潛、潛源等人的反對，魯迅為此又寫了《咬嚼之餘》《咬嚼未始「乏味」》等文予以反駁，一時之間影響頗巨。1924 年 7 月初，郭沫若開始從德文轉譯《新時代》，8 月 8 日譯完。上下兩冊中人名翻譯的差異，按理來說應該不是受到後來才發表的魯迅文字的影響。至於是否受到魯迅更早發表的《不懂的音譯》一文的影響，現在還看不到任何兩者間存在影響的材料。事實上，在文壇上熱烈討論人名翻譯問題的時候，熱心於翻譯事業的郭沫若也不會完全不受影響，當然這種影響很可能是綜合性的，是大環境對譯者個人造成的影響，而不一定就是譯者看了某個人的某篇文章之後才受到了影響。

郭沫若人名書名翻譯中出現的差異，顯示了郭沫若對譯作理解和闡釋的變化，不同的譯名顯示著譯者主體不同的思想。對於表意的漢語來說，蘊藉了譯者思想的譯名，似乎總是比純粹的音譯更容易被接受，流傳也較為長久。在中華人民共和國成立前，郭沫若作為「革命者」，向來都是體制外的流浪者，是現代文壇上的邊緣人（包括自我體認與外界認知兩個方面），以郭沫若為首的創造社的一群知識分子是中國現代典型的「流浪型知識分子」。〔註81〕郭沫若譯文中使用的歌德（Geothe）、浮士德（Faust）這兩個譯名的流傳，不是因為自身的權勢，亦非源自國家強權話語，而是讀者自身選擇和接受的結果。推其原因，無非有三：首先，作為音譯與原語相近；其

〔註81〕咸立強：《尋找歸宿的流浪者：創造社研究》，上海：東方出版中心，2006 年，第 149～155 頁。

次，作為意譯包含著譯者對原作的理解；再次，美好的漢語譯詞蘊涵著譯者對原作及原作者的尊崇。

在歌德及《浮士德》真正被國人廣泛地接受之前，相關的漢語譯名有多種，且使用者在 20 世紀中國文壇上大都是赫赫有名之輩。李鳳苞在《使德日記》譯歌德為「果次」，王國維在《紅樓夢評論》中譯歌德為「推格」（明顯是採取了音譯，同時顛倒了姓名的位置，按照其他譯者的姓名音譯方式，應為「格推」）、Faust 為「《法斯德》」，魯迅《人之歷史》中譯歌德為「瞿提」、Faust 為「《法斯忒》」。1919 年 8 月，胡適在為《嘗試集》撰寫的序中，曾引了一段自己寫於 1914 年的話：「吾國作詩每不重言外之意，故說理之作極少。求一撲蒲（Pope）已不可多得，何況華茨活（Wordsworth）、貴推（Goethe）與白朗吟（Browning）矣。」〔註82〕鄭振鐸在 1921 年發表的《盲目的翻譯家》一文中譯 Geothe（原文中的 Jeothe 應為誤排）「貴推」，譯 Faust 為《法烏斯特》。〔註83〕上述各位譯者，惟有鄭振鐸與胡適對 Geothe 的漢譯一致，鄭振鐸的譯名是否受了胡適的影響，沒有見到相關史料，不好臆測。從文字發表的時間和人際關係等方面來看，受到影響的可能性很大。

在對人名進行翻譯（尤其是以音譯為主）時，人們為同一個外來音節選擇對應的漢語字時，都會出現一些差異，這很正常。畢竟，各位譯者的外語發音不盡相同，且各位譯者的漢語發音也多少帶有方言味。諸多因素的影響，使音譯之「音」讀起來各不相同。上述幾位譯者對歌德與《浮士德》的音譯情況如下：

德語原文	Geothe				Faust					
李鳳苞	果	g	次	c						
王國維	格	g	推	t	法	fa	斯	si	特	te
魯迅	瞿	q	提	t	法	fa	斯	si	忒	tei
郭沫若	歌	g	德	d	浮	fu	士	shi	德	de
鄭振鐸	貴	g	推	t	法烏	fawu	斯	si	特	te

從上述列表來看，漢譯者都將 Geothe 譯成雙音節漢語詞彙，將 Faust 譯成三音節漢語詞彙。其中，Geothe 的漢譯差別最大，將 Geo 讀為「瞿」

〔註82〕 胡適：《自序》，《嘗試集——附〈去國集〉》，合肥：安徽教育出版社，2006 年，第 13 頁。
〔註83〕 西諦（鄭振鐸）：《盲目的翻譯家》，《文學旬刊》1921 年第 6 期。

「格」「貴」或「歌」，所用輔音有 Q、G 兩種，其中將其讀為漢語拼音中的 G 音的，有李鳳苞、王國維、鄭振鐸和郭沫若，所用元音有 e、u、ui 三種，如果 u 尚可以理解，鄭振鐸使用的 ui 則很難讓人接受；至於 the，王國維和鄭振鐸譯為「推」，魯迅譯為「提」，只有郭沫若譯為「德」。郁達夫譯 Geothe 為「葛迪」，〔註84〕輔音選用與郭沫若最為接近。Faust 的翻譯差別相對來說較小，郭沫若在這方面的翻譯與其他譯者差別最大。在 au 的音節中，郭沫若選譯的是 u 的音，而 a 的音卻被遺棄了；其他所有譯者都譯出了 a 這個音；中間音 s，其他譯者皆用「斯」對譯，郭沫若採用的是「士」；t 這個音郭沫若選擇的是以不送氣音 d 對譯，其他譯者都是選擇了對應的送氣音 t。譯介最晚的鄭振鐸，似乎有綜合此前譯者翻譯的傾向，各音譯都似乎綜合了此前譯者的做法，在 Fau 的翻譯上更是將郭沫若和其他譯者的翻譯合二為一，a 和 u 兩個音都被作為單獨的音節翻譯出來。

　　一個有意思的問題是，魯迅反對用中國舊有的姓氏翻譯外來人名，卻以「瞿提」翻譯 Geothe，「瞿」卻是中國歷史上比較悠久的姓氏，早在商周就有記載，現在仍是人數很多的一個姓氏。另外，「瞿」也是釋迦牟尼的姓「瞿曇」的省稱。對於這些，魯迅不會不知道，《摩羅詩力說》中出現的漢譯姓氏，只有「瞿」和中國百家姓更相近。倒是其他幾位譯者所用音譯，離中國傳統姓氏較遠。綜合起來看，上述兩個專有名詞的音譯，各位譯者雖然在具體字詞的選擇上各有不同，大體上都在相似的發音範圍內。較為特異的，就是郭沫若的翻譯。比較原文及各位漢譯者的音譯，很明顯郭沫若在音譯中羼雜了一定程度的意譯，或者說在音譯中置入了對這兩個專有名詞的個人化的理解。魯迅、鄭振鐸、郭沫若都是現代文壇上的風雲人物，他們的翻譯足以產生巨大的影響，有意思的是在歌德和《浮士德》兩個專有名詞的翻譯上，郭沫若的影響尤為強悍，直接碾壓了其他譯者，其音譯最終被其他譯者所採用。其他譯者如瞿秋白、徐志摩，在郭沫若之後堅持將 Geothe 譯為「葛德」，與郭沫若的音譯極為相似，「葛」與「歌」發音相同，又是中國百家姓之一，卻也還是沒有能夠取代「歌德」這個譯名。

　　郭沫若對歌德《浮士德》的漢語音譯，最早見於通信集《三葉集》。隨著《三葉集》風行於世，郭沫若所用的譯名也逐漸流行開來。田漢、宗白華

〔註84〕郁達夫：《施篤姆》，《郁達夫全集》第 10 卷，杭州：浙江大學出版社，2007 年，第 17 頁。

和郭沫若在他們的通信中大談特談組織歌德研究會，以及全面譯介歌德（自然包括《浮士德》）等方面的事情。《三葉集》中，《浮士德》的漢譯名有多種，三位通信者甚或郭沫若自己的信中，所用譯名都有變化。然而，正是這種不同譯者之間的交流及自身對於譯名使用的變化，向人們呈現了郭沫若不斷自我調整以求完美的翻譯態度。

在《三葉集》中，《浮士德》這一譯名，最早出現在宗白華信中。在宗白華致郭沫若的一封信中，開篇即提到「浮士德詩譯我攜到松社花圃綠茵上仰臥細讀」，〔註85〕然後詢問田漢是否已經去拜訪郭沫若。郭沫若隨後在給宗白華的信中明確使用了「《浮士德》」這個譯名：「午後我們讀了讀《浮士德》的前部」。〔註86〕《三葉集》中兩封使用「《浮士德》」這個譯名的通信，宗白華信在前，郭信在後，寫作時間前後差近一個星期。仔細閱讀兩封信，可知宗白華與郭沫若兩人的上述通信相互間並沒有回應關係。也就是說，郭沫若後寫的信並不是在收到宗白華信後所寫的回信。這是兩封各自獨立的信件，內容上不存在相互影響的關係。

《三葉集》是宗白華、郭沫若和田漢三人的通信集，但並非全部通信的輯錄，而是選輯。也就是說，有一些通信並沒有被收進來。「浮士德詩譯」指的就是郭沫若譯《浮士德》第二部第一幕，以《春光明媚的地方》為題發表於 1920 年 3 月 20 日《時事新報·學燈》。署名沫若譯，詩題左側括弧內注：「浮士德悲壯劇中第二部之第一幕」。「浮士德」在詩中反覆出現。這應該是宗白華信中浮士德譯名最直接的來源。有意思的是，郭沫若譯詩沒有「歌德」，宗白華的信中也就只說「浮士德」，而不提「歌德」，和郭沫若譯詩可謂亦步亦趨。可以確定，宗白華信中所用「浮士德」這一譯名，來自郭沫若，正是受了郭沫若的影響，宗白華等也開始使用這樣的譯名。

在《三葉集》中，郭沫若最常使用的是「哥德」的譯名；《創造日》發表郭沫若譯歌德詩時，用的還是「哥德」這個譯名。田漢在 1920 年 3 月 15 日出版的《少年中國》上發表了《歌德詩中所表現的思想》，目錄頁中還如《三葉集》一般用的是「謌德」，正文頁中的題名及其他行文都成了「歌德」。有意

〔註85〕宗白華致郭沫若，《郭沫若全集》文學編第 15 卷，北京：人民文學出版社，1990 年，第 109 頁。

〔註86〕郭沫若致宗白華，《郭沫若全集》文學編第 15 卷，北京：人民文學出版社，1990 年，第 114 頁。

思的是田漢此文後面有郭沫若的一段「附白」，其中用的也是「歌德」。此外，文中還明確使用了《浮士德》這一譯名。在《三葉集》中，田漢 1920 年 2 月 29 日致郭沫若的信中，只是談到自己「正譯 Shokawa 君的 Goethe 詩研究中關於他的宇宙觀，人生觀，藝術觀的這章」，〔註87〕田漢還沒有為這篇文章擬定題目。在更早的通信中，田漢曾向郭沫若提及自己「預備做一篇《哥德與雪勒》」，〔註 88〕1920 年 3 月 6 日郭沫若給田漢的回信中說「接到你寄來的《哥德研究》譯稿」，〔註89〕可知田漢此時一直用「哥德」這一譯名。3 月 30 日郭沫若致宗白華的信中，郭沫若還提到「壽昌譯的《哥德詩中之思想》」。〔註90〕這些地方，其實都表明田漢自己應該不是「歌德」及《浮士德》譯名最早的採用者，在請郭沫若翻譯了《歌德詩中所表現的思想》一文中所使用的歌德詩作之後，《歌德詩中所表現的思想》中題名及正文便全都採用了「歌德」及《浮士德》的譯名，對德語並不怎樣熟悉的田漢，「歌德」及《浮士德》的譯名使用應該是受了郭沫若的影響，或者說就是採用了郭沫若的翻譯，「歌德」這個譯名的首用權應歸於郭沫若。

　　《三葉集》中，郭沫若在 3 月 30 日的信中仍然使用「哥德」的譯名，而在為《三葉集》所作序言之落款：「沫若自哥德之《浮司德》中譯出，即以代序」，此處所使用的「哥德」，應是郭沫若為了通信所用譯名的前後統一而做出的選擇。《浮司德》在郭沫若筆下僅出現過這一次。《三葉集》中，郭沫若在 1920 年 1 月 18 日給宗白華的信中說：「哥德底《弗司德》」，〔註91〕也就是說，「司」早就是郭沫若譯名選擇的字彙之一。「浮」與「弗」同音，「司」與「士」在某些不能區分 si 和 shi 的方言中也是同音，從音譯的角度來說，「司」比「士」更吻合原名發音，這也是王國維、魯迅、鄭振鐸均選擇「斯」（si）的原因。短短的兩三個月的時間裏，郭沫若就將 Faust 的譯名

〔註87〕田漢致郭沫若，《郭沫若全集》文學編第 15 卷，北京：人民文學出版社，1990 年，第 96 頁。

〔註88〕田漢致郭沫若，《郭沫若全集》文學編第 15 卷，北京：人民文學出版社，1990 年，第 58 頁。

〔註89〕郭沫若致田漢，《郭沫若全集》文學編第 15 卷，北京：人民文學出版社，1990 年，第 105 頁。

〔註90〕郭沫若致宗白華，《郭沫若全集》文學編第 15 卷，北京：人民文學出版社，1990 年，第 120 頁。

〔註91〕郭沫若致宗白華，《郭沫若全集》文學編第 15 卷，北京：人民文學出版社，1990 年，第 15 頁。

連續改變了幾次，最終定格為「浮士德」，這充分顯示了郭沫若在可能的情況下對翻譯的認真謹慎態度。「一名之立，旬月躊躇。」〔註92〕郭沫若一旦擺脫了衣食之憂，全身心投入譯事之中，反覆斟酌以求完美的譯者沫若就會出現，這時候的翻譯作品往往帶有無窮的詩意與魅力，被譯界廣泛接受也就成了自然之事。至於《三葉集》中歌德與《浮士德》的譯名並沒有統一，首先是因為田漢編輯《三葉集》時並沒有做統一譯名的努力，所以才出現了田漢在自己所做序中使用了「歌德」的譯名，而在正文信中依然使用「哥德」的譯名。也正是這種不統一，才保留了《三葉集》所輯錄通信的原始面貌。就「歌德」與《浮士德》譯名選擇而言，則是較為完整地呈現了譯者沫若的翻譯過程。譯者郭沫若沒有相關翻譯手稿留存，這些盡可能地保存了原始面貌的書信文字給後人勾勒了一位譯者不斷探求的較為鮮活的翻譯進程。

鄭振鐸曾對郭沫若的歌德譯介給予了「不經濟」的批評，並沒有能夠阻礙歌德和《浮士德》兩個譯名在國內的影響與接受。幾年後，鄭振鐸撰寫《文學大綱》，介紹歌德時，書中所用的文字就和郭沫若取了一致。「歌德（J.W.Goethe）」「歌德的最大著作是《浮士德》（Faust）」，〔註93〕鄭振鐸自己選擇的譯名就此成為了歷史，郭沫若的譯名則成為了歌德漢語譯介的通用名。重譯轉譯較多的外國名著，漢譯名雜多且混亂，有些後出的譯者為了顯示自己的「高明」，刻意採用與別人不同的譯名。周而復說：「如有本書把譯作唐旦，譯作格代，譯作狄斯丕爾；不懂原文的讀者，一定要問唐旦和但丁，格代和歌德，狄斯丕爾和莎士比亞是一人還是二人？」為了避免這種亂象，徒增讀者們的負擔，故而提出「譯名的統一」問題。〔註94〕譯名的統一是翻譯興盛後必然的要求。以怎樣的譯名為標準實現統一，對於譯者和文化機關來說卻都不是一件簡單的事。譯名本身的好壞、話語權力的掌控者、文化傳播與影響機制等，都會影響譯名的統一問題。

在《浮士德》「書齋」一章中，浮士德想要「以謙抑的情懷翻譯那神聖的原文」，從「泰初有道」、「泰初有心」、「泰初有力」，直到最終選定了「泰初有

〔註92〕嚴復：《〈天演論〉譯例言》，《嚴復集》第5冊，上海：中華書局，1986年，第1321頁。

〔註93〕鄭振鐸：《文學大綱（文藝復興卷）》，長春：時代文藝出版社，2010年，第226頁。

〔註94〕周而復：《譯名》，《周而復文集》第18卷，北京：文化藝術出版社，2004年，第29頁。

為」。〔註95〕譯文中，浮士德覺得「道」字不分明，「心」難創化出天地萬匯，「有」的意義不恰當，「為」則恰好！被認為「太不分明」的道，是體，作為體的道自然難以把握；「為」則是用，其實也就是「道」的實踐。郭沫若的這個翻譯，在當時得到了創造社其他同人的認可。《文化批判》創刊號曾在扉頁刊登《浮士德》「預約展期」的廣告，宣稱「定購冊數之多，實在出乎我們的預料之外。」同期刊登了朱鏡我的《科學的社會觀》一文，談到人與生產的關係時說：「生產為人類底一切的，生活的，意識的初始，及基點。不是『太初有道』，實是『太初有行』，就是有生產行為——人間相互與自然間底材料交換行為。」〔註96〕「行」，其實也就是郭沫若所說的「為」。在老子那裡，道的實踐就是「德」。歌德、浮士德之「德」字的選用，寄託著郭沫若對《浮士德》的理解。「浮士」一詞，諧音「浮世」，最初為佛教用語，指人世浮沉聚散不定，生死輪迴虛無縹緲。日本有浮世繪，字面意思就是虛浮的塵世的繪畫。阮籍《大人先生傳》中說：「逍遙浮世，與道俱成。」〔註97〕《浮士德》「夜」一章中，浮士德自我感慨說：「你殘酷地把我推墮，殘酷地／推墮在這不確定的浮沉的人生。」〔註98〕「浮沉的人生」也就是「浮世」。浮士德的譯名，既是音譯，從意義上來說，也可以視為「浮世」、「士人」、「德」三者的融合，合在一起的意思便是：吾輩身在浮世當努力有為。郭沫若曾說在浮士德身上看到了自己，他也通過翻譯將自己內心的志望烙印在了浮士德這個人物形象上。

　　姓名的翻譯不僅僅指譯者對原文中人物姓名的翻譯，還應該包括譯文中出現的譯入語裏的人名。高明的翻譯正如郭沫若所說，不應該是對翻電碼，一些原文中的段落句子，在譯成漢語的時候，忽然加入了原文中根本不可能出現的中國人名，這種添譯也是姓名翻譯詩學的一種表現。譯文中人名的這種添譯，意味著將那一人物的姓名當成了一個典故，翻譯的詩意便體現在人名蘊涵的典故上。郭沫若《浮士德》譯文中有這樣的句子：「觀客們雖不必都是周郎，但他們飽讀過無數的文章。」〔註99〕原文是：Zwar sind sie an das Beste nicht gewöhnt，Allein sie haben schrecklich viel gelesen.直譯應是：雖然他們沒

〔註95〕〔德〕歌德：《浮士德》，郭沫若譯，合肥：安徽人民出版社，2013 年，第 45 頁。

〔註96〕朱鏡我：《科學的社會觀》，《文化批判》1928 年第 1 期。

〔註97〕阮籍：《大人先生傳》，陳伯君：《阮籍集校注》，北京：中華書局，1987 年，第 165 頁。

〔註98〕〔德〕歌德：《浮士德》，郭沫若譯，合肥：安徽人民出版社，2013 年，第 26 頁。

〔註99〕〔德〕歌德：《浮士德》，郭沫若譯，合肥：安徽人民出版社，2013 年，第 7 頁。

有習慣於最好的，不過的確讀過很多東西。gewöhnt，意思是「習慣於……」即「經常」、「總是」的意思。這句話的意思說的便是這些臺下的觀眾雖然不總是最理想的觀眾，卻都讀過很多東西，知道得多，要求也多。郭沫若以周郎對譯 the best，實則是將其內在的意思凸顯了出來。

此外，姓名翻譯的詩學研究範圍也可以稍稍擴大一些，將一些地名等特有名詞納入其中。《浮士德》譯文中還有這樣的句子：「讓我們也這樣地編出部梨園奉送！」〔註100〕梨園，唐代都城長安的一個地名。《新唐書·禮樂志》載：「玄宗既知音律，又酷愛法曲，選坐部伎子弟三百，教於梨園。聲有誤者，帝必覺而正之，號皇帝梨園弟子。」後來，梨園就與戲曲藝術聯繫在一起，成為藝術組織和藝人的代名詞。梨園的主要職責是訓練樂器演奏人員，與專司禮樂的太常寺和充任串演歌舞散樂的內外教坊鼎足而三。後世遂將戲曲界習稱為梨園界或梨園行，戲曲演員稱為梨園弟子。郭沫若在自己的翻譯中，顯然是將梨園用作稱呼劇本 drama。竊以為譯者在譯文中使用這樣的譯名，決不僅僅只是為了讓國內的讀者易於閱讀，而是有利於讀者更好地理解故事和人物，猶如舊體詩創作中恰到好處地運用典故，讓人物名字也成其為含蓄蘊藉的審美對象。

（三）悲傷的甘淚卿

人名的翻譯和其他事物的翻譯一樣，首要的原則應該是忠於原文，脫離了原文的翻譯不叫翻譯。如何忠於原文？這個問題向來見仁見智難定一端。人名雖然不像描述性的詞彙那樣帶有鮮明的情感色彩，但是好的人名在情感和理智上都烙印著獨特的趣味。人名翻譯，哪怕是純粹的音譯，也不可能不考慮所選字詞所蘊涵的情趣。

在寫給宗白華的信中，郭沫若寫道：「我讀 Zwinger 一節，我莫有不流眼淚的時候。我日前有首詩是《淚之祈禱》：／獄中的葛淚卿（Gretchen）！／獄中的瑪爾瓜淚達（Margareta）！／要你才知道我心中的悽愴，／要你才知道我心中的悔痛。／你從前流過的眼淚兒……／流到我眼裏來了。」〔註101〕Margareta 現在一般譯為瑪格麗塔。葛淚卿（Gretchen）是 Grete 的昵稱。

〔註100〕〔德〕歌德：《浮士德》，郭沫若譯，合肥：安徽人民出版社，2013年，第9頁。

〔註101〕郭沫若致宗白華，《郭沫若全集》文學編第15卷，北京：人民文學出版社，1990年，第114頁

Gretchen 現在一般譯為「格蕾琴」「葛瑞琴」「葛麗卿」「格雷琴」「格麗琴」等，就此人名而言，以「淚」譯 re 的音，始於郭沫若，迄今似乎也只有郭沫若如此翻譯 Gretchen。在《浮士德》一書中，郭沫若將 Gretchen 譯為「甘淚卿」，Margareta 譯為「瑪甘淚」。

　　Gretchen 這個人名的翻譯，國內一般都是採用三個漢字進行對譯，第一個字的選用大都相似，為「ge」。郭沫若在《三葉集》中用的是「ge（葛）」，在《浮士德》譯本中用的卻是「gan（甘）」。「甘」與「葛」兩個字的讀音差別較大，郭沫若不可能不知道；改「葛」為「甘」，必有緣由，我認為郭沫若想要通過譯詞的更換更好地傳達某種審美情趣。在漢語譯名第二個字的選用上，郭沫若也是獨樹一幟。與「雷」「蕾」「瑞」「麗」相比，「淚」這樣的名字顯得不怎麼美好。國人有起賤命以謀求孩子能夠好養活的，卻罕有主動以「淚」等字為名的。從忠於原文的角度來說，「雷」「蕾」「瑞」「麗」與「淚」的選用，恰好表明了其他譯者和郭沫若對《浮士德》中出現的這個和浮士德相戀的女孩形象的不同的接受和理解。選用「蕾」「瑞」「麗」等美好的字眼，首先符合音近這一音譯的規則；其次則是這些字眼本來就多用於女性名字，適合用來翻譯女性；最後則是浮士德之所以被這個女孩吸引，是因為「那真是一個純潔的嫦娥，／她白無罪過地在那兒懺悔」，〔註 102〕就連靡非斯特也不能將她支配。這樣一個青春美少女，「格蕾琴」或「葛瑞琴」這樣的名字正好與之相稱。在浮士德和靡非斯特眼中青春美麗的少女，換一個角度看則變成了悲傷和不幸的化身。自從碰到了浮士德，陷入戀愛之中，不幸便接踵而至。郭沫若敘述說，浮士德「因用睡藥過重毒死了甘淚卿的母親，更因幽會被阻殺死了她的哥哥華倫亭。瑪甘淚養了一個私生子，把他溺死了，自己被丟在牢裏，也成了狂人」。〔註 103〕對於這個花季少女來說，幸福的時光是那麼短暫，人生之中似乎到處充滿了不幸，痛苦總是與她相伴，郭沫若用「淚」對譯 re，表現他對人物性格的獨特把握，也是郭沫若自身情感的投射，「我這人的淚腺似乎很發達，自來是多眼淚的人。」〔註 104〕

〔註 102〕〔德〕歌德：《浮士德》，郭沫若譯，合肥：安徽人民出版社，2013 年，第 86 頁。

〔註 103〕郭沫若：《〈浮士德〉簡論》，《郭沫若全集》文學編第 16 卷，北京：人民文學出版社，1989 年，第 269 頁。

〔註 104〕郭沫若：《創造十年》，《郭沫若全集》文學編第 12 卷，北京：人民文學出版社，1992 年，第 40 頁。

綜觀郭沫若詩歌創作，「淚」之一字，出現得頗為頻繁，有幾處重複用字；以不同字眼形容「淚」，其變幻之豐富多端，新穎別致，與郭沫若之前及其同時代詩人們的創作相比，表現都是最突出的。與淚相關的形容詞狀詞，使郭沫若詩歌創作中的「淚」之意象表現得異常豐盈，這在一定程度上正反映出了詩人郭沫若非同尋常的瑰麗想像力。

郭沫若將 Gretchen 譯為「甘淚卿」應該是在 1928 年《浮士德》改譯出版時期，而用葛淚卿（Gretchen）是在《三葉集》通信時期。《三葉集》是 1920 年 1 月至 3 月田漢、宗白華和郭沫若三個人之間的通信集，那時候的郭沫若一方面痛苦於家庭生活和學業等諸種問題，另一方面也正處於詩歌創作的爆發期；家庭和學業成了他不能擺脫的沉重的現實肉身，火山爆發式的詩歌創作則表現了他理想自由飛翔的一面。在 Gretchen 這個女孩身上，郭沫若似乎看到了自己的不幸，一切不幸似乎瞬間都堆積在自己身上，除了自苦以外並無真正的解決的辦法，所以他要在詩中說：「你從前流過的眼淚兒……／流到我眼裏來了。」對方的眼淚如何流到「我」的眼裏來了？

一位研究者談到郭沫若的《辛夷集・小引》時說：「該文寫一個少女無意間發現了沙地上窪穴中的死魚，不禁留下『清淚』形成『淚池』，結果使死魚復活。這裡流下『清淚』的唐裝少女，很自然地和葛淚卿相關（其實，Gretchen 在德文中更常見的譯法是『格雷琴』之類）。郭沫若是在隱晦地告訴讀者，這個少女——安娜，用自己的淚使死魚（郭沫若）復活，她就是『淚卿』——葛淚卿。而在《浮士德》中，浮士德最後昇天的時候，正好是葛淚卿擔當了一個接引者的角色，並且她還要『用心地把他指導』。」〔註105〕這位研究者的解讀角度實屬腦洞大開。按照這個思路解讀，流到我眼裏的眼淚，便是對方的拯救，而不是悲傷。眼淚成了接引者的接引之物，成了復活者的復活媒介，這屬於過度詮釋。安娜是一位堅強的女性，郭沫若很少寫安娜流淚，即便是安娜身上聖潔的光輝消失了，哭泣也不屬於這位堅忍不拔的偉大女性。生拉硬扯地認為安娜用自己的淚復活了郭沫若，完全是以個人的想像置換了郭沫若與安娜兩個人的性情。實際上，喜歡流淚的是郭沫若，而不是安娜。郭沫若的《淚浪》詩篇，便是郭沫若經常淚奔的文學表達，而郭沫若也從不諱言這一點。也正因為此，竊以為 Gretchen 其實是譯者郭沫若

〔註105〕張傳敏：《〈女神〉中的女性情結探微》，《重慶師範大學學報》2012 年第 3 期，第 46 頁。

自我精神投射的對象，譯名的選擇所呈現給讀者的恰恰是郭沫若的自我精神。范勁談到郭沫若的歌德譯介時說：「郭沫若的續詩將葛淚卿『哭』的烈度又不知增加了多少倍，算是把中國『五四』作家對於淚的推崇推到了極致。」〔註106〕范勁的判斷無疑更為恰切，《浮士德》中的一些「淚」，是郭沫若賦予的，有些則是被譯者郭沫若強化了的。

　　郭沫若的《辛夷集·小引》，篇幅不長，不妨引在這裡，以便能夠更好地對照女性與眼淚的書寫問題。

　　　　有一天清早，太陽從東海出來，照在一灣平如明鏡的海水上，照在
　　　　一座青如螺黛的海島上。
　　　　島濱砂岸，經過晚潮的洗刷，好像面著一張白絹的一般。
　　　　近海處有一岩石窪穴中，睡著一匹小小的魚兒，是被猛烈的晚潮把
　　　　他拋撇在這兒的。
　　　　島上松林中，傳出一片女子的歌聲：
　　　　月光一樣的朝暾
　　　　照透了蓊郁著的森林，
　　　　銀白色的沙中
　　　　交橫著迷離疏影。
　　　　一個穿白色的唐時裝束的少女走了出來。她頭上頂著一幅素羅，手
　　　　中拿著一支百合，兩腳是精赤裸裸的。她一面走，一面唱歌。她的
　　　　腳印，印在雪白的沙岸上，就好像一瓣一瓣的辛夷。
　　　　她在沙岸上走了一會，走到魚兒睡著的岩石上來了。她仰頭眺望了
　　　　一回，無心之間，又把頭兒低了下去。
　　　　她把頭兒低了下去，無心之間，便看見了穴中的那匹魚兒。
　　　　她把腰兒弓了下去，詳細看那魚兒時，她才知道他是死了。
　　　　她不言不語地，不禁湧了幾行清淚，點點滴滴地滴在那窪穴裏。窪
　　　　穴處便匯成一個小小的淚池。
　　　　少女哭了之後，她又淒淒寂寂地走了。
　　　　魚兒在淚池中便漸漸蘇活了轉來。

〔註106〕范勁：《德語文學符碼和現代中國作家的自我問題》，上海：華東師範大學出
　　　　版社，2008年，第56頁。

　　文後的落款是：「一九二二年。七。三。郭沫若作於上海。」〔註107〕時間正是郭沫若為創造社事務從日本返回上海的第二天。郭沫若回憶說：「《辛夷集》的序也是民五的聖誕節我用英文寫來獻給她的一篇散文詩，後來把它改成了那樣的序的形式。」〔註108〕本書沒有找到郭沫若提到的英文版的散文詩，沒有辦法對照兩個版本，以便能夠清楚哪些寫於1916年，哪些文字是1922年翻譯修改時添加上去的。僅就《辛夷集》中的這篇「小引」來看，主題是愛、淚與死亡。整篇文章的敘述都很輕盈，與幾年後徐志摩的愛情詩《偶然》很相似。唐裝少女「無心之間」看到了窟穴裏的魚兒，對於偶然相遇的死去的魚兒，少女哭了，她的眼淚匯成了淚池。等到少女離開之後，魚兒才在淚池中蘇醒。少女的眼淚救活了魚兒，少女自己卻不知道，魚兒也不知道是少女救活了自己。在這篇短文中，郭沫若用了兩次「無心之間」，強調的是少女並沒有特定的想要實現的目標，是「無心之間」看到的死魚觸動了她的心弦。《女神之再生》裏的女神們也是如此，顓頊和共工爭王帶來了天地間的大破壞，眾女神決定創造新的世界新的光明。事情的發生是偶然的，然而死亡與愛的糾纏卻是必然的，郭沫若與安娜戀愛期間創作的詩篇尤其如此。

　　在《Venus》中，郭沫若寫道：

　　我把你這張愛嘴，

　　比成著一個酒杯。

　　喝不盡的葡萄美酒，

　　讓我時常醉！

　　我把你這對乳頭，

　　比成著兩座墳墓。

　　我們倆睡在墓中，

　　血液兒化成甘露！〔註109〕

　　《新月與白雲》中的詩意也與此相類似。情濃之時寫死亡，這死亡的意識來自印度，與泰戈爾的詩也有關係。死亡指向的不是結束，而是開始，或

〔註107〕郭沫若的《小引》，《辛夷集》，上海：泰東圖書局，1923年，第1～4頁。

〔註108〕郭沫若：《我的作詩的經過》，《郭沫若全集》文學編第16卷，北京：人民文學出版社，1989年，第213頁。

〔註109〕郭沫若：《Venus》，《〈女神〉及佚詩》，北京：人民文學出版社，2008年，第111頁。

者說永恆。按照郭沫若的自敘,這些寫給安娜的新詩,創作於翻譯《浮士德》之前,當郭沫若將「re」譯為「淚」的時候,不知道他是否想起了唐裝少女的眼淚。無論如何,不應將「淚」簡單理解為痛苦,而是應該在愛與死亡的獨特審美層面進行詮釋。

南昌起義失敗後,郭沫若跟隨部隊南下,由汕頭經香港回到上海。在上海的日子裏,郭沫創作了詩集《恢復》,修訂了譯稿《浮士德》。郭沫若在《跨著東海》一文中回憶說:「潛伏在寶樂安路的一座亭子間裏,算得到了充分的整理的時間,我把損失了的補譯起來,把殘存的舊稿,也徹底潤色了一遍,僅僅費了十天工夫,便把這項工作完成了。這在我當時是一件很愉快的事。譯文相當滿意,而且把十年中的經驗和心境含孕在裏面,使譯文成長了起來。」〔註110〕改譯《浮士德》的過程中,為何兩位女性的名字被郭沫若改成了「甘淚卿」和「瑪甘淚」?遭遇了南昌起義失敗後的郭沫若,對革命事業並無退縮畏懼,他在上海支持創造社出版部的改組工作,將從革命前線退下來的陽翰笙、李一氓等招進創造社出版部,既給他們提供一份工作,也是努力在文化戰線上繼續進行戰鬥。最初翻譯這兩位女性的名字,將「淚」嵌入,突出的就是命運的淒苦。然而,當將她們名字中的「淚」全都都加了另外一個字「甘」的時候,就變成了「甘淚」。於是,先前的譯名中淒苦的意思繼續保留著,而譯名整體的審美意蘊卻改變了。「甘淚」,可解為甘心流淚或以淚為甘。經歷了大革命的受挫與南昌起義的失敗,潛居上海的郭沫若自然會進行一番反思,這與《浮士德》的改譯和出版兩者存在某種互文關係,「甘淚」這種人名的改譯實踐,反映出來的應該是譯者對親身參與的革命的經歷的反思,反思的結果便是「甘」,誰謂荼苦甘之如飴,頗有投身革命九死而未悔的意思。

《浮士德》的改譯,除了與譯者的革命經歷、生病體驗等方面構成互文,是否還存在其他方面的隱含的審美意蘊?郭沫若在《離滬之前》中寫道:「安琳比從前消瘦了,臉色也很蒼白,和我應對,極其拘束。她假如和我是全無情愫,那我們今天的歡聚必定會更自然而愉快。戀愛,並不是專愛對方,是要對方專愛自己。這專愛專靠精神上的表現是不充分的。」安琳是郭沫若革命途中的相識。回家後,安娜問安琳和郭沫若的關係,郭沫若「把

〔註110〕郭沫若:《跨著東海》,《郭沫若全集》文學編第 13 卷,北京:人民文學出版社,1992 年,第 306 頁。

大概的情形告訴了她」，安娜問郭沫若為什麼不和安琳結婚，並說：「是我阻礙著你們罷了。安娜自語般地說。——假如沒有這許多兒女，——她停了一會又指著日本式的草席上睡著的三個兒子和一個女兒自語般地說下去，——我是隨時可以讓你自由的。」在郭沫若的筆下，安娜表現得大度寬容，而且非常堅韌。在郭沫若參加革命的日子裏，安娜獨自帶著孩子艱難生活。郭沫若回憶說：「與安娜談往事。安娜很感謝心南，她說在我未回滬之前，除創造社外，舊朋友們中來關照過他們母子五人的就只有心南。」所有這些，郭沫若心中也都清楚，所以在心南家談及日後的安排時，郭沫若回憶說：「談至夜半，所談者為與商務印書館相約賣稿為生也。他勸我一人往日本，把家眷留在上海。這個談何容易，一人去與一家去生活費相差不遠，分成兩處生活便會需要兩倍費用。並且沒有家眷，我何必往日本乎？」〔註111〕社會、家庭、人生種種束縛，自由何在？浮士德的願望：「我願意看見這樣熙熙攘攘的人群，／在自由的土地上住著自由的國民。」〔註112〕也是郭沫若的願望。郭沫若說「雪萊即我」，其實將雪萊換成浮士德或許更合適。

雖然郭沫若在安娜之外另有了戀情，但是家庭的責任、安娜的寬容等等，使他不能拋棄「家眷」。就此而言，在上海潛居的郭沫若，又回到了安娜身邊，面對安娜的時候，郭沫若的心情應該很複雜。「甘淚」的譯名，可以隱喻安娜的甘心於淒苦，也可以隱喻郭沫若的「甘淚」。郭沫若不能因為自己與安琳相愛，便離開安娜。《恢復》中有《得了安息》一詩，創作於 1 月 6 日，似乎可用以解釋郭沫若不能離開安娜的原因。「我在病院裏怎麼也不能安眠」，〔註113〕這與詩人在《恢復》中說「我一點也不憂慮，也不熬煎」相牴牾，但我認為「不能安眠」可能更寫實，詩人最終能夠「得了安息」，是因為病房中陪伴「我」的曉芙，貼心地服侍「我」，安慰「我」。當天，郭沫若還寫了《歸來》。詩題意蘊豐富，即可視為從醫院中歸來，也可理解為自己健康的歸來，當然，也可以理解為自己遠離曉芙的心也在「歸來」。詩中敘述了安娜對他的照顧和忍耐：「聽說我在危篤時罵詈過她／還數過她無數的冤枉的

〔註111〕郭沫若：《離滬之前》，《郭沫若全集》文學編第 13 卷，北京：人民文學出版社，1992 年，第 298～299 頁。

〔註112〕〔德〕歌德：《浮士德》，郭沫若譯，合肥：安徽人民出版社，2013 年，第 412 頁。

〔註113〕郭沫若：《得了安息》，《郭沫若全集》文學編第 1 卷，北京：人民文學出版社，1982 年，第 372 頁。

罪名。／她來時有時竟不敢和我見面，／只坐在偏僻處，望著我傷神。／／啊！我如今是清醒了，懺悔了：／你是我永遠的唯一的愛人！」〔註114〕對於跟隨自己受苦受難的安娜，對於服侍自己任勞任怨的安娜，郭沫若情不自禁地寫下了感恩的詩句。感恩就是無悔。即便是苦，也仍然甘甜。「甘淚」之「甘」，用於這世間掙扎、痛苦並快樂著的人身上，無疑是很恰切的。翻譯者翻譯的，不僅僅是原文，還有譯者自身，就此而言，譯者所進行的翻譯也就是在翻譯自我，在翻譯的過程中將個人的情感體驗融匯進去，在譯文中烙下個人的印痕。好的人物形象名字的翻譯，不僅僅是音譯，也不簡單地是對隱藏意義把握後的意譯，更蘊涵著譯者對於原著人物形象的透徹的理解和把握。

第三節　《浮士德》詩劇形式的翻譯與再創造

　　郭沫若是一個謙虛的譯者，他總是說自己德語並不好。1928 年 11 月郭沫若在《浮士德》第一部「譯後記」中說：「本來是不甚熟練的德語，本來是不甚熟練的譯筆，初出茅廬便來翻譯這連德國人也號稱難解的韻文的巨作。」〔註115〕1954 年郭沫若在《浮士德‧小引》中說：「可惜我的德文程度實在有限，沒有可能很好地傳神。有些地方譯得太呆板，同時也一定還有好些譯得不準確的地方，希望精通德文的朋友，對於這部作品曾深入研究的朋友，嚴格地指責，以便有機會時再加以琢磨和修改。」〔註116〕在《反響之反響》一文中說：「德文原文究竟是甚麼意思，我想凡為懂得德文的朋友大概都早已了然。我在此為不懂德文者的利便起見，謹就我貧弱的德語智識來翻在下面。」〔註117〕「自己自然也是學過英文的人，但我的英文僅僅能夠看書，除掉參考著日本文或者德文譯本也勉強能夠翻譯翻譯之外，要講幾句『不落肯的因革利徐』，我連上海的茶房都還趕不上。」〔註118〕郭沫若的譯文問世後，也常有

〔註114〕郭沫若：《歸來》，《郭沫若全集》文學編第 1 卷，北京：人民文學出版社，1982 年，第 370 頁。

〔註115〕郭沫若：《第一部譯後記》，〔德〕歌德：《浮士德》，郭沫若譯，合肥：安徽人民出版社，2013 年，第 435 頁。

〔註116〕郭沫若：《小引》，〔德〕歌德：《浮士德》，郭沫若譯，合肥：安徽人民出版社，2013 年，第 3 頁。

〔註117〕郭沫若：《反響之反響》，《郭沫若全集》文學編第 16 卷，北京：人民文學出版社，1989 年，第 131 頁。

〔註118〕郭沫若：《創造十年》，《郭沫若全集》文學編第 12 卷，北京：人民文學出版

其他譯者或批評家對郭沫若的譯文提出語義學上的質疑，認為郭沫若翻譯不到位，甚或存在錯譯誤譯，這些情況的確都存在，但迄今為止，郭沫若翻譯的《少年維特之煩惱》和《浮士德》依然都是德語文學漢譯史上難以超越的經典。無論是譯者的謙虛，還是批評者的批評，都不能折損郭沫若作為一個傑出翻譯家的獨有的風騷。

僅就外語掌握的水平而言，英語、德語比郭沫若好的人並不難找，但執著地從事翻譯的卻不多；同一對象的翻譯，如《浮士德》《少年維特之煩惱》，譯文比郭沫若更為準確的也有，但能像郭沫若一樣譯出原著「風韻」的卻比較罕見。蘇珊和安德烈指出：「In addition, it is convinced that different translators will always produce different translations with different characteristics and styles. What really matters in translation is that the translator should be so devoted to the source text that he then seeks to transmit it rightly and creatively with the pleasures generated from the process which can be seen as both intellectual and emotional.」〔註 119〕

（此外，毫無疑問，不同的譯者有不同的翻譯特點和風格，也就產生了各不相同的翻譯。翻譯的關鍵在於譯者要忠實於原作，把握其中蘊涵的情理趣味，然後又能恰到好處地富有創造性地將其表現出來。）

忠於原著是翻譯的首要原則。如何才能算是忠實於原著，這是一個問題。戰戰兢兢地追隨原著，不敢越雷池一步，這樣的忠實最終只能是矮化了原著。郭沫若倡導詩人譯詩，就是要譯者與原作者形成對話，譯者不能只是一個亦步亦趨的傾聽者，還應該是一個靈魂的冒險者，在原作的閱讀、理解和翻譯過程中與原作者進行對話，在靈魂的交鋒中把握原作的神韻。但若只是如此，譯者還免不了只是一個傳聲筒。描摹的東西即便是再逼真，也難以達到原作氣韻生動的境界。譯者在翻譯的過程中，應該有自身思想情感的灌輸，在字詞的選擇上形成自身的風格與特色，這樣，作為翻譯媒介的漢語才能自身具足，獲得屬於自己的生命。

（一）詩劇翻譯與郭沫若翻譯的半格律化實踐

郭沫若自言崇拜歌德，但對歌德的崇拜在那一時代的中國作家群眾中是

社，1992 年，第 107 頁。

〔註 119〕 Susan Bassnett & Andre Lefevere：《文化構建：文學翻譯論集》，上海：上海外語教育出版社，2001 年，第 65 頁。

較為普遍的現象。郭沫若在日本讀書時，外語教師用《浮士德》作為教材，這自然有利於使郭沫若親近《浮士德》。那些不像郭沫若一般通過讀大學接觸《浮士德》的知識分子，也同樣喜歡歌德和他的《浮士德》。沈從文在思考抽象的抒情時說：「流星閃電剎那即逝，即從此顯示一種美麗的聖境，人亦相同。一微笑，一皺眉，無不同樣可以顯出那種聖境。一個人的手足眉髮在此一閃即逝縹緲的印象中，即無不可以見出造物者之手藝無比精巧。凡知道用各種感覺捕捉住這種美麗神奇光影的，此光影在生命中即終生不滅。但丁、歌德、曹植、李煜，便是將這種光影用文字組成形式，保留的比較完整的幾個人。這些人寫成的作品雖各不相同，所得啟示必中外古今如一，即一剎那間被美麗所照耀，所征服，所教育是也。」〔註120〕用精巧的文字捕捉精妙的光影，這不僅是沈從文從歌德《浮士德》所得的印象，也是郭沫若等讀者共同的印象。由此也就產生了一個問題，如何才能夠譯出這種抽象的抒情的妙處？

　　走向歌德的郭沫若，一度對歌德非常癡迷，在革命文學轉向後對此也做出過反思。在《創造十年》中，郭沫若談到《浮士德》時說：「西洋的詩劇，據我看來，恐怕是很值得考慮的一種文學形式，對話都用韻文表現，實在是太不自然。《浮士德》這部詩劇，單就第一部而言，僅可稱為文字遊戲之處要在對成以上，像那《歐北和酒僚》《魔女之廚》《瓦普幾司之夜》及《夜夢》，要算是最沒有詩意的地方。那些文字攙雜在詩劇裏面而濫竽詩名，僅是在有韻調的鏗鏘而已。」由此談到翻譯：「假如要用散文譯出時，會成為全無意味的一些骸骨。用韻文譯出，也不外是下乘的遊戲文字而已。因此，我覺得元代雜劇，和以後的中國戲曲，唱與白分開，唱用韻文以抒情，白用散文以敘事，比之純用韻文的西洋詩劇似乎是較近情理的。」〔註121〕郭沫若的反思很難說是否定了自己對《浮士德》的喜歡，因為《浮士德》論及藝術作品時也說：詩人一揮而就上百行詩句，真正動人的也只有那麼幾行。郭沫若的反思，一方面恰恰證明了譯者對翻譯對象的熟悉，另一方面也表明了譯者自身的成熟與進步。《浮士德》的完整的翻譯工作，「前前後後綿亙了差不多三十年」，〔註122〕這三十年的時間中，郭沫若對《浮士德》的翻譯可謂情結深重。時間

〔註120〕沈從文：《燭虛》，《沈從文文集》第 11 卷，廣州：花城出版社，1984 年，第277 頁。

〔註121〕郭沫若：《創造十年》，《郭沫若全集》文學編第 12 卷，北京：人民文學出版社，1992 年，第 75 頁。

〔註122〕郭沫若：《第二部譯後記》，〔德〕歌德：《浮士德》，郭沫若譯，合肥：安徽

久,咀嚼長,對於翻譯的對象和自己的譯作有所反思,這是正常的現象,這也從另一個方面體現了郭沫若對《浮士德》理解的深化。

從郭沫若對於詩劇抒情和敘事功能的分析看,他似乎又很贊成自己先前「有些地方譯成了韻語,有些地方又譯成了散文」的翻譯。這裡存在一個細微的矛盾:《浮士德》是採用韻文形式的詩劇,郭沫若對自己初譯時所採取的韻散夾雜的形式不滿意,但又認為詩劇最好還是抒情用詩的形式而敘事採用散文的形式。這個矛盾或許並不是真正的矛盾,因為初譯稿沒有了,而郭沫若又沒有明確地提及初譯稿中哪些地方的翻譯採用的是韻文,哪些地方的翻譯採用的是散文,故此這個問題的判斷失去了相應的參照。若是初譯稿中抒情採用的是韻文而敘事採用的是散文,那麼郭沫若感到不滿意的就是譯文和原文的對應問題,若是抒情或敘事的部分都出現了韻散夾雜的情況,那麼郭沫若不滿意的就是譯文自身內在邏輯的統一問題。

1928 年改譯並最終定型了的《浮士德》,郭沫若自稱「可以說是全部改譯了的」,「原作本是韻文,我也全部用韻文譯出了,這在中國可以說是一種嘗試,這裡面定然有不少的勉強的地方。不過我要算是盡了我的至善的努力了。為要尋出相當字句和韻腳,竟有為一兩行便虛費了我半天工夫的時候。」〔註 123〕郭沫若雖然覺得西洋詩劇全用韻文並不好,但在《浮士德》改譯時卻又提出全用韻文的翻譯「在中國可以說是一種嘗試」,且稱之為「至善的努力」,其中態度的變化非常清晰。由此可見,郭沫若對於西洋詩劇的翻譯,在 1920 年左右、1920 年代末和 1930 年代所持的觀點態度不盡相同。具體地說,便是 1920 年左右翻譯時傾向於自由譯,表現為韻散的隨意夾雜;1920 年代末則是採取了全用韻文譯;1930 年代郭沫若在自傳中回憶《浮士德》的翻譯時,則提出抒情部分應用韻文而敘事部分則當用散文。郭沫若談及《浮士德》(西洋詩劇)翻譯時表現出來的這個變化,和郭沫若所說的自身詩歌創作的發展軌跡基本吻合。

郭沫若多次談到自己詩歌創作的發展軌跡。郭沫若在《離滬之前》中也說:「擬做《我的著作生活的回顧》。一詩的修養時代……二詩的覺醒期　太戈兒、海涅。三詩的爆發　惠迭曼、雪萊。四向戲劇的發展　歌德、瓦格

人民出版社,2013 年,第 439 頁。

〔註 123〕郭沫若:《第一部譯後記》,〔德〕歌德:《浮士德》,郭沫若譯,合肥:安徽人民出版社,2013 年,第 436 頁。

訥。」〔註124〕《創造十年》中也有類似的說法：「我的短短的做詩的經過，本有三四段的變化。第一段是太戈爾式，第一段時期在『五四』以前，做的詩是崇尚清淡、簡短，所留下的成績極少。第二段是惠特曼式，這一段時期正在『五四』的高潮中，做的詩是崇尚豪放、粗暴，要算是我最可紀念的一段時期。第三段便是歌德式了，不知怎的把第二期的情熱失掉了，而成為韻文的遊戲者。」〔註125〕郭沫若總是將外國詩人的影響與自身的詩歌創作聯繫起來，不是平行對比，而是直接承認影響與被影響的關係。這影響的途徑，首先自然是閱讀，其次便是翻譯實踐。在郭沫若勾勒出來的幾個階段中，最具有標誌性的三個外國詩人便是：泰戈爾、惠特曼和歌德。泰戈爾和惠特曼代表的是郭沫若自由浪漫的詩歌創作階段，而歌德代表的則是「韻文的遊戲」。與之相對應的，郭沫若公開發表出版最多的，是他所翻譯的歌德的作品，至於泰戈爾和惠特曼，郭沫若也進行過翻譯，然而，由於種種原因，譯文並沒有得到保留和出版。未留下來的譯稿，因為未見，所以不好憑空推斷，但從郭沫若自己將詩歌翻譯和詩歌創作分期合二為一的做法看，對泰戈爾和惠特曼的詩歌翻譯應與對歌德詩的翻譯不同。泰戈爾和惠特曼的相關譯詩已經不見，只留下歌德在郭沫若的譯詩世界中獨領風騷，郭沫若詩歌翻譯的面相，也許因此而變得狹窄了許多。

　　泰戈爾的翻譯、惠特曼的翻譯，郭沫若都曾做過，也曾投過稿，卻沒有得到發表的機會。歌德的翻譯，因為宗白華的賞識，《三葉集》的通信，逐漸流行開來，成為郭沫若最惹人注目的標籤之一。通過《三葉集》可知，郭沫若翻譯歌德的熱情固然與宗白華的鼓勵勸誘有關，與此同時卻也在某種程度上受到宗白華詩歌觀念的影響。換言之，郭沫若在詩歌翻譯和創作上從泰戈爾、惠特曼逐漸走向了歌德，其中就有宗白華影響的因素。最初，郭沫若在給宗白華的信中說：「詩底波瀾，有他自然的週期，振幅（Rhythm），不容你寫詩的人有一毫的造作，一剎那的猶豫，硬如哥德所說連擺正紙位的時間也都不許你有。說到此處，我想詩這樣東西倒可以用個方式來表示他了：詩＝（直覺＋情調＋想像）＋（適當的文字）。」〔註126〕郭沫若用以表示詩的

〔註124〕郭沫若：《離滬之前》，《郭沫若全集》文學編第 13 卷，北京：人民文學出版社，1992 年，第 299 頁。

〔註125〕郭沫若：《創造十年》，《郭沫若全集》文學編第 12 卷，北京：人民文學出版社，1992 年，第 76 頁。

〔註126〕郭沫若致宗白華，《郭沫若全集》文學編第 15 卷，北京：人民文學出版社，

「方式」中，所謂「適當的文字」是詩的表現形式，但從郭沫若的文字表述看，卻並不講究表現的形式，雖使用了「適當的」這樣的修飾詞，卻是有等於無。因為當「連擺正紙位的時間也都不許你有」的時候，「適當的文字」如何才能夠「適當」起來？說到底，郭沫若強調的還是不事雕琢的自然流露。

宗白華的回信整體上贊同郭沫若的說法，對形式的看重還是與郭沫若大不相同。「但我現在的心識總還偏在理解的一方面。感覺情緒也有些，所缺少的就是藝術的能力和訓練。因我從小就厭惡形式方面的藝術手段，明知形式的重要，但總不注意到他。所以我平日偶然有的『詩的衝動』，或你所說的Inspiration，都同那結晶界中的自然意志一樣，雖有一剎那傾的向上衝動，想從無機入於有機，總還是被機械律所限制，不能得著有機的『形式』」〔註127〕雖然表明自己「從小就厭惡形式」，卻並不否認「形式的重要」，他還是覺得自己有詩意，只是找不到合適的表現「形式」「寫」不出罷了。在隨後的信中，宗白華就委婉地給郭沫若提出了一些建議：「你的詩是以哲理做骨子，所以意味濃深。不像現在有許多新詩一讀過後便索然無味了。所以白話詩尤其重在思想意境及真實的情緒，因為沒有詞藻來粉飾他。」〔註128〕「你的詩又嫌簡單固定了點，還欠點流動曲折，所以我盼望你考察一下，研究一下。你的詩意詩境偏於雄放直率方面，宜於做雄渾的大詩。所以我又盼望你多做像鳳歌一類的大詩，這類新詩國內能者甚少，你將以此見長。但你小詩的意境也都不壞，只是構造方面還要曲折優美一點，同做詞中小令一樣。要意簡而曲，詞少而工。」〔註129〕總起來說就是，宗白華充分肯定了郭沫若詩作的詩意，認為他的詩歌在「構造」方面稍稍欠缺。郭沫若翻譯《浮士德》，從韻散夾雜最終走向了全用韻文，宗白華的意見應該起到了一定的作用。但是也沒有必要誇大宗白華的作用，因為郭沫若在宗白華的建議下翻譯《天上序幕》的同時也翻譯了《題辭》。《三葉集》通信中沒有出現《天上序幕》的譯文，卻有《題辭》的譯文。《三葉集》中的譯文採用的是自由體詩的形式，

1990 年，第 15～16 頁。

〔註127〕宗白華致郭沫若，《郭沫若全集》文學編第 15 卷，北京：人民文學出版社，1990 年，第 27～28 頁。

〔註128〕宗白華致郭沫若，《郭沫若全集》文學編第 15 卷，北京：人民文學出版社，1990 年，第 30 頁。

〔註129〕宗白華致郭沫若，《郭沫若全集》文學編第 15 卷，北京：人民文學出版社，1990 年，第 31～32 頁。

但是 1928 年《浮士德》初版時,《題辭》的譯文就已經修訂為半格律體了。
也就是說,宗白華對郭沫若翻譯歌德有催促作用,但並沒有能夠直接影響到
郭沫若譯詩形式的選擇。

　　郭沫若翻譯《浮士德》時詩體形式選擇上的半格律化傾向,實乃深深
植根於詩人自身傳統文學的修養。一方面詩人在詩體大解放的道路上「飛
奔」、「狂叫」、「燃燒」,要聚起「全宇宙底 Energy 底總量!」力求要實現
主體「我便是我」。結果卻是這個不斷探求不斷擴展的「我」並沒有真正成
為「全宇宙」,「我的我要爆了!」〔註130〕這樣的結尾頗有點兒塵歸塵土歸
土的意味。向外向內不停地擴展,追尋「自我」的歷程往往背離了「自我」,
這個背離的進程不會無限制地發展下去,歸根結底還是要受到本原「我」的
牽絆制約。郭沫若譯詩的半格律化發展傾向,表面上看起來可能如郭沫若所
說是受了歌德的影響,其實翻譯歌德只不過是一個誘因,真正起作用的是譯
者主體郭沫若自身的抉擇。如果說翻譯歌德等的時候只是表現出半格律化的
傾向,那麼到了抗戰爆發,郭沫若幾乎完全回歸到了舊體詩創作的軌道。當
初,郭沫若志願要以白話譯《詩經》,《卷耳集》便是古詩現代化白話化的切
實實踐。《卷耳集》開啟了古詩今譯的潮流,敢為人先的郭沫若隨後卻回歸
到了舊體詩創作的陣營。從歌德和《卷耳集》的翻譯來看,翻譯實踐的確就
是翻譯自我,譯者主體努力地想通過翻譯帶來一些新的東西,改變什麼,結
果自身也被翻譯所改變。

(二)自由體到格律體:《獻詩》譯文的變化

　　應宗白華之邀,郭沫若翻譯了 Prolog im Himmel(天上序幕),隨後致信
宗白華:「我譯就了 Prolog im Himmel 之後,我順便也把 Zueignung(題辭)
譯了出來。他這首詩最足以表示我現在這一俄頃的心理。」從郭沫若的信中
可知,Zueignung(題辭)是譯者主動的選擇,譯者以為這首詩契合了自己當
時的心理。所以,譯者感覺這首詩「簡直是替我說了話呢!」翻譯即創作,創
作的思想總是尋求著自身合適的表現形式。《三葉集》中出現的《題辭》譯文,
採用的是自由體的詩歌形式:

　　　昔年間曾現在我朦朧眼中的幻影,

〔註130〕郭沫若:《天狗》,《郭沫若全集》文學編第 1 卷,北京:人民文學出版社,
　　　　1982 年,第 54~55 頁。

於今又來相近。
難道說我今回會將你們把定？
我覺著我的心兒還傾向在那樣的夢境？
你們逼迫著我的胸襟，你們請！
你們盡可得雲裏霧裏地在我周圍飛騰！
我的心旌感覺著青年時代的搖震，
環繞著你們行列的神風又來搖震我的心旌。
你們帶著些幸福時代的寫生，
和些可愛的虛象一併來呈；
初戀的鍾情，初交的友誼，
好像是一半忘了的古話一般模棱；
苦痛更新，
重訴說生涯中走錯了的迷途邪徑，
重提起那被那幸福的良辰欺騙了的善人名，
這些善人已從我眼前消盡。
聽過我前部的靈魂，
聽不到我後部的歌詠；
往日的歡會已離分，
消失了的呀，啊！是當年的共鳴。
我的歌詞唱給那未知的人群聽，
他們的贊聲適足使我心兒疼，
喜聽過我歌詞的友人，
縱使還在，已迷散在世界的中心。
莊靜森嚴的靈境早已忘情，
那種景仰的至誠又來提著我的胸襟，
我幽渺的歌詞一聲聲搖曳不定，
好像是埃勿魯時琴弦上流出的哀音，
我戰慄難任，眼淚連連迸，
我硬化了的寸心覺著和而嫩；
我所現有的已自遙遙相印，

　　彼已消失的也來為我現形。〔註131〕

　　《題辭》譯文共計 32 個詩行，不算標點符號，譯詩全文共計 384 個字，最長的詩行 18 個字，最短的詩行 4 個字，平均每個詩行 12 個字。按照語料庫（Translational English Corpus）理論進行研究，人們發現現代德語的句子平均長度為 12 個詞，歌德創作中句子的平均長度為 24 個詞，歌德的創作對正常德語文本規範表現出某種偏移傾向。〔註132〕《題辭》翻譯成漢語後，平均每個詩行 12 個字，和現代德語句子的平均長度相當。《題辭》是詩劇《浮士德》中的一首，與小說等創作不同，《浮士德》中的詩句長度在 6～10 個詞之間。漢語是一字一音，德語則因單詞長度不同而可能擁有多個音節。《浮士德》中詩句長度為 6 個詞的，基本都存在多音節詞，從詩行音節的總數看，6 個詞到 10 個詞的詩行音節數基本相同，較為整齊。詩行的平均長度（尤其是音節數）非常相似，詩行的長短安排卻是一個整齊一個長短不一，表現出明顯的格律化和自由化的差異。這是兩種不同的文體風格。原文《題辭》分為四節，郭沫若譯文也是分了四節。從韻腳的使用上來看，《題辭》德語原文很有規律：ababcc，dededeaa，efefefcc，ahahahaa。每個小節的韻腳都構成單獨的規則，四個小節的末句又構成 caca 的韻律。郭沫若譯文的韻腳分別是：

　　　　影、近、定、境、請、騰、震、旌；abaaacda
　　　　生、呈、誼、棱、新、徑、名、盡；ccfcbaab
　　　　魂、詠、分、鳴、聽、疼、人、心；ghdaacdb
　　　　情、襟、定、音、逆、嫩、印、形。ababcdba

　　構成韻腳的字韻母主要由 in、ing、en 和 eng 組成，因為 un 即 uen，按照現代聲韻，魂（hun）亦可視為與人、震等字押韻，例外有誼（yi）、詠（yong）。與原文相比，郭沫若譯文雖然也採用了韻文的形式，用韻規則卻不如原文精美，正如卞之琳所說，是一種半格律體。

　　1928 年版的《浮士德》中，郭沫若譯 Zueignung 為《獻詩》。全文如下：

　　　　浮沉著的幻影呀，你們又來親近，

〔註131〕郭沫若致宗白華，《郭沫若全集》文學編第 15 卷，北京：人民文學出版社，1990 年，第 51～53 頁。

〔註132〕Baker, Mona. *Corpora in Translation Studies: An Overview and Some suggestions for Future Research*. Target, 1995, 7（2）：223-243

曾經顯現在我朦朧眼中的幻影。
在這回，我敢不是要將你們把定？
我的心情還傾向在那樣的夢境？
你們逼迫我的胸心呀，你們請！
盡可升出雲霧裏在我周圍飛騰；
我的心旌感覺著青春般地搖震，
環繞你們的靈風搖震我的心旌。

你們攜帶著那歡樂時分的寫生，
和許多親愛的形象呵一併來臨：
同來的初次的戀愛，初交的友情，
好像半分忘了的古話一般模棱；
苦痛更新，又來反覆著訴說衷情，
訴說生涯中走錯了的歧路迷津，
善良的人們已從我的眼前消盡，
他們是被幸運欺騙了，令我傷神。

對他們我唱出過第一部的人們，
再也聽不到我這後半部的歌詠；
友愛情深的聚會，如今久已離分，
消失了的呀，啊！是那當年的共鳴。
我的哀情唱給那未知的人群聽，
他們的讚歎之聲適足使我心疼，
往日裏，曾諦聽過我歌詞的友人
縱使還在，已離散在世界的中心。

對那寂靜森嚴的靈境，早已忘情，
一種景仰的至誠又來繫人緊緊；
我幽渺的歌詞一聲聲搖曳不定，
好像是愛渥魯司上流出的哀吟，
我戰慄難任，眼淚在連連地湧迸，

　　　感覺著柔和了呵，這硬化的寸心；

　　　我眼前所有的，已自遙遙地隱遁，

　　　那久已消逝的，要為我呈現原形。

　　不算標點符號，正式出版的《浮士德》中的《獻詩》譯文共計 416 個字，詩行整齊劃一，都是由 13 個漢字組成。與《三葉集》版譯文相比，詩句的平均長度增加了一個字。句子的平均長度可以說基本上沒有什麼大的改變，真正改變的是詩句的整齊。《三葉集》版譯文長短不一，《浮士德》中的譯文則整齊劃一。僅就詩行的排列來說，《三葉集》版譯文表現為自由的無序狀態，而《浮士德》中的譯文則頗有些建築的美，做到了節的勻稱和句的整齊。《浮士德》中譯文韻腳的使用情況是：

　　　近、影、定、境、請、騰、震、旌；abbbbcdb

　　　生、臨、情、梭、情、津、盡、神；cabcbaad

　　　們、詠、分、鳴、聽、疼、人、心；dhdaacda

　　　情、緊、定、吟、迸、心、遁、形。babacadb

　　構成韻腳的字韻母仍然主要由 in、ing、en 和 eng 組成，因為 un 即 uen，按照現代聲韻，遁（dun）可以與 en 互押。故此，整首譯文中例外的韻尾只有「詠」（yong）。與《三葉集》相比，減少了一個不能押韻的尾字「誼」（yi），在押韻方面顯得更為整齊了一些。除此之外，在押韻方面並無更為顯著的改善。

　　從押韻和詩句長度來說，從 1920 年的《三葉集》到 1928 年的《浮士德》，郭沫若的這首譯文的修訂明顯經歷了從半格律體到格律體的變化。這個變化不僅僅表現在這一首詩篇的翻譯上，對比《三葉集》中郭沫若翻譯作為代序的摘自「城門之前」的那段文字，句子也是長短不齊，最長的詩句 16 個字，最短的詩句 8 個字，韻尾也沒有什麼特別的秩序；在 1928 年版《浮士德》中，這段譯文的詩句長度在 10～12 個字之間，韻尾也變得整齊了許多。從《三葉集》等留下的郭沫若曾經的《浮士德》翻譯片段看，自由體的散文式和半格律體形式的翻譯應該是佔據主導的位置；等到 1928 年郭沫若在上海改譯《浮士德》並由創造社出版部正式出版的時候，譯文已經全部韻文化了，或者說格律化了：押韻變得有規律了，有了句的整齊和節的勻稱。雖然不是中國舊體詩那樣擁有嚴謹的格律形式，但就詩劇來說，已經稱得上有了新格律的形式。1928 年修訂後的《浮士德》譯文，對於押韻等格律

化的追求是如此執著，以至於在許多地方都出現了為押韻而調整字詞順序的情況，如《舞臺上的序劇》中有這樣的詩句：「我們德國的戲場，／誰人都可領教；／不要什麼籌備，／也不要什麼裝套。」「裝套」這個自造詞的使用，一方面是為了避免和「籌備」重複，不用「裝備」，一方面也是為了和「領教」押韻。《夜》中有這樣的詩句：「再不想，以口舌傳宣，／能把黎民於變。」「傳宣」也是為了與前後詩句尾字押 an 的韻。

1920 年代早期郭沫若從事歌德《浮士德》譯介時，滿帶著自由的氣息，充分肯定《浮士德》中的主人公浮士德和自己個人內心世界的契合；1920 年代末期轉向以整齊的韻文形式翻譯《浮士德》之後，在許多文字中卻對歌德及《浮士德》的篇章形式表示了種種不滿。在《創造十年》中說，自己雖然崇拜過歌德的人，但自己又「進了一步」，轉而認為「像歌德那樣的人是值不得我們崇拜的」。指出歌德自從做了宰相以後，就退回到封建陣營裏去了，「他那貴族趣味和帝王思想實在有點薰鼻」。〔註 133〕經過革命文學的轉向之後，郭沫若談論歌德及《浮士德》的角度和方式都變了，不再談論個人生活的苦悶與懺悔，轉而聚焦於歌德思想的妥協性的一面。這種轉變和革命文學鬥爭的高揚密切相關。革命文學對於郭沫若等創造社同人譯介方面的影響，則是轉向世界文壇上湧現的左翼文學，郭沫若翻譯辛克萊、高爾斯華綏等等，都可以視為這個轉型的表現。《文化批判》創刊號上發表的短評《這也是文化的輸入麼？》，談到當時上海的跳舞場發展得特別迅猛，原因的分析角度很別致。「從前的留學生，大多數是從日本小鬼的蹩腳國度裏出來的，所以他們不能，也不知跳舞，現在呢，時代不同了，那班留學大美國，大英國及大法國的留學生，大都都回國來了，而且做著為國勤勞，為黨努力的工作！他們於公餘之暇，理應有一種愉快的娛樂：而這種集西洋文化的跳舞，當然是最適合他們的脾氣；所以，上海的跳舞地，才這麼興旺了！」〔註 134〕談的是跳舞的輸入，卻透露出了當時中國知識分子的兩大派（留日派和留學英美派）之間力量的消長。對於跳舞這種西洋文化的輸入，評論者顯然不屑一顧。創造社的刊物努力地想要引導西方文化與文學譯介的方向，這是當年鄭

〔註 133〕郭沫若：《創造十年》，《郭沫若全集》文學編第 12 卷，北京：人民文學出版社，1992 年，第 78～79 頁。

〔註 134〕失神子：《短評：這也是文化的輸入麼》，《文化批判》1928 年 1 月第 1 卷第 1 期，第 33 頁。

振鐸和茅盾曾經努力過卻遭到郭沫若批評的事情。現在，已經成為文壇上舉足輕重的力量的創造社也開始做自己曾經反對過的事情，要規訓別人，樹立譯介的新的路標。這個路標指向的是社會革命，而與之不相吻合的《浮士德》自然就成了郭沫若實現自我否定之否定的一塊墊腳石。

就《浮士德》的翻譯而言，《獻詩》中譯文的格律化還不是整部詩劇中最為典型的，譯文格律化程度最高的是《天上序幕》。郭沫若譯《浮士德》絕大部分詩句的長度都在 8～12 個字之間，《獻詩》裏的詩句全部都是整齊的 13 個字，而《天上序幕》的譯文中，三天使的話語採用的是非常規整的五言體形式。郭沫若沒有解釋為什麼選擇這樣的翻譯體式？僅看《天上序幕》，緊隨三天使之後出場的是惡魔靡非斯特。與三天使相比，他的話在郭沫若譯文中就顯得較為隨意，詩句的長度不停地在 8～12 個字之間游移，表現出一種隨意和不嚴肅的態度。與之相對的，便是三天使的話語，謹嚴的五言體形式，先分後合的話語表達方式，使得這個部分的譯文讀起來給人的感覺要嚴肅神聖許多。郭沫若給這部分譯文加了注釋：「『天上序曲』之結構是模仿《舊約‧約伯記》，讀者宜作參考；我們可以知道文藝的創造有多少是離不掉模仿。」〔註135〕英語譯者也多注出此處和《聖經》的關係。「Goethe drew inspiration for this scene from the Book of Job.」〔註136〕郭沫若特別將三天使的話語用五言體詩歌的形式翻譯出來，應該是有意要突出這一部分的神聖的感覺。從這部分譯文押韻的情況來看，第一個天使拉斐爾的詩句多用 ing，第二個天使甘伯列用的韻是 an 和 i，第三個天使彌海爾用的韻則是 ang。第一個天使譯文中出現的是日、月，這些能發光的對象，第二個天使譯文中則已從天光轉到了地面乃至深崖，第三個天使彌海爾的譯文中言說的則是動與不動，世間萬物皆動，唯有閒人悠然無恙。三個天使譯文韻腳的選擇，有一個從齊齒呼到開口呼的變化。開始以齊齒呼為主，運用開口度不大的語詞如「步武」，控制情緒，以便能夠用清晰的話語頌揚上帝造化萬物的豐功偉績。是讚歌就不能隨便，尤其是不能像靡非斯特那樣語帶牢騷。所以郭沫若對三位天使歌功頌德話語的翻譯，體現出一種莊嚴肅穆的風格，同時也有一個從輕柔的情感到昂揚激烈的情感的發展變化過程。當天使長們歌頌的聲音

〔註135〕〔德〕歌德：《浮士德》，郭沫若譯，合肥：安徽人民出版社，2013 年，第 13 頁。

〔註136〕Goethe. Faust, *translated by Peter Salm, Bantam Dell*, New York, 2007, p427.

達到激昂的程度時，靡非斯特帶著讓人很不舒暢的話語出場了，這就形成了一個戲劇性的反差。在詩劇的翻譯中，郭沫若盡可能調動了各種可能的手段，將原著中的蘊涵的情趣及戲劇性生動地表現在讀者們的面前。

第四節　《浮士德》譯文所用意象的跨語際構建

對於譯者來說，完美的譯作的誕生離不開譯者與原作的靈魂遇合。最好的翻譯文學，翻譯的既是原作，也是譯者自我。在翻譯的過程中，譯者投入了自己的生命體驗，這種生命的體驗在翻譯的過程中得到佐證，在與原作的靈魂遇合中得以綻放。

語言即思維。譯者在譯文中所選用的詞彙、語法等，都是譯者思維的具體表現。在抽象的層面上討論語言思維，往往容易導致譯者主體性的喪失，強調翻譯中的生命體驗，在於力圖使語言與思維問題的討論具體化，從郭沫若自身的生命體驗及其文學表達出發，尋繹郭沫若文學翻譯與文學創作用語的契合與背離，以及隨著譯者主體生命體驗的變化，文學翻譯用語和文學創作用語的演變，相互之間的借鑒、靠攏、融合等。

（一）復歸混沌：翻譯呈現出來的生命體驗

《浮士德》這部巨著裏，到處都是關於生命和人生的思考和追問。對這些思考和追問的翻譯處理，自然也就帶有譯者自身的生命體驗感受，呈現出譯者個體的生命體驗特徵。郭沫若認為浮士德取的是「有為」的哲學，「他是否定的精靈，但有時又是肯定的一面，他是肯定的否定，否定的肯定。」隨後引用了「城門之前」一章裏的詩句加以說明：

> 有兩種精神居住在我的心胸，
>
> 一個要想同別一個分離！
>
> 一個沉溺在迷離的愛欲之中，
>
> 執拗地固執著這個塵世；
>
> 別一個是猛烈地要離去凡塵，
>
> 向崇高的靈的境地飛馳。〔註137〕

上面所引的這首詩，曾被郭沫若用來作為《三葉集》的代序，當時的譯

〔註137〕郭沫若：《〈浮士德〉簡論》，《郭沫若全集》文學編第 16 卷，北京：人民文學出版社，1989 年，第 277 頁。

文卻大不相同。

> 兩個心兒,唉!在我胸中居住在,
>
> 人心相同道心分開:
>
> 人心耽溺在歡樂之中,
>
> 固執著這塵濁的世界;
>
> 道心猛烈地超脫凡塵,
>
> 想飛到個更高的靈之地帶。
>
> 唉!太空中若果有精靈,
>
> 在這天地之間主宰,
>
> 請從那金色的霞彩中下臨,
>
> 把我引到個新鮮的,絢爛的生命裏去來!〔註138〕

《三葉集》裏的代序,是郭沫若早期的譯文。《〈浮士德〉簡論》裏所引用的,則是郭沫若1948年重新修訂的譯文。1928年,《浮士德》出版時這首譯詩也曾修訂過。1932年現代書局版本譯文如下:

> 有兩種精神居住在我們的心胸,
>
> 一個想要同別個分離!
>
> 一個沉溺在迷離的愛欲之中,
>
> 執扭地固執著這個塵世;
>
> 別個是猛烈地要離去凡塵;
>
> 向崇高的靈的境地飛馳。〔註139〕

上述三個版本,就文采而言,每次修訂都更加簡潔。現代書局版本中的「我們」,「們」應是衍文。「別個」雖比「別一個」更簡單,卻失之於準確。「別個」往往被用作泛指,「別一個」則是另外一個的意思。前文說了是「兩種精神」居住在心中,說了「一個」如何之後,再說另外一個的時候,自然是「別一個」更為準確。整體而言,重新修訂之後,譯文顯得更加簡潔富有文采。

最初的譯文中,郭沫若用「兩個心兒」譯 Zwei Seelen wohnen,且將「兩個心」分別譯為「人心」與「道心」。Seele 可譯為「靈魂」、「精神」、「內心」

〔註138〕郭沫若:《郭沫若代序》,《郭沫若全集》文學編第15卷,北京:人民文學出版社,1990年,第6~7頁。

〔註139〕〔德〕歌德:《浮士德》,郭沫若譯,上海:現代書局,1932年,第84~85頁。

等，郭沫若後來以「精神」代替「心兒」，放棄了譯詞「人心」與「道心」，代之以「一個」和「另一個」。從「心兒」到「精神」，這兩個譯詞的選擇，很難說有高低之分。更換譯詞，主要的原因應是捨棄「人心」與「道心」這兩個帶有較為明顯的情感色彩的詞。最初的譯文，體現了郭沫若對「人心」與「道心」較為鮮明的不同的態度。「人心」在最初的譯文中「固執著這塵濁的世界」，與「人心」相聯繫的既然是「塵濁的世界」，也就意味著這是一個被否定的世界。在後來的譯文中，「塵濁的世界」變成了「塵世」。「塵世」很像是「塵濁的世界」的縮減，兩個詞卻不能因此等同起來。「塵世」詞義中性，而「塵濁的世界」則帶有較為明顯的價值判斷。「塵世」是污濁的，「崇高的靈的境地」自然是好的，故而離開污濁的「塵世」，飛向「崇高的靈的境地」，也就成了人的天性。

綠原將 Zwei Seelen 譯為「兩個靈魂」，並作了注解：「關於兩個靈魂的觀念自古有之，到十七八世紀重新流行。歌德首先從維蘭、繼而從他那時讀到的希臘哲學家色諾芬的政治小說《居魯士的教育》一書中獲得這個觀念。後來他從荷蘭神學家巴‧貝克爾的《著魔世界》中讀到摩尼教教義，從中獲悉，『每人有兩個靈魂，一個永遠同另一個鬥爭。』」接受「兩個靈魂」的觀念是一回事，如何理解「兩個靈魂」，則是另外一回事。在好與壞的層面上理解兩種精神／靈魂，兩種精神／靈魂就隱含著上帝與撒旦的對立。郭沫若在《〈浮士德〉簡論》中談到兩種精神時說：「其實也就是浮士德與靡非斯特的對立。這是一個靈魂的兩態。」〔註 140〕一個靈魂的兩態，也可以視為兩個「我」。浮士德身上有兩個「我」，歌德身上也有兩個我；《女神》中有兩個我，郭沫若身上也有兩個我。郭沫若在陶淵明和杜甫身上也都看到了相似的兩個「我」：「杜甫不願意去做縣尉，他自己解嘲，是在學陶淵明不願為五斗米折腰。但右衛率府胄曹參軍，是一個管兵甲器仗和門禁鎖鑰的八品以下的小京官，他卻又屈就了。」〔註 141〕談及杜甫的功名欲望，簡直就是將杜甫當成了歌德進行敘述。在郭沫若的文字敘述中，從陶淵明到杜甫，身上皆有兩個「我」，相關敘述是否受了歌德及其《浮士德》的影響，尚需進一步

〔註140〕 郭沫若：《〈浮士德〉簡論》，《郭沫若全集》文學編第 16 卷，北京：人民文學出版社，1989 年，第 277 頁。

〔註141〕 郭沫若：《李白與杜甫》，《郭沫若全集》歷史編第 4 卷，北京：人民文學出版社，1982 年，第 386 頁。

考證。在郭沫若長達幾十年的閱讀與創作生活中，古今中外名人身上兩個「我」的糾纏與矛盾，始終都是引發郭沫若共鳴的焦點問題之一。

歌德的《浮士德》重新書寫了撒旦，使靡非斯特成為了動的反抗精神的代表，這也是郭沫若新詩集《女神》尊崇的精神。對於站在城門之前的浮士德來說，他所要面對的問題，不是在上帝與靡非斯特之間進行選擇，而是在「塵濁的世界」與另外的可能世界之間進行選擇。至於另外的可能世界是靡非斯特的世界還是上帝的世界，浮士德一無所知。兩個靈魂、兩種世界，其間的對應關係究竟如何？不同的譯者有不同的理解。綠原譯為「一個在粗鄙的愛欲中以固執的器官附著於世界」，〔註142〕「粗鄙」修飾的是「愛欲」而不是「世界」。郭沫若的譯文，早期是「歡樂」與「塵濁的世界」，否定性的詞語修飾的是「世界」而不是「歡樂」；後來譯文改為「迷離的愛欲」與「塵世」，「迷離」在嚴格的意義上不能認為是否定，譯文修改的結果便是取消了否定的意味。

在郭沫若早期的譯文中，整個世界被分成了「塵濁的世界」與非「塵濁的」世界，這讓人想起郭沫若的新詩《鳳凰涅槃》，鳳與凰詛咒所生活著的「這樣個陰穢的世界」，〔註143〕嚮往光明、新鮮、芬芳的新世界，為此浴火重生。郭沫若最初在譯文中用了「人心」與「道心」，也就是《鳳凰涅槃》中兩個世界的不同表述。那時候的郭沫若，對於自己的生活甚不滿意。在寫給田漢的信中，郭沫若說：「我的靈魂久困在自由與責任兩者中間，有時歌頌海洋，有時又讚美大地；我的 Ideal 與 Reality 久未尋出個調和的路徑來。」〔註144〕在給宗白華的信中，郭沫若敘及他與田漢兩個人談到戀愛婚姻時的感想：「結婚是戀愛之喪禮」，「能永不結婚，常保 Pure love 底心境，最是理想的。結了婚彼此總不自由。這層倒還容易解決。有了生育更不自由。這層簡直莫有解決的辦法。兒童公育對於兒女的感情教育會生出莫大的缺陷。人世間除去了感情這樣東西，不會變成了 Sahara 底大沙漠麼？我悔我見到時過晚。」〔註145〕

〔註142〕〔德〕歌德：《浮士德》，綠原譯，北京：人民文學出版社，1994 年，第 145 頁、第 30 頁。

〔註143〕郭沫若：《鳳凰涅槃》，《郭沫若全集》文學編第 1 卷，北京：人民文學出版社，1982 年，第 37 頁。

〔註144〕郭沫若致田漢，《郭沫若全集》文學編第 15 卷，北京：人民文學出版社，1990 年，第 66 頁。

〔註145〕郭沫若致宗白華，《郭沫若全集》文學編第 15 卷，北京：人民文學出版社，

郭沫若創作《鳳凰涅槃》與翻譯《浮士德》第一部的時候，正值 Ideal 與 Reality 衝突激烈之時。這時候的郭沫若渴望追逐理想，不滿於瑣屑的現實生活，這自然也就影響到了翻譯過程中的譯詞選擇。

　　1927 年 11 月，郭沫若在南昌起義失敗後，經由香港來到上海。蟄伏上海期間，郭沫若著手修訂《浮士德》，「把損失了的補譯起來，把殘存的舊稿，也徹底潤色了一遍」，最後的結果，「譯文相當滿意，而且把十年中的經驗和心境含孕在裏面，使譯文成長了起來。」12 月 8 日，郭沫若得了很嚴重的斑疹傷寒，差點死去。郭沫若自言這次大病「確確實實地影響了我」，〔註 146〕影響是多方面的，對《浮士德》的修改是否有影響，尚需進一步考證。1928 年 1 月 29 日，郭沫若在日記中寫道：「晚飯後仿吾把《浮士德》的校樣拿了來，校對至一時過始就寢。誤植太多。」也就是說，生病之前，郭沫若修改完了《浮士德》；病後又校改了一遍《浮士德》。現在已經很難查考哪些是病前所改，哪些是病後所改。

　　在《離滬之前》的日記中，郭沫若間接地敘及《浮士德》的改譯。「嘯平來，說《浮士德》難懂，他喜歡《我的心兒不寧》的那首詩。那首詩便是我自己也很喜歡，那是完全從新全譯了的，沒有安琳絕對譯不出那首詩來。那雖是譯詩，完全是自己的情緒借了件歌德的衣裳。」〔註 147〕郭沫若在這段文字中，談到了對《我的心兒不寧》這首譯詩的喜愛，以及改譯的動因。在這裡，郭沫若已經不說「自己的情緒」源自歌德的詩，而是說自己很喜歡那首詩，譯作呈現的「完全是自己的情緒」，只不過借了「歌德的衣裳」。在這首譯詩裏，蘊涵著郭沫若對安琳的愛。此外，郭沫若在日記中還記敘了自己向安娜坦白了與安琳的關係。在革命實踐中與安琳的愛情，在生病期間對安娜生出的情感，表現在這一時期的文字中，都很溫馨，少了《三葉集》中對家庭婚姻束縛自由的歎息。1928 年 1 月 6 日，郭沫若在新詩《得了安息》中寫照顧自己的安娜：

　　　　啊，這不是藥品所能贈與我的，

　　　　不是 morphin，不是 veronal；

　　　　1990 年，第 121 頁。

〔註 146〕郭沫若：《跨著東海》，《郭沫若全集》文學編第 13 卷，北京：人民文學出版社，1992 年，第 306 頁。

〔註 147〕郭沫若：《離滬之前》，《郭沫若全集》文學編第 13 卷，北京：人民文學出版社，1992 年，第 286 頁、297 頁。

這是愛的聯繫，骨肉的聯繫，

這是宇宙中的自然的樞機！〔註148〕

創作於 1928 年 1 月 5 日的新詩《恢復》，有兩個詩行在兩個詩節中重複出現：「我現在是已經復活了，復活了，／復活在這混沌的但有希望的人寰。」〔註149〕革命中、重病後，郭沫若從安琳和安娜身上都充分感受到了「人心」的溫暖。「人寰」不再是黑暗無光的牢籠，而是「混沌」。「混沌」，也就意味著複雜，好壞二元對立式的簡單化的判斷不再適用。

譯文詞彙的選擇，便是譯者自我生命體驗的外化。隨著譯者自我生命體驗的變化，他對於原作所呈現的文學世界的理解往往會有所修正，而這也就集中體現在譯文的修訂方面。

（二）郭沫若翻譯與創作中太陽意象的跨語際構建

從《女神》中的「太陽禮讚之什」到中華人民共和國成立後的詩歌創作，太陽一直都是郭沫若新詩創作中最為重要的一個意象。對於郭沫若文學詩歌裏的太陽意象，已有學者撰文論述。這些研究大都著眼於太陽意象與中國傳統文化的關係，或與屈原、艾青等詩人筆下的太陽意象進行比較，又或者探究其審美蘊涵，迄今為止，一直還沒有人注意到太陽意象與翻譯的關係，也沒有人注意郭沫若譯文裏的太陽意象。郭沫若如何翻譯太陽意象，郭沫若譯文中的太陽意象與新詩創作中的太陽意象有著怎樣的關聯，從跨語際實踐的角度探究上述問題，有利於更深入全面地認識郭沫若文學世界裏的太陽意象的生成及其審美蘊涵。

沈光明說：「在中國文學史上，太陽意象密集性的出現，認真說只有兩次，一次是在屈原的辭賦裏，一次是在郭沫若的《女神》中。」〔註150〕「據統計，郭沫若的《女神》共 56 首詩，直接涉及到太陽意象的就有 26 首，約占 46%。」〔註151〕按照沈光明的統計，太陽意象在《女神》中出現的頻率

〔註148〕郭沫若：《得了安息》，《郭沫若全集》文學編第 1 卷，北京：人民文學出版社，1982 年，第 372 頁。

〔註149〕郭沫若：《恢復》，《郭沫若全集》文學編第 1 卷，北京：人民文學出版社，1982 年，第 356 頁。

〔註150〕沈光明：《太陽意象的契合與悖逆——郭沫若與屈原之比較》，《華中師範大學學報》1999 年第 1 期，第 86 頁。

〔註151〕沈光明：《太陽意象：過去經驗的回憶——〈女神〉研究之一》，《湖南師範大學社會科學學報》1995 年第 5 期，第 91 頁。

的確很密集。《女神》是一部詩集，屈原的辭賦包含的範圍則很廣。屈原辭賦中太陽意象的出現頻率如何統計？沈光明沒有說。在詩歌意象統計的過程中，有必要區分古代詩歌與現當代詩歌。因為古代詩歌尤其是近體詩重複的字眼很罕見，一首詩往往就只有一個「日」；而現當代詩歌常常反覆吟詠，「太陽」一詞在同一首詩中會反覆出現。據日本學者中島敏夫統計，李白詩歌中「白日」共出現了 50 次。〔註 152〕「白日」之外，李白詩中可被視為太陽意象的字詞還有許多。李白的詩多古風，不避重複。僅以「白日」一詞而論，李白創作的直接涉及太陽意象的詩篇就比《女神》要多。沈光明所說的「密集性出現」，指的是頻率。考察一個詩人對某一意象的使用，數量與頻率同樣重要。特別指出這一點，意在強調郭沫若詩中的太陽意象在中國詩歌傳統中並非只有屈原一個源頭。從太陽意象是否是詩的核心意象、直接歌詠太陽意象的篇幅長短、以及太陽意象審美的創造性這三個方面來說，郭沫若毫無疑問可以說是中國文學史上最有代表性的詩人之一，郭沫若的新詩創作奠定了太陽意象的現代審美基礎。

何為太陽意象的現代審美蘊涵？好的詩歌創作，在意象的建構和使用方面都會有豐富的審美蘊涵，詮釋者見仁見智，想要全面準確地界定郭沫若新詩創作中太陽意象的現代審美蘊涵，這是極為困難且沒有標準答案的研究工作。將其置入中外文化關係中考察其傳統性與現代性，有一些特徵還是比較顯而易見的，如太陽意象象徵光明與未來以及逐日思想，在《浮士德》等西方經典及中國傳統文化中都可以看到，浮士德與夸父便是帶有逐日思想的兩個人物形象。至於郭沫若新詩創作中太陽意象的現代審美蘊涵，最明顯的表現便是「爆裂」的太陽。1920 年 4、5 月間創作的新詩《新陽關三疊》第二節這樣描寫太陽：「太陽喲！你便是顆熱烈的榴彈喲！／我要看你『自我』的爆裂，開出血紅的花朵。」〔註 153〕爆裂的太陽，爆裂的自我，在破壞中完成自我的創造，這是郭沫若賦予太陽意象的獨特的審美品質。正如《天狗》所歌唱的「我便是我呀！／我的我要爆了！」〔註 154〕在爆裂中完成自我，得到自

〔註 152〕〔日〕中島敏夫：《對李白詩中色彩字使用的若干考察》，《中日李白研究論文集》，中國展望出版社，1986 年，第 121 頁。

〔註 153〕郭沫若：《新陽關三疊》，《郭沫若全集》文學編第 1 卷，北京：人民文學出版社，1982 年，第 104～105 頁。

〔註 154〕郭沫若：《天狗》，《郭沫若全集》文學編第 1 卷，北京：人民文學出版社，1982 年，第 55 頁。

我的實現，「不斷的毀壞，不斷的創造，不斷的努力」，〔註155〕這是郭沫若新詩創作中太陽意象最典型的現代審美蘊涵。

俄國美學家車爾尼雪夫斯基說：「自然中最迷人的東西，構成一切自然美底靈魂的東西，是太陽和光明。」〔註156〕詩集《女神》中，詩題中直接出現太陽意象的就有《日出》《太陽禮讚》《海舟中望日出》等，這些詩篇歌頌的都是「自然美底靈魂」。《星空》《前茅》《恢復》三部詩集中直接出現太陽意象的只有《太陽沒了》。《太陽沒了》這首詩在初發表時有副標題「聞列寧死耗作此」，詩中的太陽意象，象徵的自然就是列寧。以太陽意象喻人，自此始；寫斯大林、毛澤東，皆用過太陽意象。「斯大林的名號，永遠成為了人類的太陽。」〔註157〕或者成了毛澤東的象徵和隱喻，「看呵，／太陽紅遍了東方，／新中國舉行了／舊時代的火葬。／這是勞動人民的勝利，／和平的巨人／屹立在天安門上。」〔註158〕「機內和機外有著兩個太陽！」〔註159〕《女神》與《女神》之後，郭沫若詩歌創作裏的太陽意象已經從自然美轉向了偉大的人物。從一開始，郭沫若詩裏的太陽意象就帶有偶像崇拜的色彩，從偉大的太陽轉向現實中偉大的人物，對於高呼「我是個偶像崇拜者」〔註160〕的詩人郭沫若來說也是順理成章之事。

以太陽象徵偉人，並非郭沫若的獨創。基督教文化向來以太陽、陽光等隱喻上帝，郭沫若等熟悉基督教文化的現代知識分子，對此並不陌生。《浮士德》中，上帝與靡非斯特也就是光明與黑暗的代表。上帝就是光，就是太陽。對於太陽的喜愛，使郭沫若在翻譯《浮士德》時，將原文中一些隱含著的太陽意象也譯了出來。

Ins hohe Meer werd'ich hinausgewiesen

Die Spiegelflut erglänyt zu meinen Füßen,

〔註155〕郭沫若：《立在地球邊上放號》，《郭沫若全集》文學編第 1 卷，北京：人民文學出版社，1982 年，第 72 頁。

〔註156〕〔俄〕車爾尼雪夫斯基：《現代美學概念批判》，《車爾尼雪夫斯基論文學》，上海：上海譯文出版社，1979 年，第 34 頁。

〔註157〕郭沫若：《我文藝界以刺繡封面紀念冊獻給斯大林作壽禮　有郭沫若徐悲鴻齊白石等詩畫題字》，《人民日報》，1949 年 12 月 13 日。

〔註158〕郭沫若：《太陽要永遠上升》，《人民畫報》，1950 年第 10 期。

〔註159〕郭沫若：《題毛主席在飛機中工作的攝影》，《香港文匯報》1958 年 2 月 28 日。

〔註160〕郭沫若：《我是個偶像崇拜者》，《郭沫若全集》文學編第 1 卷，北京：人民文學出版社，1982 年，第 99 頁。

zu neuen Ufern lockt ein neuer Tag.

英文譯本如下：

The ocean draws me to its deeper regions,

The glassy seas are gleaming at my feet,

A new day beckons me to newer shores.〔註161〕

郭沫若將其譯為：「我被牽引到這汪洋的大海，／鏡樣的海波在我腳下揚輝，／新的太陽誘我到新的世界。」〔註162〕綠原的譯文是：「我被引向了大海，海水如鏡，在我腳下粼粼閃閃，一個新的白晝把我帶到了新岸。」〔註163〕董問樵的譯文是：「我被引導汪洋的海濱，／鏡一般的海水我腳下閃爍晶瑩，／新的一天把我向新的岸邊誘引。」〔註164〕比較上述三種譯文，郭沫若的翻譯與德語原文距離最遠。「新的白晝」、「新的一天」、「新岸」、「新的岸邊」都是直譯，措辭只有些微差異。「新的太陽」與「新的世界」則是意譯，太陽的出現，意味著新的一天的開始。在文學表現上，如何說與說什麼同樣重要，對於譯者來說，用什麼詞語進行對譯，如何安排詞語在譯文中的位置，同樣很重要。郭沫若選擇譯詞「太陽」，不是因為與原文對譯最契合，而是最契合於譯者主體翻譯時的文學想像。因此，郭沫若此處的翻譯是對德語原文的引申，而這種引申與郭沫若自己的文學世界產生了共鳴。《女神之再生》要「創造個新鮮的太陽」，「照徹天內的世界，天外的世界」。〔註165〕「照徹」也就意味著涅槃，隨著「新鮮的太陽」出現的，便是一個「新的世界」。「新的太陽」與「新的世界」，構成了郭沫若定型化的文學理想。《太陽禮讚》歌吟的是「新生的太陽」〔註166〕，《浴海》中「太陽的光威／要把這全宇宙來熔化了」，這「熔化」也就是洗掉「陳腐了的舊皮囊」，完成「新社會的改造」。〔註167〕這個文學理想的形成，與郭沫若對歌德《浮士德》的翻譯有關。

〔註161〕 Johann Wolfgang, *Goethe, translated by Peter Salm, Bantam Dell Random House,* Inc. New York, 2017. p73.

〔註162〕 〔德〕歌德：《浮士德》，郭沫若譯，合肥：安徽人民出版社，2013年，第27頁。

〔註163〕 〔德〕歌德：《浮士德》，綠原譯，北京：人民文學出版社，1994年，第21頁。

〔註164〕 〔德〕歌德：《浮士德》，董問樵譯，上海：復旦大學出版社，1983年，第37頁。

〔註165〕 郭沫若：《女神之再生》，《郭沫若全集》文學編第1卷，北京：人民文學出版社，1982年，第8～12頁。

〔註166〕 郭沫若：《太陽禮讚》，《郭沫若全集》文學編第1卷，北京：人民文學出版社，1982年，第100頁。

〔註167〕 郭沫若：《浴海》，《郭沫若全集》文學編第1卷，北京：人民文學出版社，1982年，第70～71頁。

　　郭沫若談到《女神之再生》的創作時說：「我開始做詩劇便是受了歌德的影響。在翻譯了《浮士德》第一部之後，不久我便做了一部《棠棣之花》。在那年的《學燈》的雙十節增刊上僅僅發表了一幕，就是後來收在《女神》裏面的那一幕，其餘的通成了廢稿。《女神之再生》和《湘累》以及後來的《孤竹君之二子》，都是在那個影響之下寫成的。」〔註168〕郭沫若沒有具體言明「影響」都有哪些。《浮士德》的翻譯的確影響了郭沫若，使其形成了「新的太陽」與「新的世界」觀念，至於具體是如何影響的，以及在何種程度上造成了影響，尚需要進一步尋找可靠的材料加以佐證。

　　郭沫若身兼作家與翻譯家，他的文學創作與翻譯都是建構自我文學世界的實踐方式，在自我文學世界的建構過程中，文學創作與翻譯之間或多或少都會存在交互性的影響，其具體的表現便是翻譯文本與創作文本在語詞的選擇、意象的建構等諸多方面都存在某種相似性。這種交互作用與相似性，不僅存在於郭沫若身上，也存在於其他身兼翻譯家的現代作家身上。郭沫若著譯間的交互作用及相似性構成了一個屬於郭沫若的文學世界，這個文學世界具有相對的獨立性，如果將其單獨拿出來進行審視，許多因素在單篇的創作或翻譯中都顯得不那麼合乎標準，有時顯得過於隨心所欲。比如《浮士德》的譯文，郭沫若和董問樵都採用了韻體形式，綠原採用的是散文體，但董問樵與綠原兩人的譯文更為相似，郭沫若的譯文則大不相同。如果不能將郭沫若譯文的一些獨特性置入郭沫若的文學世界中給予考察，而僅僅只是從某些翻譯理論入手，單只是著眼於原作與譯作之間的契合與偏離，許多問題都不能得到深入全面的探討。

　　與「新的太陽誘我到新的世界」意思相近的譯文，在郭沫若翻譯的《浮士德》中還可舉出其他一些例子，如《城門之前》敘述浮士德與弟子瓦格訥在城門前的對話。面對夕陽，浮士德感慨地說：「太陽隱了，匆匆去另促一番新生，／今日的一日已將告終。／哦，我假如有凌霄的健翮，／能去把太陽追隨！」〔註169〕這段譯文在早期的版本中尚有一個人稱代詞「他」。「夕陽隱了，他匆匆去另促一番新生，／今日的一日已將告終。／哦，我假如有

〔註168〕郭沫若：《創造十年》，《郭沫若全集》文學編第 12 卷，北京：人民文學出版社，1992 年，第 77 頁。

〔註169〕〔德〕歌德：《浮士德》，郭沫若譯，合肥：安徽人民出版社，2013 年，第 38～39 頁。

凌霄的健翮，／能飛去把太陽追隨！」〔註170〕「他」這個人稱代詞的刪減，除了讓譯文顯得更加簡潔，也有深層次原語文本語義的理解與翻譯問題。

在早期的譯文版本中，人稱代詞「他」指代的對象就是「太陽」。《浮士德》正式出版問世的時候，郭沫若對「他」、「她」字的分用已經定型化，「他」指的就是男性，不存在「他」指代女性的可能。

上面這段話的德語原文是：

Sie rückt und weicht, der Tag ist überlebt,

Dort eilt sie hin und fördert neues Leben.

O daß kein Flügel mich vom Boden hebt,

Ihr nach und immer nach zu streben!

英語譯文為：

It fades and sinks away; the day is spent,

the sun moves on to nourish other life.

Oh, if I had wings to lift me from this earth,

to seek the sun and follow him!〔註171〕

德文中的代詞 Sie 是指女性的第三人稱單數，英語譯文使用的則是 it，而不是 she。Ihr 指代第三人稱陰性，可譯為她（它）。如果將 Sie 譯為「太陽」，Ihr 就可譯為「它」，漢語中指代物的第三人稱「它」不分性別。將 Sie 譯為「女神」或「太陽女神」，Ihr 只能譯為「她」，這樣的翻譯也就帶有了擬人化的色彩。英文譯本的翻譯很明確，it 指代 sun，him 是 sun 的賓格，代表的是男性。英文譯者明顯是將太陽視為男性。郭沫若的翻譯處理同英文譯者相似，而董問樵和綠原等其他中國譯者則注意到了德語中的陰性代詞，將這個代詞譯為「太陽女神」或「女神」。

董問樵譯文：「太陽女神似乎一去不返；／然而新的衝動蘇醒，／我要趕去啜飲她那永恆的光源。」〔註172〕綠原的散文體譯文：「女神似乎終於要沉墜；而新的衝動蘇醒了，我匆匆向前，趕著去啜飲她永恆的光輝。」〔註173〕

〔註170〕〔德〕歌德：《浮士德》，郭沫若譯，上海：現代書局，1932 年，第 82 頁。

〔註171〕Johann Wolfgang, *Goethe, translated by Peter Salm, Bantam Dell Random House,* Inc. New York, 2017. p85.

〔註172〕〔德〕歌德：《浮士德》，董問樵譯，上海：復旦大學出版社，1983 年，第 57 頁。

〔註173〕〔德〕歌德：《浮士德》，綠原譯，北京：人民文學出版社，1994 年，第 30 頁。

董問樵和綠原譯為「光源」、「光輝」的地方，郭沫若堅持譯為「太陽」。郭沫若譯的「把太陽追隨」，便是英文譯本裏的 follow him。郭沫若在《第二部譯後記》中說：「我在翻譯時曾經參考過兩種日文譯本：一本是森歐外的，另一本是櫻井政隆的。這些在瞭解上都很幫助了我。還有泰洛（Bayard Taylor）的英譯本，林林兄由菲律賓購寄了來，雖在已經譯完之後，但我在校對時卻得到了參考。」〔註174〕譯完之後，郭沫若才看到了泰洛（Bayard Taylor）的英譯本，但還是得到了參考。於是，一個的確存在卻同樣無法確證的事情出現了，在上述這段譯文中，郭沫若與英譯本的相似，是譯者的心有靈犀，還是有所借鑒參考？更為細微的關係難以具考，大概言之，郭沫若與英文譯者相似，而與綠原、董問樵等中國譯者差異甚大，這種差異說明郭沫若的翻譯更多地受到外源性的影響，而非中國傳統文化的影響。

綠原還特地為「女神」這個譯詞加了注釋：「『女神』：指太陽。德語的『太陽』為陰性。」〔註175〕德語文化中，太陽為陰性，而在漢語文化裏，太陽則是陽性。將 sie 譯為「太陽女神」或「女神」，是翻譯中的順化，直譯為太陽，實則捨棄了德語原文中的陰性表達，翻譯帶有歸化的傾向。翻譯策略選擇順化還是歸化，譯者自有其考慮。在諸多的考慮中，譯詞的選擇主要取決於譯者自身知識譜系的建構與生命體驗的內在一致性。換言之，要解釋郭沫若為何沒有選擇「女神」這樣的譯詞，就需要完整地把握郭沫若的知識系譜與生命體驗。

對於郭沫若來說，「女神」這個詞有特別重要的意義。郭沫若以「女神」命名了自己的第一部新詩集，詩集的首篇則是詩劇《女神之再生》。《女神之再生》的序幕前，引用了歌德《浮士德》裏的詩句「das Ewigweibliche／zieht uns hinan」，同時附有郭沫若的譯文：「永恆之女性／領導我們走。」〔註176〕在詩劇的結尾，女神們高唱「要去創造個新鮮的太陽」。〔註177〕新鮮的太陽是女神們創造的。郭沫若在《〈浮士德〉簡論》中說：「天上的至尊者卻是一位

〔註174〕郭沫若：《第二部譯後記》，〔德〕歌德：《浮士德》，郭沫若譯，合肥：安徽人民出版社，2013 年，第 439 頁。

〔註175〕〔德〕歌德：《浮士德》，綠原譯，北京：人民文學出版社，1994 年，第 145 頁。

〔註176〕郭沫若：《女神之再生》，《郭沫若全集》文學編第 1 卷，北京：人民文學出版社，1982 年，第 6 頁。

〔註177〕郭沫若：《女神之再生》，《郭沫若全集》文學編第 1 卷，北京：人民文學出版社，1982 年，第 8 頁。

『光明聖母』（Master Gloriosa）而不是上帝，這是一個有趣的表現。」《浮士德》的開篇出現的是男性的上帝，結尾卻是女性的光明聖母，郭沫若認為這是「由男神中心的宇宙變而為女神中心的宇宙」的一個象徵。「大體上男性的象徵可以認為是獨立自主，其流弊是專制獨裁；女性的象徵是慈愛寬恕，其極致是民主和平。以男性從屬於女性，即是以慈愛寬恕為存心的獨立自主，反專制獨裁的民主和平。」〔註178〕郭沫若所作的這一推導，從現實針對性上來說是為了反對國民黨獨裁統治，也為我們理解郭沫若的生命體驗打開了一扇窗口。

此外，蔡震先生在追尋《女神》與日本創世神話關係時指出：「誠然，郭沫若明確說明了《女神之再生》取材於女媧煉石補天的神話，但中國古代神話中的太陽神——羲和應該是男性，而且在中國各種創世神話中的創世之神主要還是男性神祇，世界各民族的創世神話也大多如此。值得注意的是，郭沫若創作《女神》時所身處的日本，其古代神話傳說中的創世諸神許多是女性，日本民族崇拜太陽神，那位太陽神也是女性。」〔註179〕蔡震想要為《女神》中的女神崇拜尋找日本影響的因子。如果郭沫若接受了日本神話中太陽神為女性的思想，那麼，為什麼郭沫若不像其他譯者那樣選擇將《浮士德》中的太陽譯為女性的「她」？

尊崇女性的郭沫若，並沒有將女性男性化的意思。郭沫若心目中的女神代表的是慈愛寬恕、民主和平，當然還有創造的精神。郭沫若心目中的男性，兼有獨立自主與專制獨裁兩種精神。詩劇《女神之再生》中，男性既是獨立自主的追求者，同時也是專制獨裁者，更是破壞者。女神則與之相對，富有包容、創造和慈愛的精神。郭沫若視野裏的男性與女性，秉承的依然是男性陽剛女性溫柔的思想，摒棄了傳統文化中男尊女卑的思想。

德語中詞語的陰性與陽性，所代表的意思與傳達的精神，與中國傳統文化中的陰陽並不相同。德語原文中的《浮士德》用語有陰性陽性的區別，其根基是德語文化與德語語法，郭沫若漢語譯文也有自身的陰陽系統。在郭沫若的文學世界裏，陰陽男女也存在著對應的關係，女性的柔順包容與男性的

〔註178〕 郭沫若：《〈浮士德〉簡論》，《郭沫若全集》文學編第 16 卷，北京：人民文學出版社，1989 年，第 274 頁。

〔註179〕 蔡震：《從女性創世神話走出的〈女神〉——〈女神〉與日本文化》，《欽州師範高等專科學校學報》2005 年第 3 期，第 8 頁。

剛健進取，都是郭沫若所欣賞的。郭沫若的新詩《神明時代的展開》鮮明地表現了這一男女平等的思想：「在太古時分一切神明曾經是女性，／後來轉變了，一切男性都成了神明。／神明時代在人類的將來須得展開，／人間世中，人即是神，一律自由平等。」〔註180〕郭沫若的文學創作，帶有濃鬱的女性情結，這從新詩集《女神》的創作中即可見出一斑；同時郭沫若又帶有強烈的男性情結。郭沫若反對男性對女性的壓迫，同時也反感中國男性的女性化。「我們中國的男子把來與外國的男子比較，不是幾乎可以說全部都是女性了嗎？我們中國人的好猜疑，中國人的好忌妒，中國人的好偷惰，中國人的好服從，中國人的好依賴，中國人的好小利，中國人的好談人短長，中國人的除了家事以外不知道有國事，除了自己以外不知道有社會的，這些都是女性的特徵，然而不已經完全都表現到男子的性格上來了嗎？」〔註181〕男女共生互補，而不是女性男性化或男性女性化，這才是郭沫若一直都秉持的性別觀念。

在郭沫若的文學世界裏，太陽對應的是男性崇拜。浮士德要去追隨太陽，想要「立地飛昇」，表現出追求獨立自主的精神。浮士德身邊出現的甘淚卿、海倫等女性，是慈愛與寬恕等精神的代表。郭沫若對太陽的翻譯，不因德語詞彙的陰性而將其譯為女性，在某種程度上便是其男性崇拜的表現。

《女神》第二輯第二組，組詩取名為「太陽禮讚之什」，其中收錄了《太陽禮讚》等詩篇。這一個組詩裏的詩篇並不都是歌詠太陽的，或者說並不以太陽為主要的描寫對象，有些詩篇描述的恰恰是沒有太陽的景色，如《夜》《夜步十里松原》等。有些歌詠太陽的詩篇，如《日出》，卻被放在了第二輯的第一組「鳳凰涅槃之什」中。第二輯中的三組詩，皆以每一組的第一首詩題命名，這種命名方式看似偶然，實則已蘊涵著編選者的主觀意圖，「太陽禮讚」成為第三組的總名，所起的作用不是囊括第三組詩的主題，而是突出了詩人對太陽的「禮讚」。

郭沫若詩歌中描繪的太陽意象，主要是帶有蓬勃朝氣的新鮮的太陽，即朝陽意象，而非中國傳統文學中的夕陽意象。男性女性皆可以表現出朝氣蓬

〔註180〕郭沫若：《神明時代的展開》，《郭沫若全集》文學編第2卷，北京：人民文學出版社，1982年，第64頁。

〔註181〕郭沫若：《寫在〈三個叛逆的女性〉後面》，《郭沫若全集》文學編第6卷，北京：人民文學出版社，1986年，第137頁。

勃的精神，但是郭沫若還賦予了太陽意象雄渾豪放的氣質，也就是說，太陽意象在郭沫若的詩篇中是一個男性化的意象。郭沫若關於太陽的詩篇中，除了豪放雄壯的風格，能夠較為明顯地體現太陽性別的是《日出》。《日出》全詩共分四節，第一節全文如下：

> 哦哦，環天都是火雲！
> 好像是赤的遊龍，赤的獅子，
> 赤的鯨魚，赤的象，赤的犀。
> 你們可都是亞坡羅的前驅？

亞坡羅即 Apollo 的音譯，現在一般通譯為阿波羅，他是希臘神話中的太陽神。郭沫若將亞坡羅視為太陽神，將「摩托車前的明燈」視為「二十世紀底亞坡羅」。男性的亞坡羅才能發出「雄光」，能夠將「一切的暗雲」「驅除乾淨」。〔註 182〕同一輯中還有一首詩《浴海》，開篇兩個詩句是：「太陽當頂了！／無限的太平洋鼓奏著男性的音調！」〔註 183〕在郭沫若的文學創作中，凡是積極進取強有力的表現對象，郭沫若都賦予了男性的氣質。惟其如此，尊崇女神的郭沫若，卻不願將太陽譯為女神或太陽女神。太陽，在郭沫若的生命體驗裏，是具有男性氣質的存在。

（三）譯者主體性制約下的譯詞選擇

翻譯不是譯電碼，譯者需要在自己的文學世界中尋找自以為合適的字眼對譯原文。嚴肅認真的譯作，其中譯文字詞的選擇，必然是譯者主體性的外在表現。

> Ach! Zu des Geistes Flügel sich gesellen.
>
> Doch ist es jedem eingeboren,
>
> Daß sein Gefühl hinauf und vorwärts dringt,
>
> Wenn über uns, im blauen Raum verloren,
>
> Ihr schmetternd Lied die Lerche singt;
>
> Wenn über schroffen Fichtenhöhen,
>
> Der Adler ausgebreitet schwebt,

〔註 182〕郭沫若：《日出》，《郭沫若全集》文學編第 1 卷，北京：人民文學出版社，1982 年，第 62 頁。

〔註 183〕郭沫若：《浴海》，《郭沫若全集》文學編第 1 卷，北京：人民文學出版社，1982 年，第 70 頁。

Und über Flächen, über Seen

Der Kranich nach der Heimat strebt.

英語譯文如下：

Alas, the spirit'wings will not be joined

so easily to heavier wings of flesh and blood.

Yet every man has inward longings

and sweeping, skyward aspirations

when up above, forlorn in azure space,

the lark sends out a lusty melody;

when over jagged mountains, soaring over pines,

the outstretched eagle draws his circles,

and high above the plains and oceans

the cranes press onward, homeward bound. 〔註 184〕

　　郭沫若將上述這段文字譯為：「可惜肉體上的羽翼，／不能如精神上的一般易舉。／每當我們在頭上的澄空／聽到百靈鳥的幽囀，／每當我們看到張翮的大鷲／在鬱鬱的古松頂上盤旋，／經過原野，經過海洋，／看到那南來的白鶴飛回故鄉，／人們總想立地飛昇，／這乃是人人的天性。」〔註 185〕

　　德語原文中的 hinauf und vorwärts，翻譯成漢語就是「向上和向前」，英語譯文 skyward aspirations when up above，只保留了「向上」的意思。郭沫若的譯文，與英語譯文相似，「飛昇」也就是「向上」。相比較而言，董問樵和綠原的翻譯更為忠實。

　　董問樵譯文：「肉體的翅膀／畢竟不易和精神的翅膀作伴。／可是人人的天性都一般，／他的感情總是不斷地向上和向前，／有如雲雀沒入蒼冥／把清脆的歌聲弄囀；／有如鷹隼展翼奮飛，／在高松頂上盤旋；／有如白鶴飛越湖海和平原，／向故鄉回轉。」〔註 186〕

　　綠原的散文體譯文：「怎奈任何肉體的翅膀都不容易同精神的翅膀結伴

〔註 184〕 Johann Wolfgang, *Goethe, translated by Peter Salm, Bantam Dell Random House*, Inc. New York, 2017. p85.

〔註 185〕 〔德〕歌德：《浮士德》，郭沫若譯，合肥：安徽人民出版社，2013 年，第 38 ～39 頁。

〔註 186〕 〔德〕歌德：《浮士德》，董問樵譯，上海：復旦大學出版社，1983 年，第 57 頁。

而飛。然而,當雲雀在我們頭上,在蔚藍的天空的深處,發出嘹亮的歌聲,當蒼鷹在險峻的松林高處展翅翱翔,當白鶴飛過平原飛過湖泊努力飛回故鄉時,人的感情不禁隨著高飛遠颺,這可是人類的天性啊。」〔註187〕

董問樵的「向上和向前」,也就相當於綠原譯文中的「高飛遠颺」。如果在寬泛的意義上理解「向上」,這個詞也可以包含「向前」的涵義,如「好好學習,天天向上」,其中「向上」就兼有「向上和向前」的意思。郭沫若個人是否在寬泛的意義上使用「向上」一詞,對於譯文的讀者來說沒有太大的意義,在郭沫若沒有採取更多的措施保證讀者能夠從寬泛的意義上閱讀和接受「向上」這個詞的時候,讀者閱讀董問樵和郭沫若兩人的譯文時,不可能對「向上」有不同的理解。譯文的產生,代表譯者已死。通過譯文字詞探究譯者的主體性,所描述出來的只是譯文所呈現的譯者,這個譯者的主體性特徵,主要表現在譯文與譯者其他文字之間的關聯,以及與其他譯者譯文之間所表現出來的關係。因此,當董問樵和綠原都譯出了原文「向上和向前」意思,而郭沫若譯文只譯出了「向上」這個意思時,郭沫若譯者的主體性特徵也就蘊涵其中了。

浮士德不甘心於蒼白平庸的凡俗生活,積極探求人生向上的可能。留學日本的郭沫若,長時間地陷於瑣屑的家庭生活,困擾於耳鳴帶來的學業上的阻礙,對於浮士德靈魂與肉體矛盾等的表述,深有同感。在郭沫若的內心深處,也有一個渴望飛翔的歐福良。「人們總想立地飛昇,/這乃是人人的天性。」郭沫若不用「向上」,而是使用「飛昇」,所渴慕的是精神脫離沉重的肉身所能獲得的自由。郭沫若選用《浮士德》中的一段文字作為《三葉集》的序,其中所表現的正是「飛到個更高的靈之地帶」的意願。「飛昇」便是擺脫塵世的煩惱,走向精神的自由,此時的郭沫若厭煩的是世俗社會的功利性追求,「飛昇」代表的是渴盼自由的精神追求。

與「人們總想立地飛昇」所表述的意思相似,郭沫若在新詩《心燈》中這樣描寫空中放飛的紙鳶:「一個個恐後爭先,爭先恐後,/不斷地努力、飛揚、向上。」〔註188〕這樣的詩句一向被視為郭沫若積極人生的詩意表現。將

〔註187〕〔德〕歌德:《浮士德》,綠原譯,北京:人民文學出版社,1994年,第30頁。

〔註188〕郭沫若:《心燈》,《郭沫若全集》文學編第1卷,北京:人民文學出版社,1982年,第56頁。

郭沫若的《心燈》與徐志摩的新詩《雪花的快樂》對比，郭沫若詩中追求的方向性顯得非常明確。在徐志摩的詩中，雪花只是「翩翩的在半空裏瀟灑」，描寫這瀟灑的詩句則是「飛颺，飛颺，飛颺」。〔註189〕「飛颺，飛颺，飛颺」，連續性的重複，給人造成的閱讀感覺便是空中無目的地飄蕩，是一種輕盈的感覺。「不斷地努力、飛揚、向上」，給人咬定青山不放鬆、不達目的不罷休的感覺。

　　兩位詩人的新詩創作成果頗豐，以《雪花的快樂》和《心燈》這兩首詩描述他們之間的創作差異，難免有以偏概全之嫌。這些詩句所表達的毫無疑問也都是詩人心聲，從這些詩句看詩人，雖不能窺見全貌，卻也能夠見出各自的一些精神印記。無論是沉醉於「飛颺」本身，還是「努力」「向上」，都有其獨特的不可替代的詩意，兩首詩對意象的選擇及具體描述並無高低之分，卻清晰地體現出了兩位詩人不同的價值取向。如何理解《心燈》中的積極進取？「不斷地努力、飛揚、向上」，所表達的便是《浮士德》中的「飛昇」思想，而非世俗的功利性追求。

　　譯者翻譯時，自身的知識儲備與翻譯對象時時碰撞、融匯，構成一種交互性的影響。《三葉集》通信中，郭沫若描述自己和田漢同遊太宰府，時為1920 年 3 月下旬，路上聽到空中瀏亮的鳥鳴，沒有看到是什麼鳥，於是對田漢說了幾句自己想到的「詩料」：

　　　　鳥兒！你在甚麼地方叫？

　　　　你是甚麼鳥兒？

　　　　你的歌聲怎樣地中聽呀！

　　　　你唱得我的靈魂怎樣地陶醉呀！〔註190〕

　　郭沫若說，如果將上述「詩料」中的「什麼」、「怎樣」加上一些「想化底力量」，這些「詩料」便會成為一首「絕妙的好詩」。對於「詩料」與詩，郭沫若也有自己的思考。聞一多批評一些浪漫主義者說：「只認識了文藝的原料，沒有認識那將原料變成文藝所必需的工具。」〔註191〕一些學者認為這是對郭

〔註189〕徐志摩：《雪花的快樂》，《徐志摩詩歌全編》，天津：天津人民出版社，2005年，第 193 頁。

〔註190〕郭沫若致宗白華，《郭沫若全集》文學編第 15 卷，北京：人民文學出版社，1990 年，第 129 頁。

〔註191〕聞一多：《詩的格律》，《聞一多全集》第 2 卷，武漢：湖北人民出版社，1993年，第 139 頁。

沫若詩歌創作的批評，這樣的認識未免有些想當然。聞一多曾經非常推崇郭
沫若的新詩創作，所贊許的一個特點便是想像力。「現今詩人，除了極少數的
——郭沫若君同幾位『豹隱』的詩人梁實秋君等——以外，都有一種極沉痼
的通病，那就是弱於或竟完全缺乏幻想力」，〔註192〕何為「幻想力」？簡單
地說，便是「想化底力量」。現在，有許多人將「幻想力」與「想化底力量」
區別開來，將前者視為一種能力，後者則是能力的運用，這樣切割之後，郭
沫若就被認為是富有「幻想力」，弱於將「幻想力」付諸實踐的能力，即缺少
「想化底力量」。實際上，從詩歌創作的預備到具體的詩作，郭沫若既有傑出
的想像力，也學習和思考過如何「想化」的方式和途徑。

　　郭沫若回家後讀雪萊的 Ode to a sky lark，覺得雪萊「簡直照著我的實
感底胎元細胞，發展成了一篇絕妙的抒情小曲了！」也就是說，郭沫若在雪
萊的詩篇中發現詩人已經寫出了「什麼」和「怎樣」。「你在什麼地方叫？」
〔註193〕這裡的「什麼地方」，借用雪萊詩裏的原話，可以說是「遍地與寰
空」，無處不在。然而，無處不在的地方，在詩人的筆下其實也含有某種內
在的邏輯順序。郭沫若後來翻譯了 Ode to a sky lark，其中第二節第一詩行
為：「高飛復高飛，／汝自地飛上。」〔註194〕在郭沫若的譯詩裏，高飛的雲
雀便是「不斷地努力、飛揚、向上」。

　　從《浮士德》到《心燈》，從《心燈》到《雲雀曲》，可以發現郭沫若的著
譯自成一個文學世界，這些作品相互滲透，共同建構，給人們呈現了郭沫若
的精神世界。

〔註192〕聞一多：《〈冬夜〉評論》，《聞一多全集》第2卷，武漢：湖北人民出版社，
　　　　　1993年，第68頁。
〔註193〕郭沫若致宗白華，《郭沫若全集》文學編第15卷，北京：人民文學出版社，
　　　　　1990年，第129頁。
〔註194〕郭沫若：《雪萊的詩》，《創造》季刊1923年第1卷第4期，第35頁。